사양 · 인간실격

다자이 오사무

1909년 일본 아오모리 현에서 태어난 다자이 오사무는 자신의 집안이 고리대금업으로 부자가 되었다는 사실에 부끄러움을 느끼며, 도쿄대학 입학 후 좌익 운동에 투신한다. 그러나 동거, 동반자살 미수, 약물중독, 정신병원 수용, 아내의 배신 등 치욕과 절망 속에서 피폐한 삶을 살게 된다. 일찍이 〈역행〉으로 아쿠타카와 상 후보에 오른 바 있으나, 특히 젊은이들 사이에서 폭발적인 사랑을 받게 된 것은 전후 허무주의적 시대 의식을 화려하고도 아름답게 그려낸 〈사양〉(1947), 〈인간실격〉(1948)의 발표 이후다. 데카당스 문학의 대표작가로도 불리는 그는 1948년 다섯 번째 자살기도로 서른아홉의 나이에 사망했다. 대표작으로는 〈사양〉, 〈인간실격〉, 〈신햄릿〉, 〈열차〉, 〈추억〉 등이 있다.

옮긴이 송숙경

전북 군산에서 태어나 경성관립사범대학 여자연습과를 졸업하고, 휘문출판사 〈한일(韓日) 사전〉 편찬위원, 〈태양신문(太陽新聞)〉(일어판) 편집위원을 역임했다. 〈한한일영(韓漢日英) 현암소사전〉을 엮였으며, 옮긴 책으로는 〈젊은이를 위한 인생론〉, 〈부하를 움직이는 화술〉, 〈문제아·이상아〉, 〈대명청이[織田信長]〉 등이 있다.

사양·인간실격

초　판 ｜ 제 1쇄 발행 2004년 6월 10일
개정판 ｜ 제 1쇄 인쇄 2009년 5월 20일
개정판 ｜ 제 1쇄 발행 2009년 5월 25일

지은이 ｜ 다자이 오사무
옮긴이 ｜ 송숙경
펴낸이 ｜ 정진숙
펴낸곳 ｜ (주)을유문화사

창　　립 ｜ 1945. 12. 1
등록번호 ｜ 1-292
등록날짜 ｜ 1950. 11. 1

주　소 ｜ 서울시 종로구 수송동 46-1
전　화 ｜ 734-3515, 733-8152~3
FAX ｜ 732-9154

E-Mail ｜ eulyoo@chollian.net
인터넷 홈페이지 ｜ www.eulyoo.co.kr

ISBN ｜ 978-89-324-7150-1 03830

값 10,000원

사양 · 인간실격

다자이 오사무 지음 · 송숙경 옮김

을유문화사

해설 | **다자이 오사무의 생애와 작품**

나는 〈사양斜陽〉과 〈인간실격人間失格〉이라는 다자이 오사무太宰治의 작품을 번역하면서, 다자이 오사무와 기묘하게 일맥상통하는 사람이 생각났다. 그것은 1970년에 전일본을 전율의 도가니로 몰아넣고 소위 '할복割腹'을 한 미시마 유키오三島由紀夫라는 작가다. 그는 세상에 드문 재능을 가진 사람이었고, 부호라는 말을 들을 만큼 부자이기도 했다.

나는 그 미시마 유키오의 〈우국憂國〉이라는 단편소설을 읽고 몸서리를 쳤다. 그의 문장의 유려함은 잠시 덮어두기로 하더라도 구상은 그의 진심이었고, 동경이며, 이상이고, 예약이었다. 화려한 죽음의 실천, 죽음이 가져오는 명예, 사랑, 그리고 설욕을 굳게 믿는 작자의 심적 동향에 우선 불가사의를 느꼈고, 다음 순간 그가 모색하는 어느 실천에 대한 예고를 본 것이다. 인간을 집약한 한 점의 초점을 죽음에 두고 그 방법을 선택하는 작가의 이념을 읽을 수가 있었다.

그는 스스로, "나는 소설가로서 〈우국〉 한 편을 완성한 것으로 만족해야 하리라. 만일 어느 바쁜 사람이 나의 소설 중에서 미시마의 모든 것을 농축한 진액 같은 소설을 읽기를 원한다면 〈우국〉 한 편을 읽어주기 바란다"고 말했다.

그와 마찬가지로 다자이 오사무의 좋은 점, 나쁜 점을 초월한 농축액 같은 소설이 바로 〈인간실격〉이요, 〈사양〉이라고 나는 말하고 싶다.

미시마가 소설 속에서, 인간에게 기대하는 하나의 지복至福이라고 허용하고 있는 사랑과 죽음의 광경, 손실과 대의의 완전한 융합과 상쇄 작용을 종이 위에 기록하였고, 다음에 그것을 실현했듯이, 다자이 오사무는 〈인간실격〉에서 자신의 자화상을 묘사하고 현실 속에서 확인하고 있으며, 〈사양〉에서는 전후의 비참함에서 보는 심적 혁명을 청사진으로 표현했던 것이다.

다자이 오사무는 체질적으로 멸망 취미와 몰락 취미를 동일시하고 있었으며, 패전 후에 닥쳐온 비참한 현상을 저변에 깔고 기묘하게 일그러진 성격을 합해서 종이 위에 자신의 모든 것을 고백했고, 또 예고하였다. 하나의 가치관으로 일관한 두 편의 소설로 그는 문학적 정상을 차지할 수 있었다.

그의 본명은 쓰시마 슈지津島修治로 1909년 6월 19일 일본 아오모리현青森縣 쓰가루津輕에서 태어났다. 그의 집안은 조부 때 고리대금업으로 치부하여 대지주가 되었고, 그의 부친은 대의원이자 귀족원 의원이었다. 그가 태어난 옛집은 현재 '사양관斜陽館'이라는 여관이 되었는데, 아마도 소설 〈사양〉을 기념해서 붙인 이름인 듯싶다.

그는 소학교 시절에 언제나 수석을 차지했고 우수했으나, 몸이 허약해서였는지, 쓰시마 가의 위압이 소학교에 미친 힘이 너무 큰 나머지 오히려 자신의 노력의 진가를 의심받아서였는지, 1년간 보충 교육을 받았다.

여하튼 이 1년간의 좌절감, 정체감으로 남보다 몇 배나 강한 자존심을 지닌 다자이 오사무는 불안의 철학의 한 부분을 마련했다. 나아가 작가로서의 뚜렷한 상념의 일부를 형성했는지도 모른다.

다자이 오사무는 고등학교 시절에 이미 정신적·육체적 동요가 격심해져 학업을 거의 포기하다시피 했다. 때로는 프롤레타리아 문학에 심취한 것처럼 작품을 쓰기도 했고, 변덕이 생기면 오입쟁이 같은 생활도 했으며, 화류계에 몰입되기도 했다. 그러한 학창시절의 무절제한 생활은 경제적으로나 학구적으로나 파탄을 가져왔으며 칼모틴 자살 소동을 일으키기도 했다.

도쿄제국대학에 입학하고 나서는 좌익 활동에 말려들어갔고,

개인적인 생활도 〈인간실격〉에서의 줄거리와 같았다. 자연 그의 청춘 시절 내지 면학 시절은 문자 그대로 엉망이 되어 버린 것이다.

대학 입학 후 학교에 간다는 것은 좌익 운동을 위한 정도에 지나지 않았다. 그 해 가을에는 게이샤 오야마 하쓰요小山初代가 그를 따라 상경하는 사건으로 고향의 형에게 의절을 당하였으며, 우연히 알게 된 여종업원과 정사情死 사건을 일으켜 상대 여자는 죽고 그는 자살 방조죄를 뒤집어쓰는 등, 술로 세월을 보내는 그의 생활에 단막적인 파문이 많았다.

아마도 이 몇 가지 사건은 그의 절박한 인간관계를 나타낸다. 상대 여자는 죽고 자신은 살아남은 데 대한 마음의 부담은 그에게 평생 씻을 수 없는 고뇌의 얼룩이 되었다. 여기서 다자이 오사무는 자신의 문학에 눈을 뜨게 되었는데, 그 배후에는 정사 미수의 환영이 빙산의 저변같이 자리잡고 있었다. 그는 그의 문학적 방향을 모색하던 중 간신히 한 가닥 밧줄을 잡듯이 얻어내기도 했다.

그는 필명을 다자이 오사무라 하고 계속 독자를 의식하면서 작품을 쓰게 되었다.

1947년에 발표한 〈사양〉은 '사양족斜陽族'이란 말을 유행시킨 그의 대표작이다. 진정한 혁명을

위해서는 더 아름다운 멸망이 필요하다는 슬프고 애처로운 심정을, 몰락해 가는 귀족 가정을 배경으로 그린 작품이다. 귀부인으로서 순수한 그리고 어쩌면 지극히 아름다운 여성의 상징인 어머니, 파멸의 길로 충동을 억제하지 못하며 사랑과 혁명을 위해서 살아가는 가즈코, 마약중독으로 파멸해 가면서도 저항하지 못하며 고뇌에 뒹구는 나오지, 패전을 경험하고 자기 자신을 희화해 가는 유행작가이며 성격적 파탄을 지닌 우에하라, 이 네 사람이 멸망해 가는 모습을 그리고 있다.

1948년 〈인간실격〉이 발표되었다. 그에 앞서 그가 자신의 문학적 깨달음이라고나 할까, 껍질을 내부의 힘으로 깨고 나선 것은 아내 오야마의 간통사건 이후라고 평가된다.

"오야마가 일을 저질렀어! 사내하고 말이야! 그 상대가 하필이면 K야. 인간다운 인간이라면 결투라도 하겠지만, 그러나 상대가 K라면 지옥이야, 지옥! 지독하단 말이야, 눈도 코도 막아 버렸으면 좋을 만큼 끔찍해, 정말 끔찍해!"

그의 통분은 보는 이로 하여금 그의 고통을 함께 느끼게 할 만큼 극심했지만, 반면 그의 남자다움을 보여주기도 했다고 한다. 그후 다자이 오사무는 몰라보리만큼 강하고 쾌활하고 정확하고 꿋꿋한 삶의 표정을 지니게 되었지만 그 역시 어떤 위장이었는지는 아무도 모른다.

그러한 삶의 경로의 일부가 그의 문학에서 자신의 과거를 되새겨보게 하였고, 따라서 자화상이라고 말할 수 있는 〈인간실격〉이 완성된 것이다.

그는 작품 속에서, "수치스러운 평생을 살아 왔습니다. 나에게는 인간의 생활이라는 것이 도대체 어떤 것인지 가늠할 길이 없습니다"라고 했는데, 일반적으로 평범한 생활을 하는 사람들을 당황하게 하는 위협적이며 협박을 느끼게 하는 이런 말은 어디에서도 발견할 수 없다.

그 말은 오장육부에서 스며나오는 극도의 고뇌를 표현한 것인지도 모르고, 인간적인 허구의 당위를 납득하지 못하겠다는 표면적인 해설 뒤의 그의 절규인지도 모른다.

그의 깊은 생각 속에 둥우리를 틀고 있는 고독과 치욕의식은 그가 애인과 함께 다마카와玉川에 투신자살하는 데 큰 역할을 했던 것이다. 그가 말하는 치욕이란 대체 어디에 근거하고 있는가.

일생을 통해서 본다면, 그는 특권 계급에서 태어났는데 좌익 운동에 뛰어들고 보니 그것이 하나의 치욕이었겠고, 좌익 운동에 심취했다기보다는 실패로 이어지는 떳떳하지 못한 인간과의 공감에서 그 지하 운동에 가담했다는 것이 치욕이었겠고, 또 그 운동을 포기함으로써 동지를 배신했다는 데에서도 치욕을 느끼고 있는 것이리라. 또 하나는 정사 미수 사건에서 여자는 죽고 자기만이 살아남은 죄의식도 그러한 부류에 속하는 것이다.

다자이 오사무는 사상과 사랑이라는 두 가지 앞에서 쓰디쓴 회한과 치욕적 의식에서 몸부림치며 이 〈인간실격〉을 완성한 것이다.

하여튼 다자이 오사무가 자기 나름대로 문학의 정상을 차지한 것만은 틀림없는 사실이다. 〈사양〉과 〈인간실격〉에서 그걸 확인하면서 "자살로 끝날 뿐이라고 생각하니 그만 소리를 지르며 울어 버렸다"는 문구로 그의 터질 듯한 고뇌의 절규를 공감할 수 있다.

송숙경

| 차례 |

해설 다자이 오사무의 생애와 작품 · 송숙경　　　4

사양 斜陽　　　13

인간실격 人間失格　　　199

연보　　　356

사양 斜陽

1

아침에 식당에서 수프를 한 수저 후루룩 마신 어머니가,
"아."
하고 나직이 소리를 질렀다.
"머리카락?"
수프에 무언가 언짢은 것이라도 들어 있는 것이 아닐까 하고 생각했다.
"아아니."
어머니는 아무 일도 없었던 것처럼 또 한 수저 수프를 홀 렁 입에 흘려넣고, 새침하게 얼굴을 옆으로 돌려 부엌 창 너 머의 활짝 핀 산벚꽃에 시선을 보내고는, 그냥 얼굴을 옆으 로 돌린 채로 또 한 수저 홀렁 수프를 자그마한 입술 사이로 흘려넣었다. '홀렁'이라는 형용은 어머니의 경우 결코 과장은 아니다. 여성잡지 등에 실려 있는 식사 예법 따위와는 전혀 딴판이다. 남동생 나오지가 언젠가 술을 마시면서 누이인 나에게 이렇게 말한 것이 있다.

"작위가 있다고 모두 귀족이라고 말할 수는 없단 말이야. 작위가 없어도 천작天爵(하늘이 내린 벼슬이란 뜻에서 훌륭한 인격·덕망을 갖춘 것-역주)이라는 것을 지니고 있는 훌륭한 귀족이 있는가 하면, 우리들처럼 작위는 지니고 있지만 귀족은커녕 천민에 가까운 사람도 있지. 이와지마 같은 것은—학교 친구인 백작 아들의 이름을 들면서—정말 신주쿠의 유곽에서 손님이나 불러들이는 작자보다도 더 야비한 느낌을 주고 있잖아. 요전에도 야나이—이 역시 동생의 학교 친구로, 자작의 차남인 그의 이름을 들어서—의 형 결혼식에, 그 자식 턱시도를 떡 걸치고 왔잖아. 도대체 턱시도를 걸치고 올 필요가 있느냐 말이야. 그건 또 그렇다고 해도 테이블 스피치를 할 때 그 자식 '그렇사옵나이다'라는 괴상한 말투를 쓰는 데는 구역질이 났어. 점잔을 뺀다는 것은 품위가 있고 없고와는 전혀 관계가 없는 천박한 허세야. 고등어 하숙高等御下宿(고급 하숙집-역주)이라고 쓴 간판이 혼고本鄕 근처에 가끔 있었지만, 사실 화족華族입네 하는 따위의 대부분은 고등 거지 어른이라고 했으면 좋을 그런 것이지. 진짜 귀족이란 이와지마처럼 서투른 위세 같은 것은 부리지 않는 거야. 우리 일족 중에서도 진짜 귀족은 그래도 엄마 정도겠지. 엄마는 진짜야. 흉내도 낼 수 없는 데가 있어."

수프를 마시는 방법에서도, 우리는 수프 접시 위로 몸을 조금 구부리고 스푼을 옆으로 쥐고 수프를 떠서 그대로 스푼을 옆으로 쥔 채 입으로 날라다 먹지만, 어머니는 왼쪽 손으로 가볍게 테이블 가를 짚고, 상체를 구부리는 일도 없이 얼굴을 반듯이 세우고, 수프 접시는 제대로 들여다보지도 않고, 스푼을 가로 들어 싹 떠나가, 제비처럼 날렵하다고 형용했으면 좋을 정도로 가볍고 솜씨 있게 스푼을 입과 직각이 되게 가져다가 스푼 끝에서부터 수프를 입술 사이로 흘려넣는 것이다. 그리고 무심한 표정으로 이쪽저쪽을 바라보고 딴전도 피우면서, 홀렁홀렁 마치 작은 날개처럼 스푼을 다루면서 수프 한 방울 흘리는 일도 없을 뿐만 아니라, 마시는 소리도 스푼이 접시에 닿는 소리도 내지 않는 것이다. 그것이 소위 정식 예법에서 벗어나는 식사법인지는 모르지만, 나의 눈에는 정말 귀엽고 그야말로 진짜처럼 보인다. 또 사실 마시는 음식을 고개를 숙이고 스푼의 옆으로부터 빨아들이는 것보다는 천천히 상반신을 바르게 세우고 스푼 맨 끝에서부터 입에 흘려넣듯이 하는 편이 이상하리만큼 맛이 있는 것이다. 그러나 나는 나오지가 말한 것처럼 고등 거지이기 때문에 어머니와 같이 그처럼 가볍고 손쉽게 스푼을 다룰 줄 몰라서 하는 수 없이 접시 위에 덮치듯, 말하자면 정식 예법대로 답답한 식사 방법을 취하고 있는 것이다.

 수프만이 아니라 어머니가 식사하는 방법은 무척이나 예법에 벗어나 있다. 고기가 나오면 나이프와 포크로 고기 덩어리를 모두 조그맣게 썰어 놓고, 다음에는 나이프는 쓰지 않고 포크를 오른손으로 바꾸어 쥐고 그 고기 한점 한점을 포크로 찍어서 천천히 즐거운 표정으로 드신다. 또 뼈가 붙은 채 나오는 닭고기 같은 것은, 우리들이 접시에 나이프가 닿는 달그락 소리를 내지 않고 뼈에서 살을 떼어 내느라고 애를 쓰고 있을 때, 어머니는 예사롭게 손가락으로 뼈 있는 데를 쥐고 입으로 뼈에서 고기를 벗겨 내며 시치미를 뗀다. 그런 야만스러운 행동도 어머니가 하면 귀엽기도 하려니와 묘하게도 에로틱하게조차 보이니 진정 가짜와는 다른 데가 있는 것이다. 뼈가 붙은 닭고기의 경우뿐 아니라 어머니는 런치에 곁들인 햄이나 소시지 따위도 거침없이 손가락으로 집어서 드시는 일조차 가끔 있다.

 "주먹밥이 왜 맛이 있는지 알아? 그건 인간의 손가락으로 쥐어서 만든 거니까 그런 거야."

 라고 하신 적도 있다.

정말 손으로 먹으면 맛있을 거야, 하고 나도 생각할 때가 있지만 나처럼 고등 거지가 자칫 잘못 흉내를 낸다면 그야말로 진짜로 거지꼴이 될 것만 같아서 참고 있다.

동생인 나오지조차도 마마에게는 못 당하겠다고 말하고 있는데 진정 나도 어머니 흉내는 어려워서 절망감 같은 것조차 느낄 때가 있다. 언젠가 니시카타초의 우리 집 정원에서 초가을 달 밝은 밤이었는데, 나는 어머니와 단 둘이 연못가에 있는 정자에서 달을 보면서, 여우가 시집갈 때와 쥐가 시집갈 때는 그 준비가 어떻게 다를까 하고 웃으며 얘기를 나누고 있었다. 그러던 중 어머니가 벌떡 일어나더니 정자 옆의 싸리꽃 숲 안으로 들어가 하얀 싸리꽃 사이로 더 선명하고 하얀 얼굴을 내놓고 웃음을 띠며,

"가즈코, 어머니가 지금 무엇을 하고 있는지 맞춰 봐."

라고 하셨다.

"꽃을 꺾고 계시겠죠."

라고 말했더니 조그마하게 소리를 내어 웃으면서,

"소변을 보았어."

특별히 쪼그리고 앉은 것도 아니어서 놀랐지만, 그러나 나 같은 사람으로는 도저히 흉내도 내지 못할 만큼 진정 애교스러운 느낌이 들었다.

오늘 아침 수프 이야기에서 무척 벗어났지만, 요즈음에

읽은 어느 책에서 루이 왕조 무렵의 귀부인들은 궁전의 정원이나 또는 복도 구석 같은 곳에서 아무렇지도 않게 소변을 보았다는 것을 알았는데, 그 순진함이 참으로 사랑스럽게 느껴져서, 우리 어머니 같은 분이 그와 같은 진짜 귀부인의 최후의 한 사람이 아닐까 하고 생각했다.

각설하고, 오늘 아침엔 수프를 한 수저 드시고 나서, 아, 하고 나직이 소리를 지르시기에, 머리카락? 하고 여쭈어 보았더니 아니, 하고 대답하신다.

"간이 짰나 봐요?"

오늘 아침의 수프는 일전에 미국에서 배급된 깡통 그린피스를 체에 걸러서 내가 포타주처럼 만든 것인데, 원래 요리에는 자신이 없는 터라 어머니가 아니, 라고 하여도 마음이 놓이질 않아서 그렇게 말했던 것이다.

"맛있게 잘 되었어."

어머니는 정색을 하며 그렇게 말하고는 수프를 다 드시고, 다음에는 김으로 싼 주먹밥을 손으로 집어들고 드셨다.

나는 어린 시절부터 아침 식사는 식욕이 없어 10시쯤 되지 않으면 배가 고프지 않기 때문에 오늘도 겨우 수프만 마시기는 했으나, 먹는다는 일이 부담스러워서 주먹밥을 접시에 올려놓고 거기에 젓가락을 쑤셔넣어 뜯어 헤치고는, 그 조그마한 밥조각을 집어들고 어머니가 수프를 드실 때의 스푼처럼 입과 직각으로, 마치 새장의 새에게 모이를 주듯 입에 밀어넣고 느릿느릿 먹고 있었다. 그 동안에 어머니는 벌써 식사를 모두 끝내고 가만히 일어서서 아침 햇살이 비치는 벽에 등을 기대고 잠시 내가 밥을 먹는 모양을 보시다가,

"가즈코는 아직도 멀었네. 아침 식사를 제일 맛있게 먹어야 되는데."

"어머니는? 맛있으세요?"

"그야 물론. 나는 이제 병자가 아니니까."

"가즈코도 이젠 병자가 아닌걸요."

"아직은 안 돼."

어머니는 마음 아픈 듯 웃으며 고개를 저었다.

나는 5년 전에 폐병으로 자리에 누운 일이 있기는 했지만, 그건 진짜가 아니고 일종의 꾀병이라는 걸 나는 알고 있다. 그러나 어머니가 앞서 앓은 병환은 정말 염려스럽고 애처로운 병환이었다. 그런데도 어머니는 내 걱정만 하신다.

"아."

하고 내가 소리를 냈다.

"왜?"

하고 이번엔 어머니 쪽에서 묻는다.

얼굴을 서로 마주보며 무엇인지를 완전히 알았다는 걸 느끼고 후후후 하고 내가 웃으니까, 어머니도 방긋 하고 웃

는다.

 무언지 견딜 수 없이 부끄러운 생각이 엄습했을 때, 그 기묘한 아, 하고 나직한 소리가 나오는 것이다. 내 가슴에 지금 갑자기 후후 하고, 6년 전 나의 이혼 때의 일이 선명하게 떠올라 와서 견딜 수가 없어 무심결에 아, 하고 소리를 내었던 것인데, 어머니의 경우는 어떤 것이었을까. 설마 어머니에게 나와 같은 부끄러운 과거가 있을 리는 없는데, 아니, 그렇지 않다면 무엇일까.

"어머니도 아까 무언가 생각하신 거였죠? 무슨 일?"

"잊어버렸어."

"저에 관한 일?"

"아아니."

"나오지의 일?"

"응……."

하고는 고개를 갸우뚱하고,

"그럴지도 몰라."

라고 하셨다.

 동생 나오지는 대학 재학 중에 징집되어 남방의 섬으로 갔는데, 소식이 끊겨버려 종전이 되었어도 행방불명이다. 그래서 어머니는 이제는 나오지를 못 보겠거니, 하고 각오하고 있다고 하지만, 나는 그런 '각오' 같은 것을 한 번도 해 본 일이 없다. 반드시 돌아오리라고 생각하고 있는 것이다.

"이미 체념해 버렸다고 생각하면서도, 맛있는 수프를 먹으니까 나오지가 생각나서 견딜 수 없었어. 좀더 나오지에게 잘해 줄 걸 그랬어."

나오지는 고등학교에 들어갔을 무렵부터 이상하게 문학에 파고들어 마치 불량소년 같은 생활을 시작해서 어머니에게 얼마나 걱정을 끼쳐 드렸는지 모른다. 그런데도 어머니는 맛있는 수프 한 수저 들고도 나오지를 생각하고, 아, 하신다. 나는 밥을 입에 쑤셔 넣은 채 눈시울이 뜨거워졌다.

"걱정 마세요. 나오지는 염려없대두요. 나오지 같은 악당은 여간해서는 죽거나 하지 않아요. 죽는 사람은 꼭 얌전하고 곱고 상냥한 사람인 법이에요. 나오지 따위는 몽둥이로 후려갈겨도 죽지 않을 거예요."

어머니는 웃으며,

"그럼 가즈코는 빨리 죽는 편일까?"

하고 나를 놀린다.

"어머, 왜 그럴까요? 나 같은 사람은 악당보다도 더한 사람이니까 여든 살까지는 염려 없어요."

"그래? 그렇다면 어머니는 아흔 살까진 문제없겠구나."

"네."

라고 하다 말고 난 좀 난처해졌다. 악당은 장수한다. 예쁜 사람은 빨리 죽는다. 어머니는 예쁘다. 그러나 오래 살기를 바란다. 나는 무척 당황했다.

"저를 놀리셨군요!"

라고 말하고 나니까, 아랫입술이 부들부들 떨려 오고 눈에서는 눈물이 떨어졌다.

뱀의 얘기를 해야 할 것 같다. 그 사오 일 전 오후에, 근처 아이들이 정원 울타리 대나무 숲에서 뱀의 알을 열 개나 발견해 가지고 왔다.

애들은,

"살무사 알이다."

라고 주장했다. 나는 저 대나무 숲에 살무사가 열 마리나 있으면 마음 놓고 정원에 내려설 수가 없다고 생각했기 때문에,

"불에 태워 버리자."

라고 했더니, 아이들은 신이 나서 좋아라고 내 뒤를 따라온다.

대나무 숲 가까운 곳에 나뭇잎과 나뭇가지를 쌓아 놓고 불을 질러, 그 불 속에 알을 하나씩 던져 넣었다. 알은 쉽사리 타지 않았다. 아이들이 나뭇잎이나 나뭇가지를 불꽃 위에 얹어서 불을 세게 했으나, 좀처럼 알은 탈 것 같지 않았다.

아랫집 농가의 처녀아이가 울타리 너머에서,
"무얼 하고 계시는 겁니까?"
하고 웃으면서 물었다.
"살무사 알을 태우고 있는 거예요. 살무사가 나오면 무서우니까요."
"얼마나 큰데요?"
"메추라기 알만해요. 새하얗고요."
"그럼 보통 뱀의 알이에요. 살무사의 알이 아니구요. 날것으로는 여간해서 타질 않아요."
처녀아이는 사뭇 우습다는 듯이 웃으며 가버렸다. 30분 동안이나 불을 지피고 있었지만 아무리 해도 알은 타지 않았으므로, 아이들에게 알을 불 속에서 끄집어내게 해서 매화나무 아래에 묻게 하고, 나는 잔돌을 모아서 묘표를 만들어 주었다.
"자, 모두들, 기도해 줘요."
내가 쭈그리고 앉아 합장하니까 아이들도 조용하게 내 뒤에서 쭈그리고 앉아 합장을 하는 모양이었다. 그런 뒤에 아이들과 헤어져서 나 혼자 돌계단을 천천히 올라가는데, 계단 위의 등나무 시렁 아래의 그늘에 어머니가 서 있다가,
"잔인한 짓을 하는구나."
라고 하였다.

"살무사인 줄 알았더니 그냥 보통 뱀이었어요. 그래도 정중히 매장해 주었으니까 염려없어요."

라고는 했지만 이걸 어머니에게 들킨 것은 꺼림칙했다.

어머니는 결코 미신을 믿는 사람은 아니지만, 십년 전 아버지가 니시카타초에 있는 집에서 돌아가신 후부터 뱀을 무척 무서워하셨다. 아버지 임종 직전에 어머니는 아버지 머리맡에 가느다란 검은 끈이 떨어져 있는 것을 보고 별 생각 없이 집으려고 했는데 그게 뱀이었다. 스르르 도망가더니 복도로 나가서 어디론가 가버렸는데, 그걸 본 것은 어머니와 와다和田 숙부님 두 사람뿐이었다. 두 분은 서로 얼굴을 마주보았으나, 아버지의 임종이 임박한 저택 안에 소동이 일어나지 않게 참고 아무말도 하지 않았다고 한다. 우리들도 그 자리에 같이 있었지만 뱀의 일은 전혀 알지 못했다.

그러나 아버지가 돌아가신 날 저녁에, 정원 연못가의 나무란 나무에는 모두 뱀이 감겨 있었던 일은 실제로 나도 보아서 알고 있다. 나는 지금 스물아홉의 할머니가 되었지만, 십년 전 아버지가 돌아가실 때에도 이미 열아홉 살이나 되었던 것이다. 그때도 이미 어린애가 아니었으니까 십 년이 지난 오늘에도 그때의 기억이 생생하다. 내가 영전에 꽃을 꽂으려고 정원 연못 쪽으로 걸어가서 연못가의 철쭉꽃 곁에 발을 멈추고 문득 바라다보니, 그 철쭉꽃 가지 끝에 작은 뱀이 감겨 있었다. 약간 놀라서 곁에 있던 황매화 가지를 꺾으려고 했더니, 그 가지에도 감겨 있었다. 그 옆에 있는 물푸레나무에도, 새 잎이 나온 단풍나무에도, 금작화나무에도, 등나무에도, 벚꽃나무에도, 이 나무에도, 저 나무에도 뱀이 감겨 있었던 것이다. 그러나 나는 그다지 무섭게 느껴지지 않았다. 뱀도 나와 마찬가지로 아버지의 죽음을 슬퍼하여 구멍에서 기어나와 아버지의 영혼에 배례를 드리고 있구나, 하는 생각이 들었을 뿐이다. 그리고 나는 정원의 뱀 얘기를 어머니에게 가만히 말했으나 어머니는 침착하게 고개를 약간 기울이고 무엇인가 생각하는 듯했으나 아무 말도 하지 않았다.

그러나 이 두 개의 뱀 사건이 있은 이후로 어머니가 지독하게 뱀을 싫어하게 된 것만은 사실이다. 뱀을 싫어한다기보다는 뱀을 높은 것으로 숭상하고 두려워하는, 즉 외포畏怖의 감정을 가지게 되어 버린 것 같다.

뱀의 알을 태우는 것을 어머니에게 들키고, 어머니가 틀림없이 무언가 지독한 불길함을 느꼈으리라고 생각하니, 나도 갑자기 뱀 알을 태운 일이 매우 무서운 일이었다는 기분이 들었다. 그리고 그 일이 어머니에게 혹시나 나쁜 앙갚음으로 돌아오게 되지나 않을까 하고 몹시 걱정이 되어서, 다음 날도 또 그 다음 날도 잊을 수가 없었다. 그런데 오늘 아침엔 식당에서 아름다운 사람은 빨리 죽는다는 등 맹랑한 소리를 중얼거리고, 그 뒤에는 그 말을 수습하지 못하고 울어 버렸으나, 아침 설거지를 하면서 어딘가 내 가슴속에는 어머니의 생명을 단축시키는 기분 나쁜 작은 뱀이 한 마리 들어 있는 것 같아서 죽고 싶도록 마음이 언짢았다.

  그리고 그 날, 나는 정원에서 뱀을 보았다. 그 날은 매우 날씨가 화창했기 때문에 나는 부엌일을 끝내고 나서 정원 잔디 위에 등의자를 내다 놓고 거기서 뜨개질을 할 양으로 등의자를 들고 정원에 내려서는데, 정원 바위 곁의 갈대가 난 곳에 뱀이 있었다. 오, 징그러워, 나는 그냥 그렇게만 생각했을 뿐 그 이상은 생각하지도 않고 등의자를 들고 되돌아와서 마루에 놓고 거기에 앉아 뜨개질을 하기 시작했다. 오후에 나는 정원 구석에 있는 당집 안에 넣어 둔 장서 중에서 로랑생(Marie Laurencin:1885~1956)의 화집을 꺼내 오려고 정원에 내려섰는데, 잔디 위를 뱀이 느릿느릿 기어가고 있었다. 아침에 본 뱀과 똑같았다. 가늘고 품위 있는 뱀이었다. 나는 암놈이로구나, 하고 생각했다. 그 암놈 뱀은 잔디밭을 조용히 가로질러 찔레꽃 그늘까지 가서는 멈추어서 고개를 들고 가느다란 불꽃 같은 혀를 내놓고 바르르 떨었다. 그리고 주위를 바라보는 듯한 자세를 취했는데, 잠시 후에는 고개를 떨구고 무척이나 괴로운 듯 몸을 도사렸다. 나는 그

때에도 다만 아름다운 뱀이구나, 하는 생각이 들었을 뿐이었다. 당집에 들어가서 화집을 꺼내 들고 돌아오면서 아까 그 뱀이 있던 곳을 살짝 살펴보았으나 뱀은 이미 그곳에 없었다.

다 저녁때 어머니와 중국식 방에서 차를 마시면서 정원을 바라다보니 돌계단 셋째 계단에 아침에 보았던 뱀이 또 천천히 나타났다.

어머니도 그걸 발견하고,

"저 뱀은?"

하면서 내 곁으로 다가와 내 손을 잡은 채 멈추었다. 그때 나도 아차 하는 생각이 나서,

"그 알의 어미?"

하고 말해 버리고 말았다.

"그래, 그래요."

어머니의 목소리가 쉬어 있었다.

우리는 손을 서로 맞잡은 채 숨을 죽이고 그 뱀을 지켜보았다. 돌 위에 근심스러운 듯 웅크리고 있던 뱀은 비틀거리듯 또 움직이기 시작했고, 힘없이 돌계단을 가로질러 창포가 심어져 있는 쪽으로 기어갔다.

"아침부터 정원을 기어다니고 있었어요."

하고 내가 자그마한 목소리로 말했더니, 어머니는 한숨을

쉬고 털썩 의자에 앉으며,

"그럴 테지, 알을 찾고 있는 거야, 가엾게도."

하고 가라앉은 목소리로 말씀하셨다.

나는 하는 수 없이 후후 하고 웃었다.

석양이 어머니 얼굴에 닿아서 어머니의 눈이 파랗게 보일 정도로 빛나 보여서, 그 은근하게 노여움을 띤 듯한 얼굴은 달려들고 싶을 만큼 아름다웠다. 그리고 나는 어쩌면 어머니의 얼굴이 아까 그 슬퍼 보이는 듯한 뱀과 어딘가 닮았다고 생각했다. 그리고 내 가슴속에 살고 있는 살무사 같은 울퉁불퉁하고 흉악한 뱀이, 이 슬픔이 깊고 처절하게 아름다운 어미 뱀을 언젠가는 물어죽여 버리지나 않을까 하고, 왜 그런지, 왜 그런지, 그런 생각이 들었다.

나는 어머니의 부드럽고 화사한 어깨에 손을 얹고 이유 모를 몸부림을 쳤다.

우리가 도쿄 니시카타초의 집을 버리고 이즈伊豆의 약간 중국풍인 이 산장으로 이사해 온 것은 일본이 무조건 항복을 한 해의 12월 초였다. 아버지가 돌아가시고 나서 우리 집의 경제는 어머니의 동생이며 그리고 지금으로는 어머니의 단 하나의 육친인 와다 외숙이 전부 돌봐주고 있었는데, 전쟁이 끝나고 세상도 변하자 와다 외숙도 이젠 도리가 없다,

집을 팔 수밖에 다른 방법이 없다, 가정부도 모두 내보내고 모녀 둘이서 어디 시골의 아담한 집을 사서 편안하게 사는 게 좋겠다, 라고 어머니에게 말씀하신 모양이었다. 어머니는 어린애보다도 돈에 관한 일을 모르는 분으로, 와다 외숙에게 그런 말을 듣고는 그럼 잘 부탁해요, 하고 모두 맡겨 버린 모양이었다.

11월 말에 외숙에게서 속달이 왔다. 준즈駿豆 철도 연선沿線에 가와다河田 자작의 별장이 매물로 나와 있다, 집은 높은 데 있어서 전망이 좋고, 밭이 백 평쯤 있다, 그 근처가 매화의 명소여서 겨울에 따뜻하고 여름에 시원하여 살다 보면 아마도 마음에 들 곳이라고 생각한다, 저쪽과 직접 만나서 얘기할 필요도 있을 것 같으니 내일 긴자銀座에 있는 나의 사무실까지 오시기 바란다는 내용이었다.

"어머니 가시겠어요?"

하고 내가 물으니까,

"내가 부탁한 일인데."

라며 견딜 수 없이 쓸쓸하게 웃으며 말씀하셨다.

다음 날 먼저 있던 운전사인 마쓰야마松山에게 동반을 부탁하여 어머니는 점심때가 지나서 외출해서는 저녁 8시경에 마쓰야마와 함께 돌아왔다.

"결정했어."

가즈코 방으로 들어와 가즈코의 책상에 손을 짚고 무너지듯 앉으며 그렇게 한마디 하였다.

"결정하시다니, 무엇을요?"

"전부."

"그래도……."

하고 내가 놀라며,

"어떤 집인가 보기도 전에……."

어머니는 책상 위에 한쪽 팔꿈치를 세워 짚고 이마에 가볍게 손을 대며 약간 한숨을 쉬고,

"와다 외숙이 좋은 곳이라고 하시는걸. 난 이대로 눈 딱 감고 그 집으로 이사를 가도 좋을 것 같아."

라고 하며 얼굴을 들고 희미하게 웃었다. 그 얼굴은 약간 야위어 보이고 아름다웠다.

"그렇군요."

하고 나도 어머니의 와다 외숙에 대한 신뢰심의 아름다운 마음에 눌려서 맞장구를 치며,

"그럼, 가즈코도 눈을 감아야죠."

둘이는 소리를 내어 웃었지만, 웃고 난 뒤가 정말로 쓸쓸했다.

그날부터 매일 인부들이 집으로 와서 이삿짐 꾸리는 일이 시작되었다. 와다 외숙도 와서 팔아 버릴 것은 팔아 버리

도록 각각 지시를 하고 방법을 알려 주었다. 나는 가정부 오기미와 둘이서 옷가지를 정리하고 쓸모없는 쓰레기를 마당에서 태우기도 하며 바빴지만, 어머니는 정리하는 것을 거들지도 않고 이래라 저래라 지휘도 하지 않고, 매일 방에서 꾸물꾸물하고만 있는 것이었다.

"왜 그러세요? 이즈에 가기 싫어지셨어요?"

하고 용기를 내어 물어보았지만,

"아아니."

하고 멍청한 표정으로 대답하실 뿐이었다.

열흘쯤 걸려서 정리가 다 되었다. 저녁나절 오기미와 둘이서 종이조각이랑 지푸라기 등을 마당에서 불태우고 있는데, 어머니가 방에서 나와 마루 끝에 서더니 우리들의 모닥불을 보고 있었다. 회색을 느끼게 하는 차가운 서풍이 불어서 연기는 땅을 기듯 낮게 흐르는데, 나는 문득 어머니의 얼굴을 올려다보고 그 얼굴빛이 지금까지 본 일이 없었을 만큼 나쁜 데에 깜짝 놀라서,

"어머니, 안색이 몹시 나빠요."

하고 소리를 질렀더니 어머니는 가볍게 웃고는,

"아무렇지도 않아."

하며 그냥 방으로 들어가 버리셨다.

그날 밤, 이부자리는 몽땅 짐을 꾸렸기 때문에 오기미는

이층 양실의 소파에서, 어머니와 나는 어머니 방에서 옆집에서 빌려 온 이부자리를 깔고 둘이 함께 잤다.

어머니는 어머나 하고 놀랄 만큼 늙고 쇠약한 목소리로,

"가즈코가 있으니, 가즈코가 함께 있으니까 난 이즈로 가는 거야. 가즈코가 있어 주니까."

하고 뜻밖의 말을 하셨다.

나는 가슴이 덜컥해서,

"가즈코가 함께 있지 않다면?"

하고 얼결에 반문했다.

어머니는 갑자기 울면서,

"죽는 편이 나을 거야. 아버님이 돌아가신 이 집에서 어머니도 죽어 버리고 싶은 거야."

하고 더듬더듬 말하더니 이윽고 격렬하게 우셨다.

어머니는 지금까지 나에게 한 번도 이렇게 마음 약한 말을 한 적이 없었고, 또 이렇게 몹시 우는 모습을 나에게 보인 적도 없었다. 아버지께서 돌아가셨을 때에도, 또 내가 시집을 갈 때에도, 아기를 밴 채 어머니 곁으로 돌아왔을 때에도, 또 그 아기가 병원에서 죽어서 나왔을 때에도, 내가 병석에 눕게 되었을 때에도, 또 나오지가 나쁜 짓을 했을 때에도 어머니는 결코 이렇게 약한 모습을 보이지는 않았다. 아버지가 돌아가시고 나서 십 년간, 어머니는 아버지가 살

아계셨을 때와 조금도 다름없는 태평스럽고 상냥한 어머니였다. 그리고 우리들도 아무런 구애를 받지 않고 어리광 속에서 자라 왔다. 그러나 어머니에게는 이제 돈이 없어져 버렸다. 모두 우리들을 위해서, 나오지와 나를 위해서 조금도 아낌없이 다 써 버린 것이다. 그리고 이제는 오랜 세월 살아온 이 집에서 나가서 이즈의 조그마한 산장에서 나와 단 둘이 쓸쓸한 생활을 시작해야 하는 것이다. 만일 어머니가 심술궂고 인색해서 우리를 나무라고, 그리고 남몰래 자기만의 돈을 늘리려고 궁리를 하는 그런 분이었더라면, 아무리 세상이 변하더라도 이토록 죽고 싶을 만큼 그런 기분이 되지는 않았을 것이다. 아아, 돈이 없어진다는 것은 어쩌면 이렇게 무섭고 비참하고 구원이 없는 지옥일까, 하고 난생 처음으로 깨닫자 가슴이 메어지고 너무도 고통스러워 울려야 울지도 못하였다. 인생의 엄숙함이란 이런 때의 느낌을 말하는 것일까, 몸 한 번 까딱 못할 기분으로 반듯이 누운 채 나는 돌같이 굳어져 있었다.

다음 날, 역시 어머니는 안색이 나빴고, 무엇인가 꾸물대며 조금이라도 이 집에 오래 있고 싶은 모양이었으나, 와다 외숙이 와 짐은 거의 다 부쳐 버렸으니 오늘 이즈로 출발하라고 했기 때문에, 어머니는 내키지 않는 듯했지만 그런 대로 코트를 입고 작별 인사를 하는 오기미와 출입하던 사람들에게 말없이 답례를 하고, 외숙과 함께 셋이서 니시카타 초의 집을 나섰다.

 기차는 비교적 비어 있어서, 세 사람이 다 자리에 앉을 수 있었다. 기차 안에서 외숙은 매우 기분이 좋아서 콧노래를 부르기도 했지만, 어머니는 안색이 나쁜 채 고개를 떨구고 있었는데, 무척 추워하는 것 같았다. 미시마三島에서 준즈 철도로 갈아타고 이즈 나가오카長岡에서 하차하여, 또 버스를 타고 15분 가량에서 내린 뒤 산을 향해 그다지 가파르지 않은 고개를 걸어가면 조그마한 부락이 있고, 그 부락 변두리에 중국풍의 조금은 멋을 부린 산장이 있었다.

 "어머니, 생각보다는 좋은 곳이네요."

 나는 숨을 헐떡이며 말했다.

 "그렇군."

 하고 어머니도 산장 현관 앞에 서서 순간 기쁜 표정을 지으셨다.

 "첫째, 공기가 좋아. 맑은 공기지요."

 라며 외숙이 자랑했다.

 "정말."

 하고 어머니는 미소를 짓고,

 "맛이 있어요. 여기 공기는 맛이 있군요."

 라고 하셨다.

그리고 셋이는 웃었다.

현관에 들어가 보니 벌써 도쿄에서 짐이 도착해 있어, 현관에서 방까지 짐으로 가득 차 있었다.

"다음은 방에서 보는 전망이 좋아."

외숙은 들떠서 우리를 방으로 데리고 가서 앉도록 하였다.

오후 3시쯤이어서 겨울 햇빛이 정원의 잔디 위에 부드러운 빛을 드리우고 있었다. 잔디에서 돌계단을 내려가면 바로 조그마한 연못이 있고 매화나무가 많은데, 정원 아래로는 귤 밭이 펼쳐져 있으며, 그 근처에 마을 길이 나 있고, 그 건너편은 논이고, 그 훨씬 저쪽엔 소나무 숲이 있고, 그 소나무 사이로 바다가 보인다. 바다는 이렇게 안방에 앉아 있으면 마치 나의 유방 끝에 수평선이 와 닿는 것과 같은 정도의 높이로 보였다.

"부드러운 경치군."

하고 어머니는 근심스러운 빛으로 말씀하셨다.

"공기 때문인지 모르겠어요. 태양 광선이 도쿄와는 딴판이에요. 광선을 비단 체에 친 것 같아요."

하고 나는 들떠서 말했다.

다다미 열 장 방(일본에서는 방의 크기를 주로 다다미의 장수로 나타냄. 다다미 1장은 대략 90×180cm 정도-역주)과 여섯 장

방, 그리고 중국식 응접실, 현관이 석 장, 거기다 욕실과 욕실에 부속되어 있는 석 장 방이 하나 있고, 식당과 부엌, 이층에는 커다란 침대가 있는 손님용 양실이 한 칸, 그것뿐인 구조이지만 우리 둘, 아니 나오지가 돌아와 셋이 되더라도 그다지 옹색하지는 않다고 생각했다.

외숙은 이 부락에 단 하나 있다는 여관으로 식사를 주문하러 내려가고, 잠시 후 배달된 도시락을 안방에 펴놓고 가지고 온 위스키를 마시며, 이 산장의 옛 주인이었던 가와다 자작과 중국에 갔을 때의 실패담 등을 얘기하며 명랑하기 그지없었으나, 어머니는 도시락에도 약간 젓가락을 대었을 뿐 잠시 후 주위가 어두워질 무렵에,

"좀 눕게 해 줘."

라고 작은 목소리로 말씀하셨다.

짐을 풀어 이불을 꺼내어 눕게 해 드리고 나서도 왠지 걱정이 되어 짐 속에서 체온계를 꺼내 열을 재어 보니 39도였다.

외숙도 놀라신 모양으로 아래 마을까지 의사를 찾으러 나가셨다.

"어머니."

하고 불러 봐도 그냥 잠에 빠지는 듯이 정신이 없으셨다. 나는 어머니의 자그마한 손을 꼭 쥐고 훌쩍거렸다. 어머

니가 불쌍해서 불쌍해서, 아니 우리 둘이 불쌍해서 불쌍해서 아무리 울어도 그치지 않았다. 울면서 정말 이대로 어머니와 함께 죽고 싶다고 생각했다. 이제 우리에게는 아무것도 필요없다. 우리의 인생은 니시카타초의 집을 나섰을 때 이미 끝난 것이라고 생각했다.

두 시간쯤 지나서 외숙이 마을의 의사 선생님을 데리고 왔다. 마을의 의사 선생님은 연세가 많은 듯, 센다이히라仙台平의 하카마(일본 옷의 겉에 입는 주름 잡힌 하의-역주)를 입고 흰 다비(일본식 버선-역주)를 신고 있었다.

진찰을 끝내고,

"폐렴이 되실지도 모릅니다만 폐렴에 걸리셔도 걱정은 없습니다."

라고 어딘지 허전한 말을 하고 주사를 놓고 돌아갔다.

다음 날이 되어도 어머니의 열은 내리지 않았다. 와다 외숙은 나에게 이천 엔을 주면서 만일 입원이라도 하게 되거든 도쿄로 전보를 치라고 당부해 놓고 일단 그 날 귀경하였다.

나는 짐 속에서 최소한 필요한 취사도구를 꺼내어 죽을 끓여서 어머니께 드렸다. 어머니는 누운 채로 세 숟가락을 받아 드시고는 고개를 저으셨다.

점심때가 조금 지나 아래 마을 의사 선생님이 다시 왔다.

이번에는 하카마는 입지 않았지만 흰 다비는 여전히 신고 있었다.

"입원하시는 게……."

하고 내가 말씀드리니까,

"아니 그럴 필요는 없을 겁니다. 오늘은 좀더 강력한 주사를 놓아 드릴 테니까 그러면 아마 열은 내릴 겁니다."

여전히 허전한 대답을 하고, 소위 강력한 주사를 놓고 돌아갔다.

그러나 그 강력한 주사가 효과를 냈는지, 그 날 오후에 어머니의 얼굴이 붉어지고 땀이 흠뻑 났다. 잠옷을 갈아입으면서 어머니는,

"명의인지도 모르겠다."

고 하셨다.

열은 37도로 내려가 있었다. 나는 어찌나 좋은지 이 마을에 단 하나 있는 여관으로 달려가 계란 열 개를 사서 그것으로 반숙을 만들어 드렸다. 어머니는 반숙 세 개와 죽을 반 공기 정도 드셨다.

다음 날 마을의 명의가 또 흰 다비를 신고 왔다. 내가 어제 강력한 주사에 대한 고맙다는 인사를 하니까, 효과가 있는 게 당연하다는 표정으로 깊숙이 고개를 끄덕이고 정중하게 진찰을 한 다음 나를 보며,

"큰마님께서는 이제 병환은 없으십니다. 그래서 무엇을 잡수시거나 무엇을 하시거나 해도 좋습니다."

역시 묘한 말투로 말하여 나는 웃음이 터져나오는 걸 겨우 참느라고 힘이 들었다.

의사 선생님을 현관까지 전송하고 안방에 돌아와 보니 어머니는 자리에 앉아,

"정말 명의야, 난 이제 아프지 않아."

하고 무척 즐거운 표정으로 꿈결같이 혼잣말을 하셨다.

"어머니, 장지문을 열까요? 눈이 오고 있어요."

꽃잎 같은 함박눈이 팔랑팔랑 내리기 시작하고 있었다. 나는 장지문을 열고 어머니와 나란히 앉아 유리창 너머로 이즈의 눈을 구경했다.

"이젠 병이 나았다."

고 어머니는 또 혼잣말처럼 말씀하셨다.

"이렇게 앉아 있으니까 앞서 일은 꿈같았다는 생각이 들어. 나는 정말 이사하려는 찰나, 이즈에 오는 게 그렇게 싫을 수가 없었어. 먼저 우리 집에 하루라도, 반나절이라도 더 오래 있고 싶었어. 기차를 탔을 땐 반은 죽은 기분이었고 여기 와서도 처음엔 잠깐 기쁘게 느껴졌지만, 어두컴컴해지기 시작하면서 참을 수 없이 도쿄가 그리워지고 가슴이 죄어들어 타는 것 같아 정신이 아물아물해 버린 거야. 보통 병

이 아니야. 하느님이 한 번 날 죽이시고 나서, 어제와는 다른 나를 만들어서 소생시키신 거야."

 그로부터 오늘까지 우리 두 사람의 산장 생활은 그다지 큰 사고 없이 안온하게 이어져 온 것이다. 마을 사람들도 우리에게 친절했다. 여기 이사 온 것이 작년 12월, 그로부터 1월, 2월, 3월, 4월인 오늘까지 우리는 식사를 준비하는 시간 외에는 대개 마루에서 뜨개질을 하거나 중국풍의 응접실에서 책을 읽거나 차를 마시거나, 거의 세속과는 격리된 생활을 해왔던 것이다. 2월에는 매화가 피고, 이 부락 전체가 매화꽃으로 묻혔다. 3월이 되어서도 바람 없는 날이 많아서 만개된 매화꽃은 조금도 시들지 않고 3월 말경까지 아름답게 계속되었다. 아침에도 한나절에도 저녁에도 매화꽃은 한숨을 자아낼 만큼 아름다웠다. 그리고 마루의 유리문을 열면 언제나 꽃향기가 방 안으로 흘러 들어왔다. 3월 말경이 되자 저녁에는 반드시 바람이 불었고, 내가 저녁 식당에서 공기를 닦고 있으면 매화 꽃잎이 바람에 불려 들어와서 공기 속으로 들어갔다. 4월이 되자 나와 어머니는 마루에서 뜨개질을 했는데, 두 사람의 화제는 대개 밭을 어떻게 이용할까 하는 계획이었다. 어머니도 거들어 주겠다고 하신다. 아! 이렇게 써 나가면, 정말 우리는 언젠가 어머니가 말한 대로 한 번 죽어서 다른 우리로 소생할 것도 같은데, 그러나 예수님과 같은 부활은 결국 인간에게는 불가능한 것일까. 어머니는 그렇게 말씀하셨지만 그래도 역시 수프 한 수저를 들면서도 나오지를 생각하고, 아! 하고 소리를 지른다. 그리고 나의 과거의 상흔도 실은 조금도 치유된 것이 아니었다.

아아, 무엇 하나도 감추지 말고 분명히 쓰고 싶다. 이 산장의 안정은 전부 허위이고 겉치레에 불과하다고 나는 마음의 은밀한 곳에서 생각한다. 이것이 우리 모녀가 하느님께로부터 얻은 짧은 휴식 기간이라고 하더라도 이제 이미 이 평화에는 불길한 그림자가 다가오고 있는 것 같은 생각이 들어 어쩔 도리가 없었다. 어머니는 행복을 가장하면서 하루하루 쇠약해지고, 그리고 내 가슴에는 살무사가 기생하고 있어 어머니를 희생시키면서까지 살찌고, 내가 눌러도 눌러도 살찌고, 아아, 이것이 다만 계절적인 탓이었으면 좋겠다. 나는 요즈음 이런 생활이 견딜 수 없을 때가 있다. 뱀의 알을 불에 태우는 그런 교양 없는 짓을 한 것도 그러한 나의 초조감의 표현의 하나였음에 틀림없다. 그리고 다만 어머니의 슬픔을 더욱 길게 해 드리고 쇠약하게 만들 뿐이다.

'사랑'이라고 쓰고 나니 그 뒤를 이어 쓸 수가 없다.

2

 뱀 사건이 있은 후 열흘쯤 지나서 불길한 일은 또 일어나고, 더욱더 어머니의 슬픔을 깊게 하고 그 생명을 엷게 해 드렸다.
 내가 불을 낼 뻔한 일이다.
 내가 불을 내다니, 나의 생애에 그런 무서운 일이 있으리라고는 어려서부터 지금까지 꿈에서조차 생각한 일이 없었다.
 불을 함부로 다루면 화재가 일어난다는 극히 당연한 일조차 깨닫지 못할 만큼 나는 그 소위 '아가씨'였던 것일까.
 밤중에 화장실에 가려고 일어나서 현관 병풍 있는 곳에까지 가니까 욕실 쪽이 환했다. 별다른 생각 없이 들여다보니 욕실 유리창이 빨갛고 탁탁 하는 소리가 들렸다. 종종걸음으로 달려가서 욕실 작은 문을 열고 맨발로 밖에 나가 보니 목욕탕 아궁이 곁에 쌓아 놓은 장작더미가 무서운 불길로 타고 있었다.
 마당 끝의 아랫집 농가에 뛰어가서 힘껏 문을 두들기며,
 "나카이 씨, 일어나세요, 불이에요!"
 라고 고함을 질렀다.
 나카이 씨는 잠자리에 들어 있었던 것 같았으나,

"네, 곧 갑니다."

라고 대답하고, 내가 부탁이에요, 빨리요, 라고 말하는 동안에 잠옷 바람으로 뛰어나왔다.

둘이서 불난 곳에 가까이 가서 물통으로 연못물을 퍼다 끼얹고 있는데 안방에서 아앗, 하는 소리가 들렸다. 나는 물통을 내동댕이치고 안방으로 뛰어들어가서,

"어머니, 걱정하지 말아요. 염려없으니 누워 계세요."

하고 비틀거리는 어머니를 끌어안고 잠자리에 모셔다가 누이고, 다시 불이 타는 데로 뛰어와서 이번에는 목욕탕 물을 떠서 나카이 씨에게 주었다. 그가 장작더미에 그 물을 끼얹었지만 원체 불길이 세어서 그런 걸로는 꺼질 것 같지도 않았다.

"불이야, 불이야, 산장에 불이 났다."

라는 소리가 아래쪽에서 들려오고 네댓 명의 마을 사람들이 울타리를 부수고 뛰어들어왔다. 그리고 울타리 밑에 있는 소화용 물을 릴레이식으로 운반해서 이삼 분 사이에 불을 잡아 주었다. 조금만 늦었어도 욕실 지붕에 옮겨 붙을 뻔했다. 다행이다, 하고 생각하는 찰나, 나는 이 화재의 원인을 깨닫고 찔끔했다. 나는 그때 비로소 이 불 소동은, 내가 저녁때 목욕 솥 밑에서 불이 붙은 장작개비를 꺼내어 불을 껐다고 생각하고 장작더미 곁에 놓아둔 일에서 일어났음을

알아차린 것이다. 그걸 생각하고 울고 싶은 심정으로 멀거니 서 있었는데 니시야마 씨네 며느리가 울타리 밖에서, 욕실이 홀랑 다 탔어요, 아궁이 불조심을 잘하지 않았던 거야, 하고 큰소리로 떠드는 것이 들렸다.

촌장 후지다 씨, 니노미야 순경, 경방단장 오우치 씨 등이 달려왔는데, 후지다 씨는 여느 때처럼 상냥스럽게 웃는 얼굴로,

"놀라셨지요? 어떻게 된 겁니까?"

하고 물었다.

"제가 잘못했어요. 껐다고 생각했는데 장작에……."

라고 말끝을 맺지 못하고, 자신이 너무 비참해서 눈물이 쏟아져 그만 고개를 떨구고 입을 다물었다. 그 순간 경찰서로 연행되어 죄인이 될지도 모른다, 라고 생각했다. 잠옷 바람의 흐트러진 자신의 모습이 갑자기 창피했고, 잘도 몰락했구나 싶었다.

"알았습니다. 어머니는?"

후지다 씨가 감싸주듯 조용히 물었다.

"안방에서 쉬시게 했어요. 너무나도 놀라고 계셔서……."

"그러나, 정말……."

젊은 니노미야 순경도,

"집에 불이 붙지 않아서 다행이에요."

라고 위로하듯 말해 주었다.

거기에 아랫집 농가의 나카이 씨가 옷을 바꾸어 입고 나와서,

"장작더미가 좀 탄 거니까요. 화재라고 할 수도 없지요."

숨을 헐떡이면서 나의 과실을 감싸 주었다.

"그렇습니까, 잘 알았습니다."

촌장인 후지다 씨가 몇 번이나 고개를 끄덕이며, 니노미야 순경과 뭐라고 귓속말로 상의를 하고 있다가,

"그럼, 갑니다. 어머니께 잘 말씀드려 주십시오."

라고 하고는 그냥 경방단장 오우치 씨와 다른 여러분들과 함께 걸어 나갔다. 니노미야 순경만 남아서 내 곁으로 다가서더니 호흡만 하는 것 같은 작은 목소리로,

"그럼 오늘 밤에 있었던 일을 보고하지 않기로 하겠습니다."

라고 했다.

니노미야 순경이 돌아간 다음 아랫집 농가의 나카이 씨가,

"니노미야 순경이 뭐라고 했어요?"

하며 정말 근심스러운 긴장된 목소리로 물었다.

"보고는 안하시겠다고요."

하고 내가 대답하자 근처에 사시는 분들이 울타리 쪽에서 아직 서성거리고 있다가, 아 참 잘됐군, 그래 잘됐어, 하

며 슬슬 걸어 내려갔다.

 나카이 씨에게 인사를 하고 그가 돌아간 후, 나는 혼자 넋을 잃고 타다 남은 장작더미 곁에 서서 눈물어린 눈으로 하늘을 쳐다보니 벌써 새벽 가까운 기운이 떠돌고 있었다.

 욕실에서 손과 얼굴을 씻고, 어머니와 만나는 일이 어쩐지 두렵기도 해서 욕실 곁의 다다미 석 장 방에서 머리를 빗고 꾸물대다가 부엌으로 가서 날이 새기까지 하지 않아도 되는 식기 정리를 했다.

 날이 새고 나서 안방쪽으로 발소리를 죽여 가며 가만가만 가 보았더니, 어머니는 벌써 옷을 갈아입고 중국풍 응접실 의자에 지쳐 빠진 모습으로 걸터앉아 있다가, 나를 보고 방긋 웃어 보였으나 그 얼굴은 놀랄 만큼 창백했다. 나는 웃지 않고 말없이 어머니 의자 뒤에 섰다.

 "아무것도 아니었지? 땔감인걸 뭐."

 라고 하신다.

 나는 갑자기 즐거워져서 흐흐 하고 웃었다. 기회에 알맞게 하는 말은 은으로 조각한 곳에 금사과를 끼워 넣는 것과 같다고 하는 성서의 잠언을 생각해 내고 이렇게 상냥한 어머니를 가진 나의 행복을 다시 한 번 하느님께 감사했다. 어젯밤의 일은 어젯밤의 일, 후회하고 속 썩이지 말자 하고 나는 생각했다. 응접실 유리창 너머로 아침의 이즈 바다를 바라보고 언제까지나 어머니의 뒤에 서 있노라니까 나중에는 어머니의 조용한 숨소리와 나의 숨소리가 딱 들어맞게 되었다.

아침 식사를 간단하게 마치고 내가 타다 남은 장작 정리를 하고 있는데, 이 마을에 단 하나 있는 여관집 안주인 오사키 부인이,

"어떻게 된 거예요? 지금 난 처음으로 들었는데 어젯밤 도대체 어떻게 됐어요?"

하며 마당 사립문으로 달려 들어와서 눈에는 눈물을 글썽이고 있었다.

"미안해요."

내가 나지막한 목소리로 사과를 했다.

"미안하고 말고가 어디 있어요. 그보다 아가씨, 경찰은 어때요?"

"괜찮대요."

"아, 안심했다."

하며 진심으로 기쁜 표정을 보였다.

나는 오사키 부인에게 마을 여러분들에게 어떤 형식으로 인사와 사과를 해야 하는지를 상의했다. 오사키 부인은 역시 돈이 좋겠지요, 라고 하며 인사 다닐 집을 가르쳐 주었다.

"그렇지만 아가씨가 혼자서 다니시기 싫으시면 나도 함께

따라가 드릴게요."

"혼자 다니는 게 좋겠죠?"

"혼자 갈 수 있어요? 그야 혼자 다니는 게 좋지요."

"혼자 가겠어요."

그리고 오사키 부인은 불탄 자리를 정리하는 것을 좀 도와주었다.

정리가 끝나고 나서 나는 어머니에게 돈을 받아, 백 엔짜리 지폐를 한 장씩 미농지에 싸서 각기 그 봉투에 '사과'라고 썼다.

우선 먼저 마을의 촌장 사무소로 갔다. 촌장 후지다 씨가 안 계셔서 접수계 아가씨에게 종이봉투를 내놓았다.

"어젯밤에는 정말 죄송하게 됐습니다. 앞으로 주의하겠으니 용서해 주십시오. 촌장님께 말씀 전해 주시고요."

라고 사과를 했다.

다음에는 경방단장 오우치 씨 댁으로 갔는데 오우치 씨는 현관에 나와 나를 보고 슬픈 듯 미소만 지으시는데, 나는 왠일인지 갑자기 울고 싶어져서,

"어젯밤엔 죄송했어요, 용서하세요."

겨우 이렇게 말하고, 돌아오는 길에서 눈물이 쏟아져 얼굴이 엉망이 되었다. 일단 집으로 돌아와 세수를 하고 화장을 고치고 또 나가려고 현관에서 구두를 신는데 어머니가

나와,

"또 어디 가니?"

라고 하신다.

"네, 이제 시작인 걸요."

나는 얼굴을 들지 않고 대답했다.

"수고가 많구나."

착잡하신 듯이 말하였다.

어머니의 애정에 힘을 얻어 이번에는 한 번도 울지 않고 모두 돌아다닐 수가 있었다.

구장님 댁에 갔더니, 구장님은 나가서 없고 며느리가 나와 나를 보는 순간 벌써 눈물이 핑 도는 걸 보았다. 또 니노미야 순경은 다행이야 다행이야, 하고 위로해 주었고, 모두 다 친절하신 분뿐이었다. 그리고 가까운 이웃집을 돌 때 역시 모두들 동정을 하고 위로를 해 주었다. 다만 앞집 니시야마 씨네 며느리―라고는 하지만 이제 40세쯤 된 아주머니―에게는 호되게 꾸지람을 들었다.

"앞으로도 조심해요. 황족인지 뭔지는 모르지만 나는 앞서부터 당신들의 소꿉장난 같은 생활을 불안하게 보고 있었죠. 아이들 둘이서 살고 있는 것 같아서 지금까지 화재를 내지 않은 게 이상할 정도니까. 정말 앞으로도 주의해야 합니다. 어젯밤에 거기에 바람이 세게 불기라도 했더라면 이

마을 전부가 탔을 거예요."

이 니시야마 씨네 며느리는, 아래 농가의 나카이 씨나 촌장님 그리고 니노미야 순경 등이 화재 축에 들지도 않는다고 감싸 주었는데도, 울타리 밖에서 욕실이 홀랑 탔어, 불조심을 잘하지 않아서 그런 거야, 라고 큰소리로 고함을 지르던 사람이다. 그러나 나는 니시야마 씨네 며느리의 모진 말에도 진실을 느꼈다. 정말 그 말이 옳다. 조금도 니시야마 씨네 며느리를 원망할 수는 없다. 어머니는 땔감인데 뭐, 하고 농담을 했지만 그때 바람이 세게 불었으면 니시야마 씨네 며느리 말대로 이 마을 전부가 불탔을지도 모른다. 그렇게 되면 내가 죽음으로 갚아도 사과할 수 없는 일이다. 내가 죽으면 어머니도 살아 계시지 못할 것이고, 또 돌아가신 아버지의 명예에도 폐를 끼치는 일이 된다. 지금에 와서는 황족도 귀족도 쓸모없게 되었지만 기왕 망하려면 아주 화려하게 망하고 싶다. 화재를 내고 사죄하기 위해 죽는다면, 그런 비참한 죽음이라면 죽어도 눈을 감지 못하리라. 하여튼 좀더 정신을 차려야겠다.

나는 다음 날부터 밭일에 힘을 쏟았다. 아래 농가 나카이 씨네 따님이 가끔 도와주었다. 화재를 일으키는 추태를 보이고 난 다음에는 내 몸의 피가 어쩐지 검붉게 된 것 같이 느껴졌다. 앞서는 내 가슴에 살무사가 살고 있고, 이번엔 피의 빛깔까지 변했으니까 드디어 야생의 시골 계집애가 되어 가는 기분이 들어, 어머니와 마루에서 뜨개질을 하고 있으면서도 이상하게 옹색하고 답답하고, 오히려 밭에 나가서 땅을 파헤치거나 하고 있는 편이 마음 편할 정도였다.

육체노동이라고 할까, 이러한 힘을 쓰는 일은 나에게 있어서는 처음 있는 일이 아니다. 나는 전시에 징용되어서 땅을 다지는 공이를 잡아당기는 일터에서 일을 한 적이 있다. 지금 밭에 나오면서 신은 지카다비(노동자의 작업화-역주)도 그때 군대에서 배급된 것이다. 지카다비라는 것을 그야말로 난생 처음으로 신어본 것이었다. 그런데 그것이 놀랄 만큼 신은 감촉이 좋아서 그걸 신고 정원을 걷노라면, 새나 짐승이 땅바닥을 맨발로 걸어 다니는 그 경쾌함을 나로서도 느낄 수 있어서 가슴이 울렁거리도록 기뻤다. 전쟁 중의 즐거웠던 기억은 단지 이 한 가지뿐, 생각하면 전쟁만큼 시시한 것도 없다.

작년에는 아무 일이 없었다.
재작년에도 아무 일이 없었다.
그 먼저 해에도 아무 일이 없었다.

이런 재미있는 시가 종전 직후 어느 신문에 게재되었으나 정말로 지금 생각해 보아도 가지가지 사건이 있었던 것처럼 생각되면서도 역시 아무 일도 없었던 것 같은 생각도 든다. 나는 전쟁의 추억을 얘기하기도 듣기도 싫다. 사람이 수없이 죽었는데 그런데도 진부하고 지루하다. 그러나 나는 역시 분방한 것일까. 내가 징용되어 지카다비를 신고 땅 다지는 밧줄을 잡아당기게 됐을 때의 일만은 그다지 진부하다고 여겨지지 않는다. 퍽이나 싫은 생각이 들었지만, 그래도 나는 그 땅 다지는 밧줄을 잡아당겼던 덕분에 몸이 아주 건강해졌고, 지금도 나는 생활이 곤궁해지면 땅 다지는 일을 찾아서 살아가야겠다고 생각할 때가 있을 정도인 것이다.

전황이 차츰 절망적이 되어 가던 무렵, 군복 같은 옷을 입은 남자가 니시카타초의 집으로 찾아와서 나에게 징용 용지와 노동 날짜 계획을 쓴 종이를 주었다. 그 배당된 종이를 보니 나는 다음날부터 하루걸러 다치가와立川 안쪽의 산에 다니게 되어 있었다. 나는 그만 울음보를 터뜨리고 말았다.

"대신 다른 사람이 가면 안 되겠습니까?"

눈물이 그쳐지지 않고 훌쩍거리기까지 했다.

"군에서 당신에게 징용이 왔으니까 본인이 가야만 하오."

하고 그 남자는 강력하게 말했다.

나는 가기로 결심했다.

다음날은 비가 왔으나 우리들은 다치가와 산기슭에 정렬했고, 우선 장교의 설교가 있었다.

"전쟁에는 꼭 승리한다."

고 서두를 꺼내고,

"전쟁에는 꼭 이긴다. 그러나 여러분이 군의 명령대로 일을 하지 않으면 작전에 지장이 생기고 오키나와 같은 결과를 가져온다. 반드시 명령받은 만큼의 일은 해주기 바란다. 그리고 이 산에도 스파이가 들어와 있을지 모르니 서로 주의해야 한다. 여러분도 지금부터 병사와 같이 진중에 들어와서 일을 하는 것이니만큼 진지의 상황은 절대로 남에게 말하지 않도록 충분히 주의해 주기 바란다."

라고 했다.

산에는 비가 자욱했고 남녀 섞어서 오백 명 가까운 대원이 비를 맞으며 서서 그 얘기를 들었던 것이다. 대원 중에는 소학교 남녀 학생도 섞여 있었는데 모두 추워 울상이 되어 있었다. 비는 나의 레인코트를 통해서 상의로 스며들고 속옷까지 젖었을 정도였다.

그 날 하루 삼태기를 져 날랐는데, 돌아오는 전차 속에서 눈물이 나와서 견딜 수가 없었다. 그 다음에는 땅 다지는 밧줄을 잡아당기는 일이었다. 그리고 나에게는 그 일이 제일 신이 났다.

두 번 세 번 산에 가는 동안에 소학교 남학생들이 이상하게 내 모습을 유심히 힐끔힐끔 보는 것이었다. 어느 날 내가 삼태기 지는 일을 하고 있는데, 남학생 두세 명이 나하고 스치고 지나가면서,

"저게 스파이야?"

라고 낮은 목소리로 수군대는 것을 듣고 나는 깜짝 놀랐다.

"왜 그런 소리를 할까?"

나는 나와 나란히 삼태기를 지고 가는 어린 여자아이에게 물었다.

"외국 사람 같으니까."

그 애는 정색을 하고 대답했다.

"아가씨도 나를 스파이라고 생각해요?"

"아아뇨."

이번에는 좀 웃으며 대답했다.

"난 일본인이에요."

라고 한 나 자신의 말이 어쩐지 우스꽝스러운 넌센스같이 생각되어 혼자 낄낄 웃었다.

어느 날씨가 화창한 날, 나는 아침부터 남자들과 함께 통나무를 운반하고 있었다. 그때 감시 당번인 젊은 장교가 얼굴을 찡그리고 나를 가리키며,

"이봐, 이리 좀 와."

하더니 얼른 송림松林 쪽으로 걸어갔다. 내가 불안과 공포로 가슴을 두근두근하면서 뒤를 따라갔더니, 숲 안쪽에 제재소에서 갓 실어 온 듯한 송판이 쌓인 곳 앞에까지 가서 발을 멈추고 후딱 뒤에 따라오는 나를 향해 돌아서서,

"매일 고생스럽죠? 오늘은 어디 이 재목을 지키는 당번을 맡아 주시지요."

라며 하얀 이를 내놓고 웃었다.

"여기 서 있으면 됩니까?"

"여긴 시원하고 조용하니까 이 목재 위에서 낮잠이라도 자세요. 만일 지루하면, 이건 이미 읽으셨는지 모르지만……."

하고 웃저고리 호주머니에서 작은 문고판 책을 꺼내어 겸연쩍은 듯 판자 위에 던지고,

"이런 거라도 읽고 계십시오."

문고판에는 '트로이카'라고 써 있었다.

나는 그 문고판을 집어들며,

"감사합니다. 집에서도 책을 좋아하는 사람이 있어서, 지금은 남방에 가 있습니다만."

이라고 하니까 잘못 받아들인 듯,

"아아, 그래요. 주인께서 그러셨군요. 남방이면 대단할

텐데."

라고 고개를 흔들며 젖어드는 목소리로,

"하여튼 오늘은 여기 감시 당번을 하시고, 댁의 도시락은 나중에 내가 갖다 드릴 테니 푹 쉬고 계십시오."

라는 말을 남겨 놓고 빠른 걸음으로 돌아갔다.

재목에 걸터앉아 문고판을 반쯤 읽었을 때 구두 소리가 나더니 그 장교가,

"도시락 가지고 왔어요. 혼자 있기가 심심하지요?"

라며 도시락을 풀 위에 놓고 또 급히 되돌아갔다.

나는 도시락을 먹고 이번에는 아예 목재 위에 올라가 누워서 책을 읽었다. 책을 다 읽고 나니, 소록소록 졸음이 와서 낮잠이 들어 버렸다.

잠이 깬 것은 오후 3시가 지나서였다. 나는 문득 그 젊은 장교를 전에 어디선가 본 일이 있었던 것 같아서 생각해 보았지만 생각해 낼 수가 없었다. 목재 더미에서 내려와 머리를 매만지고 있으니까 구둣발 소리가 들렸다.

"오늘은 수고가 많으셨습니다. 이제 돌아가도 좋습니다."

나는 그 젊은 장교 옆에 다가서서 문고판을 내밀며 고맙다는 인사를 하려고 했으나 말이 나오질 않아 잠자코 장교의 얼굴을 올려다보았다. 두 사람의 눈이 마주쳤을 때 내 눈에서 눈물이 방울지어 나왔다. 그 장교의 눈에도 눈물이 반

짝였다.

그냥 아무 말 없이 헤어졌는데 그 젊은 장교는 그 후 우리들의 작업장에는 다시는 얼굴을 보이지 않았다. 나는 그날 꼭 하루 쉴 수 있었을 뿐, 뒤에는 역시 하루 걸러 다치가와 산에서 고통스러운 작업을 했다. 어머니는 나의 건강을 자꾸만 걱정하셨지만 나는 오히려 더 튼튼해져, 이제 와서는 땅 다지는 밧줄을 잡아당기는 일에 남몰래 자신을 가지고 또 밭일에도 그다지 고통을 느끼지 않는 여자가 되었다.

전쟁 얘기는 하는 것도 듣는 것도 싫다 하면서 어쩌다 나의 '귀중한 체험담'을 얘기해 버렸으나, 나의 전쟁의 추억 속에서 조금이라도 얘기하고 싶은 것은 대략 이 정도이다. 나머지는 그 시와 같이,

작년에는 아무 일이 없었다.
재작년에도 아무 일이 없었다.
그 먼저 해에도 아무 일이 없었다.

라고 하고 싶을 정도로 다만 시시하기만 하고 나에게 남아 있는 것은 허망한 이 지카다비 한 켤레뿐이다. 지카다비로 인해서 별로 쓸모도 없는 얘기를 하게 되어 탈선해 버렸지만 나는 이 전쟁에서의 유일한 기념품이라고나 할 지카다

비를 신고 매일같이 밭에 나가 가슴속 깊은 곳에서 남모를 불안과 초조를 달래고 있었다. 어머니는 매일 눈에 띄게 날로날로 쇠약해지는 것 같아 보인다.

뱀의 알 사건.

화재 사건.

그 무렵부터 어머니의 병색이 보이게 되었다. 그리고 나는 그 반대로 차츰 거칠고 야생적인 품위 없는 천한 여자가 되어 가는 느낌이다. 어쩐지 내가 어머니에게서 자꾸만 생기를 빨아들여서 살찌고 있는 듯한 생각이 드는 것은 어쩔 수가 없다.

화재가 났을 때만 해도 어머니는 땔감인걸 뭐, 하고 농담을 하셨고, 그 후에 화재에 대해서는 한 마디도 하지 않고 오히려 나를 위로해 주는 듯 보였으나, 내심 어머니가 받은 충격은 나의 그것보다 열 배는 더 강했음에 틀림없다. 그 화재가 있은 후 어머니는 밤중에 신음을 하는 일이 가끔 있었고, 또 바람이 세게 부는 밤에는 화장실에 가는 체하면서 깊은 밤에 몇 번이고 자리에서 빠져나가 집안을 돌아보는 것이었다. 그리고 안색은 언제나 좋지 않고 걸어다니는 것조차 겨우겨우 견디는 것같이 보이는 날도 있었다. 밭일도 돕고 싶다고 먼저 말씀하셨다. 한 번은 내가 그만두라는데도 우물에서 커다란 통으로 밭에 물을 대여섯 번 긷더니, 다음

날은 숨을 쉬지 못할 만큼 어깨가 결린다고 하고 하루 종일 자리에서 일어나지 못하셨는데, 그런 일이 있은 후로는 다시는 밭일을 체념한 듯, 어쩌다 밭에 나와도 내가 일하는 모습을 그냥 지켜보고 계실 뿐이다.

"여름 꽃을 좋아하는 사람은 여름에 죽는다고 하는데 정말일까?"

오늘도 어머니는 내가 밭일을 하는 것을 보고 있다가 문득 그런 말을 하셨다. 나는 말없이 가지나무에 물을 주고 있었다. 아아, 그러고 보니 벌써 초여름이다.

"나는 자귀나무 꽃을 좋아하는데 이 정원에는 한 그루도 없지."

하고 또 어머니가 조용히 말한다.

"협죽도夾竹桃가 많이 있지 않아요?"

나는 일부러 쏘아붙이듯 말했다.

"그건 싫어. 여름 꽃은 대개 좋은데 그건 너무 개방적으로 명랑해서."

"나라면 장미가 좋아. 그러나 그건 사철꽃이니까 장미를 좋아하는 사람은 봄에 죽고, 여름에 죽고, 가을에 죽고, 겨울에 죽고, 네 번이나 죽어야 하겠네."

둘이는 웃었다.

"좀 쉬지 그래."

하고 어머니는 또 웃으면서,

"오늘은 가즈코와 좀 상의할 일이 있어."

"뭔데요. 죽는 얘기는 질색이야."

나는 어머니 뒤를 따라가서 등나무 시렁 아래 벤치에 나란히 걸터앉았다. 등나무 꽃은 이미 끝나 버리고 부드러운 오후의 햇빛이 그 잎을 통해서 우리의 무릎 위로 떨어져 우리의 무릎을 녹색으로 물들였다.

"앞서부터 말하려고 하던 일인데 서로가 기분 좋을 때를 기다려서 오늘까지 기회만 얻으려고 했어. 어차피 좋은 얘기는 아냐. 그렇지만 나는 어쩐지 오늘은 말이 술술 나올 것 같은 기분이 들어서…… 그러니 가즈코도 참고 끝까지 들어줘. 실은 나오지가 살아 있어."

나는 몸이 굳어졌다.

"한 닷새 전에 와다 외숙에게서 편지가 왔어. 일전에 외숙 회사에 근무하고 있던 사람이 최근 남방에서 귀환해서 외숙에게 인사차 찾아왔을 때, 세상 얘기를 하던 끝에 우연하게 나오지와 같은 부대에 있었다는 사실을 알게 되었는데, 나오지는 무사해서 곧 귀환할 거라는군. 그런데 한 가지 나쁜 일은 그분 얘기로는 꽤 심한 아편 중독이라나 봐."

"또!"

나는 쓴 것을 먹었을 때처럼 입을 일그러뜨렸다. 나오지는 고등학교 시절 어느 소설가의 흉내를 내다가 마약 중독에 걸려 그 때문에 약국에 엄청난 금액의 빚을 져서 어머니가 그 빚을 갚는 데 2년이나 걸렸던 것이다.

"그래. 또 시작한 모양이야. 그러나 그게 낫기 전에는 귀환도 허락되지 않을 터이니 꼭 고쳐 가지고 귀환할 것이라고 그분도 말씀하셨다나 봐. 외숙의 편지에는 고치고 돌아온다 해도 그러한 사고방식을 가진 자라면 금방 취직시킬 수는 없다, 지금 이 혼란의 도쿄에서 일하다 보면 제정신 가진 사람도 조금은 미친 기분이 든다, 그런데 중독을 치유한 반병자라면 당장 발광 상태가 되어서 무슨 짓을 할지 알 수 없다, 그러니 나오지가 돌아오면 곧 이즈의 산장으로 맞아들여서 아무 데도 내보내지 말고 당분간 정양시키는 게 좋다고, 그게 한 가지고, 얘야 가즈코, 외숙이 말이야 또 한 가지 당부하신다. 외숙 말씀에 따르면 이젠 우리의 돈은 한 푼도 없게 되었다는 거야. 예금봉쇄라든가 재산세라든가 때문에 지금까지 했듯이 돈을 보내는 일이 복잡해졌다고 해. 그래서 나오지가 돌아와서 어머니와 가즈코 세 사람이 놀고먹으면 외숙도 그 생활비를 마련하기에 너무도 힘이 드니까 지금이라도 가즈코의 재혼을 생각하든가 또는 도와드릴 집을 찾든가 하라는 말씀이야."

"도와드리는 집이라니, 가정부?"

"아아니, 외숙이 왜 그 고마바駒場의……."

하고 어느 황족의 성함을 말씀하시고,

"그 황족이라면 우리와는 혈연관계에 있고 거기 아가씨의 가정교사를 겸해서 가정일도 도와드리는 일은 가즈코가 그다지 쓸쓸해하거나 옹색한 마음을 가지지 않고도 할 수 있겠지, 라고 말씀하셨어."

"다른 데 취직할 데가 없을까요?"

"다른 직업은 가즈코에게는 진정 무리일 것이라고 하시더구나."

"왜 무리예요, 왜 무리일까요?"

어머니는 쓸쓸하게 미소를 지을 뿐 아무 대답도 하지 않으셨다.

"정이 떨어지네요, 그런 얘기."

자신도 쓸모없는 말을 지껄이는구나 생각했지만 멈추어지지 않았다.

"내가 이런 지카다비를, 이런 지카다비를."

하고 말하다가 눈물이 흘러나와서 그만 와아 하고 울어버렸다. 얼굴을 들고 눈물을 손등으로 씻으면서 어머니를 향해서는 안 된다, 안 된다, 생각하면서도 말이 의식 없이, 육체와는 관계도 없이 자꾸자꾸 계속해서 쏟아졌다.

"언젠가 말씀하셨지요. 가즈코가 있으니까 가즈코가 있

어주니까 어머니는 이즈로 가는 거란다, 라고 하셨지요. 가즈코가 없으면 죽어 버리고 만다고 하셨지요. 그래서 가즈코는 아무 데도 가지 않고 어머니 곁에 있으면서 이렇게 지카다비를 신고 어머니께 좋은 야채를 드리고 싶어서 그것만 생각하고 있는데, 나오지가 돌아온다니까 갑자기 나를 걸리적거리는 것으로 생각하고 황족 댁에 가정부로 들어가라니 너무해요, 너무하세요."

자신이 생각해도 지독한 소리를 하는구나 싶으면서도 말이 어떤 생물인 것처럼 애를 써도 멈추어지지 않았다.

"가난해지면, 돈이 없어지면 우리의 기모노를 팔면 되지 않아요? 이 집도 팔아 버리구. 난 무엇이나 다 할 수 있어요. 이 마을 사무소의 여자 사무원도 할 수 있고요. 무엇이나 다 할 수 있어요. 그것도 못하게 되면 목도꾼 노릇이나 땅 다지기도 할 수 있어요. 가난한 게 뭔데. 어머니만 나를 귀여워해 주신다면, 나는 평생 어머니 곁에 있겠다고까지 생각하고 있었는데 어머니는 나보다도 나오지가 더 귀여운 거지요. 나가겠어요. 난 나갈게요. 어차피 나는 예전부터 나오지와는 성격이 맞지 않으니까 셋이 함께 생활하게 되면 피차에 불행해요. 나는 지금까지 오랜 동안 어머니와 단둘이서 살아왔으니까 유감은 없어요. 이제부터는 나오지가 어머니와 둘이서 딴 식구 없이 살면서 나오지가 실컷 실컷 효도하면 돼요. 난 이젠 싫증이 났어. 이런 생활이 싫증이 났어. 나가겠어요. 오늘 지금 당장 나가겠어요. 난 갈 곳이 있어요."

나는 일어섰다.

"가즈코!"

어머니는 매섭게 말하였다. 그리고 지금까지 한 번도 나에게 보이신 일이 없는 위엄에 가득 찬 표정으로 불쑥 일어나서 나와 마주보니 나보다 조금 키가 큰 것처럼 보였다.

나는 잘못했어요, 라고 곧 말하고 싶었으나 그게 도저히 입에서 나오지 않고 딴 말이 나와 버렸다.

"속인 거예요. 어머니는 나를 속이신 거예요. 나오지가 올 때까지 나를 이용하고 계신 거예요. 나는 어머니의 몸종이에요. 볼일 다 보았으니까 황족 댁으로 가라고."

왁 하는 소리와 함께 나와서 나는 선 채로 실컷 울었다.

"넌 바보로구나."

나지막하게 말하는 어머니의 목소리는 분노에 떨려 나왔다.

나는 얼굴을 들고,

"그래요. 바보 천치예요. 속았어요. 바보니까 걸리적거리는 거예요. 없는 편이 좋겠지요. 가난하다는 건 뭐예요. 돈이란 뭐예요. 난 모르겠어요. 애정을, 어머니의 애정만을 믿고 그것만 믿고 살아온 건데요."

또 바보스런, 마음에도 없는 말을 지껄여 댔다.

어머니는 얼굴을 홱 돌렸다. 울고 계셨다. 나는 제가 잘못했어요, 용서하세요, 하고 어머니에게 달려들어 안기고 싶었으나 밭일 하던 손이 더러운 것이 마음에 걸려서 묘하게 냉랭하고 어색하게,

"나만 없으면 되는 거지요? 나가겠어요. 난 갈 곳이 있어요."

하는 말을 남기고 종종걸음으로 욕실에 들어가 훌쩍거리며 얼굴과 손발을 씻었다. 그리고 방에 들어가서 양복을 갈아입는 동안에 또 헉, 하고 울음이 터져나와서 실컷 울어보고 싶은 마음이 생겨 이층 양실로 뛰어올라가 침대에 몸을 던지고 담요를 머리서부터 뒤집어쓰고 몸이 야윌 정도로 몹시 울었다. 그러는 중에 정신이 멍해져서 점점 어떤 사람이 그리워지고 그리워서 견딜 수 없고 얼굴이 보고 싶고 목소리가 듣고 싶고 양쪽 발바닥에 뜸을 뜨면서 지그시 참는 것처럼 기묘한 감정이 되어 갔다.

저녁때가 거의 될 무렵, 어머니는 조용히 이층 양실로 들어와 탁 전등을 켜고 침대에 다가와서,

"가즈코."

하고 애정이 담뿍 든 목소리로 부르셨다.

"네."

나는 일어나서 침대에 앉아 두 손으로 머리를 쓸어 올리고 어머니의 얼굴을 보고 후후 하고 웃었다.

어머니도 슬며시 웃으면서 창 아래 소파에 깊숙이 몸을 담고,

"나는 난생 처음으로 와다 외숙의 명령을 어겼어…… 어머닌 금방 외숙에게 답장을 썼어. 내 자식들의 일은 나에게 맡겨 두어 달라고 썼어. 가즈코, 옷을 팔자. 두 사람의 옷을 마구 팔아 호화스럽게 살자. 나는 이젠 가즈코에게 밭일 같은 것은 시키고 싶지 않아. 비싼 야채 사 먹으면 어때. 그렇게 매일 밭일 하는 거 가즈코에게 무리야."

실은 나도 매일 밭일을 하기가 점점 괴로워져 가고 있었다. 아까 마치 미친 사람처럼 울부짖고 법석을 떤 것도 밭일에 지치고 슬픔이 뒤섞여 아무거나 다 원망스럽고 싫증이 나 있었기 때문이었다.

나는 침대 위에서 고개를 숙이고 잠자코 있었다.

"가즈코."

"예."

"갈 데가 있다고 했는데 어디야?"

나는 목까지 빨개지는 것을 느꼈다.

"호소타 님?"

나는 아무 말도 하지 않았다.

어머니는 깊게 한숨을 쉬고,

"옛날 얘기 해도 괜찮겠니?"

"하세요."

나는 나지막하게 대답했다.

"가즈코가 야마키의 집에서 니시카타초의 집으로 돌아왔을 때, 어머니는 가즈코에게 책망하는 말은 아무 말도 하지 않았다고 생각하는데, 그래도 꼭 한마디 '어머니는 가즈코에게 배신을 당했다'고 말했지? 기억이 나니? 그랬더니 가즈코는 마구 울었어. 나도 배신이라는 지독한 말을 쓴 것은 나빴구나, 생각했어."

그러나 나는 그때 어머니의 그 말씀이 고마워서 울었던 것이다.

"어머니가 그때 배신당했다고 한 것은 가즈코가 야마키의 집에서 나온 걸 가리킨 것이 아니고 야마키에게서, 가즈코는 실은 호소타 님과 사랑하는 사이였습니다, 하는 말을 들었을 때야. 그 말을 들었을 때 정말 나는 얼굴빛이 변할 뻔했어. 그건 호소타 님은 훨씬 전부터 부인도 아기도 있어서 아무리 이쪽에서 사모해도 어쩌지 못하는 일이었기 때문이지."

"사랑한다는 건 심한 말이에요. 야마키 쪽에서 다만 그렇게 의심하고 있었던 것뿐예요."

"그럴까? 가즈코는 지금도 그 호소타 님을 계속 생각하고 있는 건 아니겠지? 그럼 갈 곳이 어디지?"

"호소타 님에게 어떻게 가요."

"그래. 그럼 어디?"

"어머니, 나 말예요, 일전에 생각한 건데 인간이 다른 동물과 전혀 다르다는 점은 무엇일까요? 말도 지혜도 사고도 사회의 질서도 제각기 정도의 차이는 있지만 다른 동물들도 다 가지고 있지 않아요? 신앙도 가지고 있는지 몰라요. 인간은 만물의 영장입네 으스대고 있지만 조금도 다른 동물과 본질적으로 차이는 없는 것 같아요. 그런데 어머니 꼭 한 가지 있어요. 모르시겠죠? 다른 동물에게는 절대로 없고 인간에게만 있는 것. 그건 비밀이라는 거예요, 어때요?"

어머니는 약간 얼굴을 붉히며 아름답게 미소를 지으셨다.

"아, 그 가즈코의 비밀이 좋은 열매를 맺었으면 좋겠군. 어머니는 매일 아침 아버님께 가즈코를 행복하게 해 주시라고 기도드리고 있어."

나의 가슴 속에 가볍게 아버지와 나스노를 드라이브할 때 도중에서 내렸던 그때의 가을 들판의 풍경이 떠올랐다. 싸리꽃나무, 패랭이꽃, 마타리 등 가을 풀꽃이 피어 있었다. 멀구 열매는 아직 파랬다.

그리고 아버지와 비와코琵琶湖에서 모터보트를 타고 물에 뛰어들어가니, 해초 속에 사는 물고기가 나의 다리에 부딪히고 호수 밑에 나의 다리의 그림자가 뚜렷이 비추어져 있었다. 그리고 움직이고 있었던 그 모양이 전후 관련도 없이 떠올랐다가 사라졌다.

"어머니, 아까는 잘못했어요."

라고 말하고 나는 침대에서 미끄러져 내려와 어머니 무릎에 매달릴 수가 있었다.

생각하면 그 날쯤이 우리의 행복에서 최후로 남은 빛이 빛난 무렵이었다. 그 후 나오지가 남쪽에서 돌아오고부터는 우리의 진짜 지옥이 시작되었다.

3

아무래도 더는 도저히 살아갈 수 없을 것 같은 허전함, 이게 그 불안이라고 하는 감정일까. 가슴에 고통스러운 파도가 밀어닥치고 그것은 마치 소나기가 갠 뒤에 하늘을 부산하게 흰 구름이 뒤를 이어 흘러흘러 지나가는 것처럼 나의 심장을 죄기도 하고 늦추기도 하고, 나의 맥박이 불규칙해져 호흡이 희박해지고 눈알이 희끄무레하다가 껌껌해지고 전신의 힘이 손가락 끝을 쑤욱 빠져나가는 기분이 되어서 뜨개질을 계속할 수가 없게 되었다.

요즈음은 비가 음산하게 계속 내리고 있어서 무엇을 해도 지루한데, 오늘은 안방 앞의 마루에서 등의자를 내놓고 올 봄에 한 번 뜨다가 그냥 두었던 스웨터를 다시 떠야겠다는 기분이 들었다. 엷은 모란색이 바랜 것 같은 털실로, 나는 거기에 코발트블루를 합쳐서 스웨터를 만들 셈이다. 그리고 이 엷은 모란색의 털실은 지금부터 벌써 20년도 더 전에 내가 아직 초등과에 다니고 있을 때, 어머니가 나의 목도리로 떠 주셨던 것이다. 그 목도리는 끝에 모자가 달렸는데, 내가 그걸 쓰고 거울을 들여다보니까 작은 도깨비 같았다. 더구나 색깔이 다른 학우들의 것과 너무도 달라서 나는 이 목도리가 무척 싫었다. 간사이關西 지방에서 세금을 많이 내는 집안의 학우가 '좋은 목도리 하고 있네'라고 어른스런 어조로 칭찬해 주었지만 나는 더더욱 남부끄러워서 그 후 한 번도 이 목도리를 두른 일 없이 오랫동안 처박아 두었던 것이다. 그걸 올 봄에 폐품활용 차원에서 풀어서 내가 입을 스웨터를 뜨려고 시작은 했지만 아무래도 이 바랜 것 같은 색조가 마음에 안 들어서 또 팽개쳐 두었는데, 오늘은 심심풀이로 문득 생각이 나서 꺼내어 천천히 뜨기 시작했던 것이다. 그러나 짜 나가는 동안에 나는 이 엷은 모란색 털실과 회색 구름이 덮인 하늘이 하나로 융합되어 형언할 수 없는 부드럽고 온화한 색조를 자아내고 있는 걸 깨달았다. 나는 모르고 있었던 것이다. 코스튬은 하늘 색깔과의 조화를 생각에 넣지 않으면 안 된다는 중요한 것을 모르고 있었던 것이다. 조화란 이 얼마나 아름답고 멋있는 것일까, 하고 약간은 놀라고 아연한 상황이었다. 회색의 비 오는 하늘과 엷은 모란색의 털실, 이 둘을 어울려 맞추면 양쪽이 동시에 싱싱해지니 이상한 노릇이다. 손에 들고 있는 털실이 갑자기 포근하게 따뜻하고, 차가운 회색 하늘도 우단처럼 부드럽게 느껴진다. 그리고 모네의 '안개 속의 사원'이라는 그림을 상기시킨다. 나는 이 털실 색에 의해서 비로소 '짝'이라는 것을 알게 된 것 같은 기분이었다. 좋은 취향. 그리고 어머니는 눈 내리는 겨울 하늘에 이 엷은 모란색이 얼마나 아름답게 조화를 이루는가 잘 알고 계셔서 일부러 골라서 만들어 주셨는데 나에게 강요하지도 않고 내가 하는 대로 내버려 두신 어머니, 내가 이 색깔의 아름다움을 정말로 알 때까지 20년이나 이 색깔에 대해서 한 마디의 설명도 하지 않고 말없이 모르는 체 기다리고 계신 어머니, 참으로 좋은 어머니라고 생각하는 동시에 이런 좋은 어머니를 나와 나오지가 둘이서 구박하고 골탕을 먹이고 이제 죽게 만드는 것이나 아닐까. 문득 견딜 수 없는 공포와 근심의 구름이 가슴에 뭉게뭉게 떠올라서 이것저것 생각할수록 앞길에 굉장히 무서운 나쁘고 불길한 일만 예상되었다. 이젠 도저히 살아 나갈 수 없을 것 같은 불안에 싸여 손가락 끝의 힘이 빠져서 대바늘을 무릎에 놓고 커다랗게 한숨을 쉬며 얼굴을 젖히고 눈을 감으며,

"어머니."

하고 나도 모르게 말했다.

어머니는 안방 구석에 놓인 책상 앞에 기대어 책을 읽고 계시다가,

"으응?"

하고 이상한 듯 대답을 하셨다.

나는 당황해서 새삼스럽게 커다란 소리로,

"마침내 장미가 피었어요. 어머니 알고 계셨어요? 난 이제야 발견했어요. 마침내 피었군요."

안방 마루 바로 앞의 장미. 그것은 와다 외숙이 예전에 프랑스인가 영국인가, 그건 잊었지만, 하여튼 먼 나라에서 가지고 온 것으로 이삼 개월 전에 외숙이 손수 이 산장에 옮겨 심어 주신 장미였다. 오늘 아침 그게 겨우 한 송이 핀 것을 나는 벌써 알고 있었다. 그러나 겸연쩍은 것을 감추려고 지금 막 알아본 것처럼 허풍을 떨며 떠들어 보였던 것이다. 꽃은 진한 보랏빛으로 범할 수 없는 기품과 오만과 강함을 지니고 있었다.

"알고 있었어."

하고 어머니는 조용히 말하며,

"가즈코는 그런 게 무척 중요한가 봐."

"그런지도 몰라요. 가엾지요?"

"아니, 가즈코에게는 그런 점이 있다고 말했을 뿐이야. 부엌에서 쓰는 성냥갑에 르누아르의 그림을 붙이기도 하고, 인형의 행커치프를 만들어 보기도 하고 그런 일을 좋아해. 더욱이 정원의 장미만 해도 가즈코가 말하는 걸 듣고 있노라면 마치 살아 있는 사람의 말을 하고 있는 것 같아."

"애기가 없으니까 그래요."

나 자신 정말 생각지도 못했던 말이 입에서 나왔다. 말을 하고 나서 찔끔하고 어색한 기분으로 무릎의 뜨개질을 만지작거렸다.

―스물아홉이니까 무리도 아냐.

그렇게 말하는 남자의 목소리가 전화를 통해서 듣는 것처럼 저음으로 분명히 들린 것 같아, 나는 부끄러움으로 볼이 타는 듯이 뜨거워졌다.

어머니는 아무 말도 하지 않고 다시 책을 읽었다. 어머니는 얼마 전부터 거즈 마스크를 입에 대고 있는데 그 때문인지 요즈음 두드러지게 과묵해졌다.

그 마스크는 나오지가 하라고 해서 걸고 있다. 나오지는 열흘쯤 전에 남쪽 섬에서 검푸른 얼굴로 돌아왔다.

아무런 기별도 없이 여름날 저녁, 뒤란 사립문 안으로 정원에 들어서자,

"지독한 악취미로 지은 집이군. 라이라이켄來來軒(아사쿠사에 있는 유명한 중국음식점-역주), 슈마이(만두의 일종-역주) 있음, 이라는 딱지라도 붙이지."

이것이 나와 처음으로 얼굴을 마주친 나오지의 인사였다.

그 이삼 일 전부터 어머니는 혀가 아파서 누워 있었다. 혀 끝이 보기에는 아무런 이상도 없는데 움직이면 아파서 견딜 수 없다는 것이다. 식사도 멀건 죽을 드시고, 의사에게 보였으면 하니까 고개를 저으며,

"흉잡혀요."

하고 쓴웃음을 지으면서 말씀하신다. 루골을 발라 드렸지만 조금도 효과가 없는 듯해서 나는 이상하게 초조해졌다.

나오지는 어머니 머리맡에 앉아서, '다녀왔습니다'라고 인사를 하고는 금방 일어나서 조그마한 집안을 여기저기 보고 돌아다니기에, 내가 그 뒤를 따라다녔다.

"어때, 어머니 변하신 거 같아?"

"변하고말고, 굉장히 야위셨어. 빨리 죽기 쉬워. 이런 세상에서 어머니는 도저히 살아갈 수 없어. 너무나도 비참해서 볼 수가 없어."

"나는?"

"품위가 없어졌어. 상스러워진 거야. 사내가 두세 명은 있는 것 같은 얼굴을 하고 있어. 술은? 오늘 밤엔 마셔야지."

나는 이 부락에서 단 한 집밖에 없는 여관에 가서 안주인인 오사키 부인에게 동생이 귀환해서 그러니 술을 좀 나누어 달라고 부탁해 보았다. 오사키 부인은 술은 공교롭게도 없다고 했다. 돌아와서 나오지에게 그렇게 말했더니 나오지는 본 일도 없는 남남 같은 표정이 되어, 쳇 교섭이 서투르니까 그래, 하고는 나에게 그 여관의 위치를 물어 정원에서 신는 게타(일본의 나막신-역주)를 발에 걸친 채 밖으로 뛰어나가 아무리 기다려도 돌아오는 기색이 없다. 나는 나오지가 좋아하던 구운 사과와 계란 요리 등을 만들어 놓고 식당의 전구도 밝은 것으로 바꿔 끼우고 한참 기다렸다. 기다리고 있는 동안에 오사키 부인이 부엌 문으로 얼굴을 쑥 내밀고,

"저, 괜찮을까요? 소주를 마시고 있는데요."

라며 그 잉어 눈 같은 동그란 눈을 더욱 크게 뜨고 큰일이나 난 것처럼 낮은 목소리로 말하는 것이다.

"소주라면 메틸?"

"아니에요. 메틸은 아닙니다만."

"마셔도 병이 나는 건 아니겠죠?"

"그야 그렇지만."

"마시게 두세요."

오사키 부인은 침을 꿀떡 삼키듯 하고 고개를 끄덕이며 돌아갔다.

나는 어머니에게로 가서,

"오사키 씨네 집에서 마시고 있대요."

라고 말씀드렸더니 어머니는 조금 입을 벌리고 웃으며,

"그래, 아편은 뗐을까? 가즈코는 식사해. 그리고 오늘 밤에는 이 방에서 셋이 자도록 해. 나오지를 가운데 두고."

나는 울고 싶었다.

밤이 이슥해서 나오지는 거칠게 발소리를 내며 돌아왔다. 우리는 안방에서 세 사람이 한 모기장에 들어가 잤다.

"남쪽 나라 얘기 좀 어머니께 들려 드리지."

라고 내가 누워서 말하니까,

"아무것도 아무것도 없어. 잊어버렸어. 일본에 돌아와 기차를 타니 창문 너머로 논이 정말 아름답게 보였지. 그것뿐이야. 전등 끄지. 잠을 잘 수 없어."

나는 전등을 껐다. 여름 달빛이 홍수처럼 모기장 안에 가득 넘쳤다.

다음 날 아침, 나오지는 잠자리에 엎드려 배를 깔고 담배를 피우며 멀리 바다 쪽을 바라보면서,

"혀가 아프시다구요?"

하고 처음으로 어머니의 병환에 대해서 안 것처럼 그런

식으로 말했다. 어머니는 가만히 약간 웃으셨다.

"그건 틀림없이 심리적인 거야. 밤에 입을 벌리고 주무시죠? 칠칠치 못하게. 마스크를 하세요. 거즈에 리바놀을 적셔서 마스크 안에 넣어 두면 좋을걸."

나는 그 말을 듣고 웃음이 터져 나왔다.

"그게 무슨 요법이지?"

"미학 요법이란 거지."

"그렇지만 어머니는 마스크 같은 거 싫어하실 텐데."

어머니는 마스크뿐 아니라 안대든 안경이든 얼굴에 무언가 대는 것을 아주 싫어하는 터였다.

"어머니, 마스크 하시겠어요?"

라고 내가 여쭈어보니,

"하지."

라고 정색을 하고 대답했기 때문에 나는 찔끔했다. 나오지의 말이라면 무엇이나 믿고 따르리라고 생각하고 있는 것 같았다.

아침을 먹은 후 내가 앞서 나오지가 말한 대로 거즈에 리바놀을 적셔 마스크를 만들어 어머니에게 들고 갔더니 어머니는 아무 말 없이 받아서 누운 채로 마스크의 끈을 양쪽 귀에 순순히 걸었는데 그 모습이 정말 아기 같아서 나에게는 슬프게 여겨졌다.

점심때가 지났을 즈음, 나오지는 도쿄의 친구며 문학 방면의 선생들을 찾아가겠다며 평상복으로 갈아입고 어머니에게서 이천 엔을 얻어 가지고 도쿄로 나갔다. 그 후 벌써 열흘이 지났는데도 나오지는 돌아오지 않는 것이다. 그리고 어머니는 매일 마스크를 하고 나오지를 기다리고 있다.

"리바놀이란 좋은 약인가 봐. 이 마스크를 걸고 있으면 통증이 멎어 버려."

　라고 웃으면서 말하지만 나에게는 어머니가 거짓말을 하고 있는 것처럼 느껴지는 것이다. 이젠 염려없어, 하고 지금은 일어나 있기는 하지만 식욕은 역시 좋지 못하고 말수도 훨씬 적어져 나는 정말 걱정이 되었다. 나오지는 도쿄에서 무엇을 하고 있을까, 저 소설가인 우에하라上原 씨들과 온통 놀러다니며, 도쿄의 미친 바람의 소용돌이에 휩싸이고 있는 게 틀림없으리라. 생각하면 생각할수록 고통스럽고 야속해져서, 어머니에게 갑자기 장미가 어떻다느니 하고 말씀드리고 나서, 아기가 없으니까요, 라는 맹랑한 대답을 지껄이며 더욱더 사태를 묘하게 만들었다.

"아."

　하며 일어나서, 자아, 어디로도 갈 데가 없어 몸 하나를 건사하지 못하고는 비틀비틀 이층 계단을 올라가며 양실을 들여다보았다.

여기는 이제 나오지가 쓰기로 되어서 사오 일 전에 내가 어머니와 상의해서 아래 농가의 나카이 씨의 도움을 받아 나오지의 양복장, 책상, 책장, 또 그의 장서랑 노트 등이 가득찬 책 상자, 하여튼 예전 니시카타초 저택의 나오지의 방에 있던 것을 몽땅 여기에 옮겼다. 지금이라도 나오지가 도쿄에서 돌아오면 제가 좋아하는 위치에 다시 옮겨 놓기로 하고, 그때까지는 그저 적당히 놓아두는 게 좋을 것 같아 지금 발들여 놓을 틈도 없을 만큼 방 가득히 널려 있다. 그 가운데 무심코 발 아래 책 상자에서 나오지의 잡기장을 한 권 빼어 들고 보니 그 책 표지에는 유가오夕顏 일지, 라고 씌어 있고 그 안에는 다음과 같은 말이 가득 적혀 있었다. 나오지가 그 마약 중독으로 괴롭던 무렵의 수기인 듯했다.

불에 타서 죽는 것 같은 괴로움. 고통스러우면서도 고통스럽다는 말 한 마디, 반 마디, 절규하지 못한다. 예로부터 미증유未曾有, 인간 세상 시작된 이래, 전례도 없는 바닥 모를 지옥의 기색을 속이지 말라.

사상? 거짓말. 주의主義? 거짓말. 이상? 거짓말. 질서? 거짓말. 성실? 진리? 순수? 모두 거짓말이다. 우시지마의 등나무는 수령 천 년, 구마노의 등나무는 수백 년이라고 들었는데 그 꽃의 술도 앞의 것은 최장 9척, 뒤의 것도 5척이 넘는다고 하니 그 꽃술에만 마음이 뛰는 듯하다.

저것도 사람 자식. 살아 있다.

이론은 결국 논리에의 사랑이다. 살아 있는 인간에의 사랑이 아니다.

돈과 여자. 논리는 겸연쩍어 종종걸음으로 가 버린다.

역사, 철학, 교육, 종교, 법률, 정치, 경제, 사회, 그런 학문보다는 한 사람의 처녀의 미소가 존귀하다고 하는 파우스트 박사의 용감한 실증實證.

학문이란 허영의 별명이다. 인간이 인간이 아니려고 하는 노력이다.

괴테에게라도 맹세하고 말할 수 있다. 나는 정말 어떻게라도 잘 쓸 수가 있어요. 한 편의 구성, 그르치지 않고, 적당한 해학과, 독자의 눈시울을 뜨겁게 하는 비애, 또는 숙연, 소위 옷깃을 여미게 하는 완벽한 소설, 명랑하여 소리내어 읽으면 이게 바로 스크린의 설명인가, 남부끄러워서 어찌 쓰겠는가, 도대체 그러한 걸작 의식이 시시하다 그런 말이다. 소설을 읽으면서 옷깃을 여미다니 미치광이가 할 짓이다. 그럼 차라리 정장을 하고 읽어야겠군. 좋은 작품일수록 겉치레를 하지 않는 것인데, 나는 친구의 진심에서 우러나오는 웃음 띤 얼굴을 보고 싶은 나머지 한 편의 소설, 일부러 실수를 저지른 채 서투르게 써 놓고, 엉덩방아를 찧으며 머리 긁적거리고 달아난다. 아아, 그 순간 친구의 그 즐거워 보이는 얼굴이야말로!

글 모자라고 사람이 모자라는 꼬락서니, 장난감 나팔을 불어 들려드리고, 여기 일본 제일의 숙맥이 있습니다. 당신은 아직 좋은 편이죠, 건재하소! 하고 원하는 애정은 이건 도대체 무엇일까?

친구, 아는 체하며 그게 그놈의 나쁜 버릇, 아까워하고 술회하신다. 사랑받고 있는 걸 모르셔.

불량 아닌 인간이 있을까. 모래를 씹는 심정.

돈이 아쉽다.

그게 아니면,

잠든 채로 이루어지는 자연사.

약국에 천 엔 가까운 외상값이 있다. 오늘 전당포 점원을 데리고 살짝 집에 와서 내 방에 끌어들여, 이 방에서 뭔가 돈이 될 만한 것을 알아보라, 있거든 가지고 가라, 급히 쓸 데가 있다고 했더니, 점원은 제대로 찾아볼 생각도 하지 않고 그만두세요, 이거 당신 것도 아니면서, 라고 지껄인다. 좋아 그러면 지금까지 내 용돈으로 산 물건만 가지고 가라고 위세당당하게 말하고 주워모아 보니, 모두 허드레 물건이고 전당포에 맡길 만한 자격이 있는 것은 하나도 없다.

　우선 한 손 석고상. 이건 비너스의 오른손. 마치 달리아꽃 같은 손, 새하얀 손, 이게 그저 대臺 위에 얹혀 있을 뿐이다. 그러나 이걸 자세히 보면 이건 비너스가 그 온 나신을 남자에게 들키고 깜짝 놀라 부끄러움에 휩싸여 알몸은 무참해서 엷은 주홍색으로 온통 물들이고 화끈한 열기가 몸을 타고 올라와서 이 손 모양이 되어, 이와 같은 비너스의 숨막히는 알몸의 부끄러움이 손가락 끝에 지문도 없고 손바닥에 손금 한 줄 없이 순백색의 이 화사한 오른손에 의해서, 보는 이의 가슴도 괴로워질 정도의 애수로 표현되어 있는 걸 알 수 있으리라. 그러나 이건 결국 실용성 없는 잡동사니. 전당포 점원은 50전을 불렀다.

　그 밖에 파리 근교의 대지도, 직경 한 자나 되는 큰 셀룰로이드 팽이, 실보다 가늘게 써지는 특제 펜촉, 어느 것이건 횡재했다 생각하고 사모은 물건뿐이지만 점원은 웃고 이제 그만 물러가겠습니다, 한다. 또 책을 산더미만큼 짊어지워 일금 5엔을 받는다. 나의 책장의 책은 거의 싸구려 문고만이 있고 더욱이 헌책 가게에서 사들인 것이기에 전당값은 저절로 이렇게 염가인 것이다.

　천 엔의 빚을 청산해야 하는데 일금 5엔.

　세상에서의 나의 실력은 대강 이렇다. 웃을 일이 아니다.

데카당? 그러나 이렇게라도 하지 않고서는 살아 있을 수가 없는 게야. 그런 소리를 하며 나를 비난하는 사람보다는 죽어라! 하고 말해주는 사람이 더 고맙다. 깨끗하다. 상쾌하다. 그러나 사람들은 함부로 죽어라!고 하지 않는 것이다. 인색하고 조심성 많은 위선자들이여.

정의? 소위 계급투쟁의 본질은 그런 데 있지 않다. 인도人道? 농담이 아냐. 어림도 없어. 난 알고 있지. 자신들의 행복을 위해서 상대방을 꺼꾸러뜨리는, 죽이는, 죽어라, 하는 선고가 아니면 무엇인가? 속임수 쓰지 마라.

그러나 우리들의 계급에도 쓸 만한 놈이 없다. 백치, 유령, 수전노, 미친 개, 허풍선이, 있사옵나이다, 구름 위에서의 오줌.

죽어라! 하는 말을 던져 주는 것조차 아깝다.

전쟁! 일본의 전쟁은 자포자기다.

그 자포자기에 휘말려들어 죽는 건 싫다. 차라리 혼자 죽고 싶어.

인간은 거짓말을 할 때에는 반드시 진지한 표정을 짓는 것이다. 요즘 지도자들의 저 진지함. 쳇!

남에게 존경받으려고 생각하지 않는 사람들과 놀고 싶다. 그러나 그런 좋은 사람들은 나하고 놀아주지 않는다.

내가 조숙한 체해 보였더니 사람들은 나를 조숙하다고 수군댔다. 내가 게으름뱅이인 체해 보였더니 사람들은 나를 게으름뱅이라고 수군댔다. 내가 소설을 못 쓰는 체해 보였더니 사람들은 나를 못 쓰는 사람이라고 수군댔다. 내가 거짓말쟁이인 체해 보였더니 남들은 나를 거짓말쟁이라고 수군댔다. 내가 부자인 체했더니 남들은 나를 부자라고 수군댔다. 내가 냉담을 가장했더니 남들은 나를 냉담한 놈이라고 수군댔다. 그러나 내가 정말 괴롭고, 나도 모르게 신음했을 때, 사람들은 나를 괴로운 체 가장하고 있다고 수군댔다.
아무래도 이가 맞지 않는다.

결국은 자살할 수밖에 도리가 없질 않은가. 이처럼 괴로워해도 겨우 자살로 끝날 뿐이라고 생각하니 그만 소리를 지르며 울어 버렸다.

봄날 아침, 두세 봉오리의 꽃이 막 피어난 매화나무 가지에 아침 햇빛이 비치어 그 가지에 하이델베르크의 젊은 학생이 목을 매고 가느다랗게 죽어 있었다고 한다.

"마마, 제발 꾸중해 주세요!"
"어떤 식으로?"
"겁쟁이라고."
"그래? 겁쟁이…… 이젠 됐니?"
마마에게는 비할 데 없는 좋은 점이 있다. 마마를 생각하면 울고 싶어진다. 마마에게 사죄하기 위해서라도 죽어야지.

용서해 주세요, 이번 한 번만 용서해 주세요.
해마다
눈이 먼 그대로
학의 새끼가
자라고 있구나
가엾게 살이 찌며-元旦試作

모르핀 아트로몰 나르코풍 판토풍 파비나르 판소핀 아토로핀

프라이드란 무엇이냐. 프라이드 말이야.
인간은 아니, 사내는, '나는 훌륭하다', '나에게 좋은 점이

있다' 등을 생각지 않고 살아갈 수 없을까.
　남을 싫어하고 남에게 미움을 받고,
　지혜 겨루기.

　엄숙=우자감愚者感

　하여튼 살아 있으니까 말이야. 속임수를 쓰고 있는 게 틀림없는 거야.

　어느 빚을 얻으려는 편지.
"답장을
답장을 주시오.
그리고 그게 반드시 쾌보快報이기를,
나는 가지각색의 굴욕을 상상하고 혼자 신음하고 있어요.
연극하고 있는 게 아닙니다. 절대로 그렇지 않아요.
부탁합니다.
나는 수치심 때문에 죽을 지경이에요.
과장이 아닙니다.
매일매일 답장을 기다리며 밤이나 낮이나 덜덜 떨고 있는 겁니다.
나에게 모래를 씹게 하지 말고요.

벽에서 킥킥거리는 웃음소리가 들려와서 깊은 밤, 잠자리에서 뒤척거리고 있습니다.

나를 수치스러운 경지로 몰아넣지 말아 줘요,

누나!"

여기까지 읽고 나는 그 유가오 일지를 덮고 나무 상자에 도로 넣었다. 그리고 창이 있는 쪽으로 걸어가서 창문을 활짝 열고 안개비로 자욱한 정원을 내려다보았다. 그리고 그 무렵 일을 생각했다.

벌써 그로부터 6년이 지났다. 나오지의 이 마약 중독이 나의 이혼의 원인이 됐다. 아니 그렇게 말해서는 안 돼. 나의 이혼은 나오지의 마약 중독이 아니었더라도 또 다른 어떤 계기로 언젠가는 실천될, 그렇게 내가 태어났을 때부터 결정되어 있었던 것처럼 느껴진다. 나오지는 약국 빚에 쫓겨 가끔 나에게 돈을 졸랐다. 나는 야마키 집으로 시집가자마자 돈을 그다지 자유롭게 만지지 못했고, 또 시집의 돈을 친정 동생에게 남몰래 융통해 주는 따위는 매우 경우에 맞지 않는 것같이 생각이 되었기 때문에, 친정에서 나를 따라 내 시중을 들기 위해서 온 할멈 오세키와 의논하여 나의 팔지, 목걸이, 또는 드레스를 팔았다. 동생은 나에게 돈을 주시오, 라는 편지를 보내 놓고 이렇게 지금 괴롭고 부끄러워서 누님과 마주대할 수도, 전화를 걸 수도 없으니, 돈은 오세키에게 들려 교바시京橋 X가 X번지 가야노 아파트에 살고 있는, 누님도 이름만은 아시겠지만 소설가 우에하라 지로上原二郎 씨에게 보내 주시도록, 우에하라 씨는 세상에서 악한처럼 평판되고 있으나 결코 그런 사람이 아니니까 안심하고 돈을 우에하라 씨에게로 보내 주시오, 그러면 우에하라 씨가 곧 나에게 전화로 연락하도록 되어 있으니 반드시 그렇게 부탁합니다, 나는 이번 중독을 마마에게만은 알리고 싶지 않아요, 마마가 아시지 못하는 동안에 어떻게 해서든지 이 중독을 고치고 말겠습니다, 나는 이번에 누님에게서 돈을 받으면 그걸로 약국에 외상값을 몽땅 지불하고 나서 시오하라鹽原의 별장에라도 가서 건강한 몸이 되어 돌아올 작정입니다, 정말이에요, 약국의 빚을 갚으면 이제 나는 그날부터 마약은 딱 끊어 버릴 생각이에요, 하느님께 맹세해요, 믿어 주시고 마마에게는 비밀로 오세키를 시켜서 가야노 아파트 우에하라 씨에게 부탁합니다, 라는 말이 편지에 씌어 있어서 나는 동생이 하라는 대로 오세키에게 돈을 들려 아무도 모르게 우에하라 씨 아파트로 보냈다. 그러나 동생의 맹세는 언제나 거짓말이었다. 시오하라의 별장에도 가지 않고 약물 중독은 더욱더 심해 가는 모양으로 돈을 조르는 편지 문장도 비명에 가까운 고통스러운 상황이어서 이번이야 말로 꼭 끊겠다고 얼굴을 돌리고 싶을 만큼 애절한 맹세를 하기 때문에 또 속는 게 아닌가 하면서도 어쩔 수 없이 브로치 등을 오세키에게 팔게 해서 그 돈을 우에하라 씨의 아파트로 전해 주곤 했다.

"우에하라 씨는 어떤 분이셔?"

"체구가 조그마하고 얼굴색이 좋지 못한, 그다지 상냥하지 않으신 분입니다."

라고 오세키는 대답했다.

"그렇지만 댁에 계시는 일은 별로 없으시고, 대개 집에는 부인이 예닐곱 살쯤 되는 여자아이와 둘이서 계실 뿐입니다. 이 부인은 특별히 고우신 분은 아니지만 상냥하시고 친절한 좋으신 분인 듯합니다. 그 부인이라면 돈을 안심하고 맡길 수가 있습니다."

그 무렵의 나는 지금의 나와 비교해서, 아니 비할 데가 없을 만큼 마치 딴 사람처럼 멍청하니 태평스런 사람이었지만, 그러나 아무리 그렇다고 하더라도 계속해서 더욱이 차츰 금액이 커지는 돈에 졸리다 보니 견딜 수가 없어서 하루는 '노가쿠能樂(일본의 전통 가면음악극-역주)' 구경에서 돌아오는 길에 자동차는 긴자에서 돌려보내고 혼자 걸어서 교바시 가야노 아파트를 찾아갔다.

우에하라 씨는 방에서 혼자 신문을 읽고 있었다. 줄무늬 겹옷에 감색 가스리(붓으로 살짝 스친 것 같은 잔 무늬-역주) 무늬 하오리羽織(위에 입는 겉옷-역주)를 입고 노인 같기도 하고 젊은이 같기도 한, 이제까지 본 일이 없는 괴물 같은 묘한 첫인상을 받았다.

"아내는 지금 어린애를 데리고 배급을 받으러……."

좀 코먹은 목소리로 더듬더듬 말했다. 나를 부인의 친구쯤으로 짐작한 모양이다. 내가 나오지의 누이라고 말하니까, 흥 하고 웃었다. 나는 왠지 찔끔했다.

"나갈까요?"

그렇게 말하고 돔비(일본 옷의 남자용 외투-역주)를 걸치고 신발장에서 새 게타를 내어 신고 먼저 앞장서서 아파트 복도를 걸어갔다.

밖은 초겨울 저녁 무렵. 바람이 차가웠다. 스미다 강에서 불어오는 강바람이 느껴졌다. 우에하라 씨는 그 강바람을 맞으며 조금 오른쪽 어깨를 추켜올리고 쓰쿠치 쪽으로 아무 말 없이 걸어갔다. 나는 종종걸음으로 그 뒤를 쫓아갔다.

도쿄 극장 뒷골목 빌딩 지하실로 들어갔다. 네댓 군데 손님이 다다미 스무 장 정도의 길다란 방에서 제각기 식탁에 둘러앉아 조용히 술을 마시고 있었다.

우에하라 씨는 컵으로 술을 마셨다. 나에게 따로 잔을 가져오게 해서 두 잔을 마셨지만 아무렇지도 않았다.

우에하라 씨는 술을 마시고 담배를 피우고 언제까지나 말이 없었다. 나는 이런 곳에 온 것이 난생 처음이었지만 굉장히 침착해지고 기분이 좋았다.

"술이라도 마신다면 좋겠는데."

"네."

"아니오. 댁의 동생이 알코올 쪽으로 바꾼다면 차라리 낫지요. 나도 전에 마약 중독이 된 일이 있었는데 그건 남들이 좀 기분 나빠해서요. 술도 마찬가지인데 술은 사람들이 비교적 용서를 하거든. 동생을 술꾼으로 만들어 버립시다. 좋겠지요?"

"난 술꾼을 한 번 본 일이 있어요. 새해에 내가 외출하려는데 집의 운전사의 아는 사람이 자동차 조수석에 귀신 같이 빨간 얼굴로 쿨쿨 코를 골며 잠들어 있었어요. 내가 놀라서 소리를 질렀더니 운전사가 이건 술꾼이라서 도리가 없어요, 라고 하며 차에서 내려 어깨에 메고 어디론가 데리고 갔어요. 그런데도 무엇인가 중얼중얼 중얼거리고 있었어요. 그때 처음으로 술꾼이라는 걸 봤는데 재미있던데요."

"나도 술꾼이죠."

"어머, 그래도 틀리겠지요."

"당신도 술꾼이지요."

"그럴 리 없어요. 난 술꾼을 본 적은 있지만요. 전혀 달라요."

우에하라 씨는 비로소 즐거운 듯이 웃으면서,

"그렇다면 동생은 술꾼이 될 수 없을지 모르지만 하여튼 술을 마시는 편이 나아요. 돌아갑시다. 늦으면 난처하시죠?"

"아니에요. 상관없어요."

"아니, 실은 이쪽에서 부자유해서 안 되겠어요. 아주머니, 계산!"

"굉장히 비싸지요? 조금이라면 저에게도 있는데."

"흥, 그럼 계산은 당신이."

"모자랄지도 몰라요."

나는 백 속을 들여다보고 돈이 얼마 있는가를 우에하라 씨에게 말했다.

"그만큼 있으면 두세 집은 더 다닐 수 있어. 바보 같으니라구."

우에하라 씨는 얼굴을 찡그리며 말하고는 웃었다.

"어디 더 마시러 가십니까?"

라고 물으니 정색을 하고 고개를 흔든다.

"실컷 마셨어요. 택시 잡아 드릴 테니 돌아가십시오."

우리들은 지하실 어두운 계단을 올라갔다. 한 발 먼저 올라가던 우에하라 씨가 중간쯤에서 휙 돌아서서 이쪽을 향하여 재빨리 나에게 키스를 했다. 나는 입을 꼭 다문 채 그걸 받았다.

우에하라 씨가 별로 좋은 것도 아니었는데 그래도 그때부터 나에게 그 '비밀'이 생긴 것이다. 달각달각 하고 우에하라 씨는 계단을 달려 올라가고 나는 이상하게 투명한 기분으로 천천히 올라가서 밖에 나서니까 강바람이 볼에 시원했다.

우에하라 씨가 택시를 잡아주고 우리는 말없이 헤어졌다.

차에 흔들리면서 나는 세상이 갑자기 바다처럼 넓어진 걸 느꼈다.

"나에게 연인이 있어요."

어느 날 남편에게 꾸중을 듣고 쓸쓸해져서 문득 그렇게 말했다.

"알고 있소. 호소타 씨겠지? 그렇게도 단념할 수가 없단 말이오?"

나는 잠자코 있었다.

그 문제는 무슨 어색한 일이 일어날 때마다 우리 부부 사이에 들먹거려지게 되었다. 이건 안 되는 일이다 싶었다. 드레스 옷감을 잘못 재단했을 때처럼, 이제는 그 옷감을 다시 꿰맬 수가 없어져서 몽땅 내버리고 다른 새 옷감으로 재단을 하지 않으면 안 된다.

"설마 그 뱃속의 아기는."

하고 어느 날 밤 남편이 말했을 때, 나는 너무도 무서워서 와들와들 떨었다. 지금 생각하면 나도 남편도 어렸었다. 나는 연애도 몰랐었다. 사랑마저도 몰랐었다. 나는 호소타 씨가 그리는 그림에 열중해서, 저런 분의 아내가 되면 얼마나 아름다운 일상생활을 영위할 수 있을까, 저런 좋은 취미를 가진 분과 결혼하는 게 아니라면 결혼이란 무의미한 것이야, 라고 누구에게나 말을 했기 때문에 모두에게 오해를 받았다. 그래도 나는 연애도 사랑도 모르면서 호소타 씨가 좋다고 공공연하게 말하고는 취소하려고도 하지 않아서 이상하게 꼬이고, 그 즈음 나의 뱃속에서 잠들고 있던 조그마한 아기까지 남편의 의혹의 과녁이 되기도 해서, 누구 한 사람 이혼이란 말을 입밖에 내어 표현한 사람도 없었는데 어느새 주위가 서먹서먹해져 갔다. 나는 나를 따라온 오세키와 함께 친정어머니에게로 돌아왔고, 아기는 죽어서 나왔다. 내가 병이 들어 자리에 눕게 되자, 이제 야마키와의 사이는 완전히 끊어지고 만 것이다.

나오지는 내가 이혼했다는 사실에 어떤 책임을 느꼈는지, 나 죽을래 하고, 소리를 내며 얼굴이 상할 만큼 울었다. 나는 동생에게 약국에 진 빚이 얼마나 되느냐고 물었다. 그건 무서우리만큼 큰 금액이었다. 더구나 그것은 동생이 실제 금액을 말할 수 없어서 거짓말을 했다는 게 나중에 밝혀졌는데, 뒤에 판명된 실제 총액은 그때 동생이 나에게 말한 금액의 약 세 배나 되었다.

"나, 우에하라 씨 만났어. 좋은 분이야. 이제부터 우에하라 씨와 함께 술을 마시며 지내면 어때? 술은 정말 싼 게 아냐? 술 마실 돈쯤이라면 내가 언제든지 나오지에게 줄 수 있어. 약국 빚도 걱정하지 마. 어떻게 되겠지."

내가 우에하라 씨와 만났고, 그리고 우에하라 씨가 좋은 사람이라고 말한 것이 동생으로서는 몹시 기뻤던 모양이어서, 동생은 그날 밤 내가 주는 돈을 가지고 당장 우에하라 씨에게로 놀러 갔다.

중독이란 그야말로 정신의 병인지도 모른다. 내가 우에하라 씨를 좋게 말하고, 동생에게서 우에하라 씨의 저서를 빌려서 읽고, 훌륭한 분이군, 하고 말하면, 누나가 뭘 안다고 그래, 했지만 그래도 무척 기뻐하면서, 그럼 이거 읽어 봐요, 하고 또 다른 우에하라 씨의 저서를 나에게 읽히고, 그러는 동안에 나도 우에하라 씨의 소설을 정신을 쏟아 읽게 되었다. 둘이서 이러쿵저러쿵 우에하라 씨의 얘기를 했고, 동생은 매일 밤 어깨를 으쓱대며 신이 나서 우에하라 씨에게 놀러 갔다. 그리고 우에하라 씨의 계획대로 알코올 쪽으로 전환해간 모양이었다. 약국의 빚은 내가 어머니께 살짝 상의했더니, 어머니는 한 손으로 얼굴을 가리고 잠시 동안 움직이지도 않고 있다가 얼굴을 들고 슬픈 듯이 웃으며, 생각해도 소용이 없지, 몇 년이 걸릴지 모르지만 매월 조금씩이라도 갚아 주어야지, 라고 하였다.

그로부터 6년이 지났다.

유가오. 아, 동생도 고통스럽겠지. 더구나 길이 막혀서, 무엇을 어떻게 해야 좋을지, 아직도 아무 것도 모르고 있겠지. 다만 매일 죽을 셈치고 술을 마시고 있겠지.

차라리 눈 딱 감고 본질적으로 불량 청년이 돼 버리면 어떨까. 그렇게 되면 동생도 오히려 즐거워질 게 아닐까.

불량이 아닌 인간이 있을까? 라고 그 노트에 씌어 있었지만 그렇게 말한다면 나도 불량이고, 외숙도, 어머니도 모두 불량같이 생각된다. 불량이란 친절한 것이 아닐까.

4

이 편지를 쓸까말까 무척 머뭇거렸습니다. 그러나 오늘 아침, 비둘기와 같이 순하게 뱀과 같이 영리하게, 라는 예수님 말씀을 문득 생각하고 기묘하게 기운이 솟아나서 편지를 쓰기로 했습니다. 나오지의 누이예요. 잊으셨는지, 잊으셨으면 생각해내 주세요.

나오지가 일전에 또 폐를 끼친 모양인데 죄송합니다―그러나 나오지의 일은 나오지 본인이 제멋대로여서 내가 나서서 사과한다는 건 넌센스 같은 느낌도 듭니다―오늘은 나오지의 일이 아니고 나의 일로 부탁이 있습니다. 교바시 아파트에서의 재난, 그리고 지금의 주소로 이사하셨다는 말도 나오지에게서 들었고, 정말이지 도쿄 교외의 그 댁으로 찾아갈까도 생각했습니다만 어머니가 일전부터 또 좀 편찮으셔서 허용되지 않기 때문에 편지를 올리기로 했습니다.

당신에게 상담하고 싶은 일이 있습니다.

나의 이 상담은 이제까지의 〈여대학女大學(구식의 여자 교육, 혹은 그 교훈서-역주)〉의 입장에서 보면 대단히 교활하고 지저분하고 악질적인 범죄이기까지 할지도 모릅니다. 그러나 나는, 아니 우리들은 현재의 상태로는 도저히 살아갈 것 같지도 않기 때문에, 동생 나오지가 이 세상에서 제일 존경하고 있는 것 같은 당신에게 나의 숨김없는 기분을 전해 드리고 지도를 바랄 작정입니다.

나로서는 지금의 이 생활이 견딜 수 없습니다. 좋다 싫다가 아니고 도저히 이대로는 우리 세 식구 살아갈 것 같지도 않습니다.

어제도 괴로워서 몸에 열이 나고 숨이 답답하여 자신을

주체 못하고 있는데, 점심때 조금 지나 빗속을 아래쪽 농가의 딸애가 쌀을 짊어지고 왔습니다. 그리고 나는 약속대로 옷가지를 주었습니다. 그 애는 식당에서 나와 마주앉아 차를 마시면서 실로 현실적인 말투로,

"댁에서는 물건을 팔아서 앞으로 얼마 동안이나 생활해 나갈 수 있겠어요?"

라고 했습니다.

"반 년이나 일 년쯤."

이라고 대답하고 오른손으로 반쯤 얼굴을 가리고,

"졸려, 졸려서 견딜 수가 없어."

라고 했습니다.

"지친 거예요. 졸린 것은 신경쇠약이고요."

"그렇겠지."

눈물이 나올 것 같아서 문득 내 가슴 속에 리얼리즘이란 말과 로맨티시즘이란 말이 떠올랐습니다. 나에게 리얼리즘은 없습니다. 이런 식으로 살아갈 수 있을까, 하고 생각하니 전신이 오싹했습니다. 어머니는 반 환자처럼 누우셨다 일어나셨다 하고, 동생은 아시는 바와 같이 마음의 병자여서 여기 있을 때에는 소주를 마시려고 이 근처에 있는 여관과 요릿집을 겸한 곳에 개근 상태이며, 사흘에 한 번은 우리의 옷을 판 돈을 가지고 도쿄 방면으로 출장을 갑니다. 그러나

괴로운 것은 이런 것이 아닙니다. 나는 다만 나 자신의 생명이 이러한 일상생활 속에서, 파초잎이 떨어지지 않고 썩어 가듯이 어쩌지도 못하고 선 채로 고스란히 썩어가는 것을 분명히 예감하는 것이 무서운 것입니다. 그래서 나는 〈여대학〉에 배반이 되더라도 이 생활에서 빠져 나가고 싶은 것입니다.

그래서 나는 당신에게 상의하는 것입니다.

나는 지금 어머니와 동생에게 분명히 선언하고 싶습니다. 내가 앞서부터 연애를 하고 있었으며, 나는 장래 그분의 애인으로서 살아갈 작정이라고 분명히 말하고 싶은 겁니다. 그분은 당신도 확실히 알고 계실 터입니다. 그분 성함의 이니셜은 M·C입니다. 나는 이전부터 무슨 괴로운 일이 생기면 그 M·C에게로 달려가고 싶은 타는 듯한 아픔을 겪어 왔습니다.

M·C에게는 당신과 마찬가지로 부인도 아기도 있습니다. 또 나보다 예쁘고 젊은 여자 친구도 있는 듯합니다. 그러나 나는 M·C에게 가는 방법 외에는 내가 살아갈 길이 없다는 생각입니다. M·C의 부인과 나는 아직 만난 일이 없습니다만 무척 친절하고 좋은 분인 듯합니다. 나는 그 부인의 일을 생각하면 나 자신이 무서운 여자라고 느껴집니다. 그러나 나의 지금의 생활은 그 이상의 무서운 것인 듯해서 M·C

를 의지할 것을 단념하지 못하는 겁니다. 비둘기처럼 순하게, 뱀처럼 영리하게, 나는 나의 사랑을 완수하고자 합니다. 그러나 반드시 어머니와 동생은, 또 세상 사람들은, 누구 한 사람도 나에게 찬성해 주지 않겠지요. 당신은 어떠십니까? 나는 결국 혼자서 생각하고 혼자서 행동할 수밖에 도리가 없구나, 생각하면 눈물이 납니다. 난생 처음의 일이기 때문에 이 어려운 문제를 주위의 모든 이들에게서 축복을 받으면서 해내는 방법은 없을까 하고, 지독하게 복잡한 대수의 인수분해나 무슨 답안을 생각하듯 심사숙고하고, 어디엔가 한 군데 술술 풀려 나갈 실 끝이 있음직해서 갑자기 명랑해지기도 하고 합니다.

그러나 제일 중요한 M·C 쪽에서 나를 어떻게 생각하고 계시는지. 그걸 생각하면 어깨가 축 늘어지고 맙니다. 말하자면 나는 밀고 들어가는…… 뭐라고 할까, 밀고 들어가서 억지로 아내가 되는 것 같은 억지춘향이로 행세하는 애인이라고나 할까. 그런 것이니까 M·C 쪽에서 죽어도 싫다고 나온다면 끝나는 일. 그래서 당신에게 부탁합니다. 부디 그분에게 좀 물어봐 주십시오. 6년 전 어느 날, 나의 가슴에 희미한 엷은 무지개가 걸렸고, 그건 연애니 사랑이니 하는 것은 아니었지만, 세월이 흘러갈수록 그 무지개는 영롱하게 색채가 진해지고, 나는 아직까지 한 번도 그걸 시야에서 떨구어버린 일이 없었습니다. 소나기가 지나간 맑은 하늘에 걸린 무지개는 잠시 후 덧없이 사라져 버리지만, 사람의 가슴에 걸린 무지개는 사라지지 않는가 봅니다. 제발 그분에게 물어봐 주십시오. 그분이 정말 나를 어떻게 생각하고 계시는지, 그야말로 비 온 뒤의 무지개처럼 생각하고 계실까요. 아니면 이미 벌써 사라져 버린 건지?

그렇다면 나도 나의 무지개를 지워 버리지 않으면 안 됩니다. 그러나 나의 생명을 먼저 지우지 않으면 나의 가슴에 걸린 무지개도 지워지지 않을 듯싶습니다.

답장을 기원합니다.

우에하라 지로 님(나의 체호프. 마이, 체호프. M·C).

나는 요즘 조금씩 살이 찝니다. 동물적인 여자가 되어 간다기보다는 사람다워지는 거라고 생각합니다. 올 여름에는 로렌스의 소설을 하나 읽었어요.

답장이 없어서 한 번 더 이 편지를 드립니다. 일전에 드린 편지는, 몹시 간교한 뱀 같은 간계로 가득 차 있다는 것을 아마도 간파해 버리셨겠지요. 정말 나는 그 편지의 한 줄 한 줄에 교활한 지혜를 몽땅 다했습니다. 결국, 당신에게 나의 생활을 도와 달라, 돈이 필요하다, 고 하는 의도뿐인, 그것뿐인 편지였다고 생각하셨겠지요. 그러나 나도 그것을 부정하지는 않겠어요. 그렇지만 단지 내가 자신의 후원자가 필요했더라면 실례지만 특별히 당신을 골라서 부탁하진 않습니다. 다른 곳에, 나를 귀여워해 주는 많은 노인 부자가 있을 것 같아요. 사실 요전에도 묘한 혼담 같은 게 있었어요. 그분의 성함은 당신도 알고 계실지 모르겠습니다만 육십이 지난 독신의 할아버지로, 예술원이라던가 하는 데 회원인지 뭔지, 그런 예술가 같은 이가 나를 원하여 산장에까지 오셨습니다. 그 예술가는 먼저 우리가 살던 니시카타초 근처에 살고 계셔서 우리도 이웃사촌 격으로 가끔 만나는 일이 있었습니다. 언젠가, 어느 가을 저녁 나절이라고 기억합니다만 나하고 어머니가 둘이서 그 집 앞을 자동차로 지나가는데 그분이 혼자 댁의 대문 옆에 서 계시었고 어머니가 차의 창문에서 약간 고개를 숙여 인사를 하시니까 그 예술가의 신경질적인 검푸른 얼굴이 대번에 홍조를 띠고 단풍잎처럼 붉어졌습니다.

"연애하시나?"

나는 떠들어 댔습니다.

"어머니를 좋아하시는 게야."

그러나 어머니는 동요도 없이,

"아냐. 훌륭하신 분."

이라고 혼잣말처럼 말씀하셨시요. 예술가를 존경하는 것

은 우리 집 가풍인가 봅니다.

그 예술가 선생님이 연전에 부인을 여의고, 와다 외숙과 예술계의 친구인 어느 황족을 중간에 넣어 어머니께 의사 표시를 해 오셨는데, 어머니는 가즈코의 생각대로 회답을 그 예술가 선생님께 직접 말씀드리면 어떨까? 라고 하시기에, 나는 깊이 생각할 것까지도 없이 싫어서 지금은 결혼할 생각이 나에게는 없습니다, 라는 말을 주저없이 써 보낼 수가 있었습니다.

"거절해도 상관없지요?"

"그야 뭐…… 나도 무리한 얘기라고 생각하고 있었어."

그즈음, 그 예술가 선생님은 가루이자와 별장에 계셨기 때문에, 그 별장으로 거절 편지를 드렸는데, 그 뒤 이틀이 지나 그 편지와는 엇갈려서 예술가 선생님이 손수 이즈 온천에 일 때문에 오신 길에 잠깐 들렀다고 하시면서, 나의 편지 얘기는 전혀 모르고 갑자기 이 산장에 오신 겁니다. 예술가란 나이가 많아도 이렇게 애들같이 자유분방한 짓을 하는가 봅니다.

어머니는 몸이 편찮으셔서, 내가 접대를 맡아 중국풍 응접실에서 차를 올리면서,

"저, 거절하는 편지, 지금쯤 가루이자와에 도착했을 줄 압니다. 잘 생각해 보았습니다만."

하고 말씀드렸습니다.

"그렇습니까?"

라고 분주하게 말씀하시며 땀을 닦으시고,

"그러나 그건 한 번 더 생각해 주십시오. 나는 당신에게 뭐라고 할까, 말하자면 정신적인 행복을 줄 수는 없을지 모르지만 그 대신 물질적으로는 어떤 행복이라도 드릴 수 있습니다. 이것만은 분명히 말할 수 있고, 흐음, 이건 너무 노골적인 얘기입니다만."

"말씀하시는 그 행복이 뭔지 저는 잘 알 수가 없습니다. 건방진 말씀 드리는 것 같습니다만 용서하세요. 체호프가 아내에게 보낸 편지에, 아이를 낳아 주오, 우리들의 아이를 낳아주오, 라는 대목이 있지요. 니체였던가, 그의 에세이 중에도 '아이를 낳게 하고 싶은 여자'라는 말이 있었습니다. 전 아이가 소원입니다. 행복이라든가 그런 것은 아무래도 좋습니다. 돈도 필요하지만 아이를 길러 나가는 데 필요한 돈만 있으면 그걸로 만족합니다."

예술가 선생님은 기묘한 웃음을 지으며,

"당신은 보기 드문 분이시군요. 누구에게나 생각한 말을 그대로 말할 수 있는 분이야. 당신 같은 분과 함께 있으면 나의 일에도 새로운 영감이 떠오를지도 모르겠구먼."

하고 나이에 어울리지 않게 그런 약간 불쾌감을 주는 말을 했습니다. 이런 훌륭한 예술가에게 만일 정말로 내 힘으로 젊음을 되찾아 줄 수 있다면 그것도 산 보람이 있는 일이겠지, 라고도 생각했습니다만, 그러나 나는 그 예술가 선생님에게 안기는 나의 모습을 상상할 수 없었습니다.

"저에게 사랑하는 마음이 없어도 좋을까요?"

라고 내가 좀 웃으면서 물어 보니까 예술가 선생님은 진지하게,

"여자분은 그걸로 무방하지요. 여자는 신경을 쓰지 않고 멍청하게 있어도 좋을 겁니다."

라고 하십니다.

"그렇지만 나 같은 여자는 역시 사랑하는 마음이 없으면 결혼은 생각할 수 없습니다. 저는 이제 결혼은 생각할 수 없습니다. 저는 이제 어른이니까요. 내년이면 벌써 서른."

이라고 말하고, 불현 듯 입을 막고 싶은 기분이 들었습니다.

서른 살. 여자에게는 스물아홉 살까지는 처녀의 향기가 남아 있다, 그러나 삼십의 여자의 몸에는 어디에도 처녀의 향기가 없다, 고 하는 옛날에 읽었던 프랑스 소설 속의 말이 문득 상기되어서 견딜 수 없는 허전함이 엄습해 오고, 밖을 바라다보니 한낮의 햇빛을 받아서 바다가 유리의 파편처럼 날카롭게 빛나고 있었습니다. 그 소설을 읽었을 때에는 그야

그렇겠지 하고 가볍게 긍정하고 말았지요. 삼십 세까지로 여자의 생활은 끝이 난다고 태연하게 그렇게 생각하던 그 무렵이 그립습니다. 팔지, 목걸이, 드레스, 오비, 하나하나 나의 몸 주변에서 사라져 가고, 따라서 나의 몸에서 처녀의 향기도 점차 엷어져 가겠지요. 가난한 중년 여자. 오오, 하느님 맙소사. 그러나 중년 여자의 생활에도 여자의 생활은 필시 있겠지요. 요즈음 그걸 알게 되었습니다. 영국인 여선생이 영국으로 귀국할 때 열아홉 살 된 나에게 이렇게 말해 주었습니다.

"아가씨는 연애를 하시면 안 돼요. 당신은 연애를 하면 불행하게 됩니다. 연애를 하려면 더 커서 하세요. 삼십 세가 되거든 하세요."

그러나 그런 말을 들어도 나는 눈을 껌뻑거릴 수밖에 없었습니다. 삼십 세가 된 후의 일 같은 것을 그 무렵의 나로서는 상상조차도 할 수 없었던 것입니다.

"이 별장을 파시겠다는 소문을 들었습니다만."

예술가 선생님은 심술궂은 표정으로 불쑥 그렇게 말했습니다.

나는 웃었어요.

"용서하십시오. 〈벚꽃동산〉(체호프의 희곡-역주)을 생각한 겁니다. 당신께서 사 주시려는 겁니까?"

선생님은 과연 민감하게 받아들인 듯, 화가 난 얼굴로 입을 일그러뜨리고 침묵했습니다.

어떤 황족의 주택으로, 새 화폐 오십만 엔으로 이 집을 이러쿵저러쿵하는 얘기가 있었던 것은 사실이지만 그건 유야무야가 되어 버렸는데, 예술가 선생님이 그 소문을 들으신 거겠지요. 그러나 자신을 〈벚꽃동산〉의 로파힌(농노의 자식이었으나 신흥 상인이 되어 전주인의 벚꽃동산을 산다-역주)처럼 생각해서는 안 된다고, 아주 기분을 잡친 듯 세상 얘기 몇 마디를 더 하고는 돌아가셨습니다.

내가 지금 당신에게 구하고 있는 것은 로파힌이 아닙니다. 그건 정확하게 말할 수 있어요. 다만 중년 여자가 밀고 들어가는 걸 받아 주십시오.

내가 처음 당신하고 만난 것은 벌써 6년쯤 전 얘기입니다. 그때 나는 당신이라는 사람에 대해서 아무것도 알지 못했습니다. 다만 동생의 스승, 그것도 어느 정도 나쁜 선생님, 그렇게 생각하고 있었을 뿐입니다. 그리고 함께 컵에 술을 따라 마시고, 당신은 약간 가벼운 장난을 하였죠. 그래도 나는 아무렇지도 않았어요. 단지 이상하게 홀가분한 기분이었습니다. 당신을 좋아하지도 싫어하지도 않았고, 당신은 내게 아무것도 아니었던 겁니다. 그러는 동안에 동생의 마음을 사기 위해서 당신의 저서를 동생에게 빌려 읽었습니다. 그것은 재미있기도 하고 재미없기도 했지만 그다지 열렬한 독자는 아니었는데, 6년 동안에 언제쯤부터인지 당신이 안개처럼 내 가슴에 스며들고 있었던 겁니다. 그날 밤, 지하 계단에서 우리들이 한 짓도 갑자기 생생하고 선명하게 생각이 나고, 어쩐지 그것이 나의 운명을 결정할 만큼 중대한 일이었던 것 같은 기분이 들어 당신이 그리워지고, 이게 연애하는 감정일지도 모른다고 생각하며 정말 불안해서 혼자 찔끔찔끔 눈물을 흘리며 울었습니다. 당신은 다른 남자와는 전혀 다릅니다. 나는 〈갈매기〉(체호프의 소설-역주)의 니나처럼 작가를 연모하고 있는 게 아닙니다. 나는 소설가 따위를 동경하지는 않습니다. 문학소녀 등의 족속으로 생각하신다면 이쪽에서도 어리둥절할 겁니다. 나는 당신의 아기가 소원인 겁니다.

훨씬 이전에 당신이 아직 혼자였을 때, 그리고 나도 아직 야마키에게로 가기 전에 만나 둘이서 결혼하였더라면, 나도 지금처럼 괴로워하지 않아도 되었을지 모릅니다. 그러나 나는 이미 당신과 결혼할 수 없다고 체념하고 있습니다. 당신의 부인을 밀어낸다면, 그건 야비한 폭력 같아서 나는 싫은 겁니다. 나는 첩—이 말은 하고 싶지 않은 견딜 수 없는 말이지만, 그러나 애인이라고 해 보아도 세속으로 말하면 역시 첩이니까 정확하게 말하죠—이라 해도 상관없어요 그러나 세속적인 첩살림이란 어려운 것 같아요. 남의 얘기로는 첩은 보통 쓸모없게 되면 버려지고, 나이 육십이 되면 어떤 남자라도 모두 본처에게로 돌아간다는 겁니다. 그래서 남의 첩은 될 게 아니라고, 예전에 니시카타초의 할아범과 할멈이 얘기하는 걸 들은 일이 있어요. 그러나 그건 세상 일반적인 첩의 얘기고, 나의 경우는 다르다고 생각됩니다. 당신에게 있어서 제일 중요한 것은 역시 당신의 일이라고 생각합니다. 그리고 당신도 내가 좋다면 두 사람이 친하게 지내는 일이 당신 일을 위해서도 좋을 겁니다. 그러면 당신의 부인도 우리의 사이를 납득할 겁니다. 묘한 억지춘향이로 갖다 붙이는 이치 같으나 그래도 나의 생각은 틀리지 않다고 생각합니다.

문제는 당신의 회답입니다. 나를 좋아하는가, 싫어하는가, 그게 아니면 아무렇지도 않은가, 그 회답은 무서운 것이지만, 그러나 알아야 하겠습니다. 일전에 드린 편지에도 내가 억지춘향이로 밀고 들어가는 애인이라고 썼고 또 이 편지에도 중년 여자의 억지라고 썼습니다만, 지금 잘 생각해 보니 당신에게서 답장이 없다면 내가 억지를 쓰려야 쓸 수도 없고 혼자 멍청하게 야위어갈 뿐이겠지요. 역시 무엇인가 당신의 답장이 없다면 소용없는 노릇입니다.

지금 문득 생각이 났습니다만, 당신은 소설에서 연애의

모험 같은 것을 꽤 쓰셨고, 세상에서도 지독한 악한처럼 평을 받으시지만 사실은 상식가이지요. 나에게는 상식이란 게 무엇인지 알 수 없습니다. 좋아하는 짓을 할 수만 있다면, 그건 좋은 생활이라고 여겨집니다. 나는 당신의 아기를 낳고 싶은 거예요. 다른 사람의 아기는 무슨 일이 있어도 낳고 싶지 않아요. 그래서 나는 당신에게 상의를 하는 겁니다. 아셨으면 답장을 주세요. 당신의 생각을 명확하게 알려 주세요.

비가 그치고 바람이 붑니다. 지금은 오후 3시예요. 지금부터 일급주一級酒 배급을 타러 갑니다. 럼주 병 두 개를 주머니에 넣고, 가슴 호주머니엔 이 편지를 넣고, 10분 후에는 아랫마을로 내려갑니다. 이 술은 동생에게 주지 않고 가즈코가 마실 겁니다. 매일 밤 한 컵씩 마십니다. 술은 컵으로 마시는 게 진짜인 것 같아요.

이쪽에 오시지 않으시겠습니까?

M·C님께

오늘도 비가 내립니다. 눈에도 보이지 않는 안개 같은 비가 내리고 있습니다. 매일매일 외출도 하지 않고 답장 오기만을 기다리고 있으나 마침내 오늘까지 답장이 없었습니다. 도대체 당신은 무엇을 생각하고 계시는지요. 일전 편지에 예술가 선생님의 얘기를 쓴 게 잘못이었을까요. 이런 혼담 같은 걸 써서 경쟁심을 북돋우려고 하고 있군, 하고 생각하셨는지요. 그러나 그 혼담은 그걸로 끝난 것입니다. 아까도 어머니와 그 얘기를 하고는 웃었습니다. 어머니께서는 앞서 혀끝이 아프셨는데 나오지에게 들은 미학 요법으로 혀끝의 통증이 나아서 요즘은 약간 건강해지셨습니다.

아까 내가 마루에 서서 소용돌이치며 바람에 불리는 이슬비를 바라보며 당신의 기분을 상상하고 있을 때,

"우유를 끓였으니, 이리 와."

라고 어머니가 식당 쪽에서 부르셨습니다.

"날씨가 추워서 뜨겁게 해 보았어."

우리는 식당에서 김이 오르는 뜨거운 우유를 마시면서 앞서 예술가 선생님의 얘기를 했습니다.

"그분, 나하고는 근본적으로 어울리지 않지요?"

어머니는 태연하게,

"어울리지 않아."

라고 하셨습니다.

"나는 이렇게 제멋대로 사는 사람이고, 그래서 예술가라는 게 싫지는 않아요. 더구나 그분에게는 많은 수입이 있는 모양이고, 그런 분하고 결혼하면 그야 좋겠지만, 그래도 싫어요."

어머니는 웃으시면서,

"가즈코는 나쁜 아이야. 그렇게 싫은데도 앞서 그분하고 느긋하게 무엇인지 즐거운 듯이 얘기를 하고 있었지? 가즈코의 기분 난 모르겠어."

"어머, 그래도 재미있었어요. 난 교양이 없나 봐요."

"아니에요. 가즈코가 끈질긴 거야. 가즈코 진드기."

어머니는 오늘 무척 기분이 좋으셨어요.

그리고 어제 처음으로 빗어 올린 나의 머리를 보시고,

"머리 올리는 건 머리카락이 적은 사람이 하면 좋아. 가즈코의 경우는 너무 푸짐해서 조그마한 금관이라도 쓴 것 같아. 실패작이야."

"가즈코 실망했어요. 그래도 언젠가 어머니가 가즈코는 목이 희고 고우니까 목을 감추지 않도록 하라고 하셨는걸요."

"그런 말은 잊지 않고 기억하는구나."

"조금이라도 칭찬받은 일은 평생 두고 기억하는 편이 즐거운데요, 뭐."

"앞서도 그분에게 칭찬을 들었지?"

"네, 그래요. 아주 착 달라붙었지요. 나와 함께 있으면 영감이…… 아아 견딜 수 없어. 난 예술가가 싫진 않지만 그런 인격자같이 점잔 빼는 사람은 감당 못해요."

"나오지의 스승이란 사람은 어떤 사람이야?"

나는 가슴이 덜컥했어요.

"잘 모르지만 어차피 나오지의 스승인걸요. 딱지 붙은 불량인가 봐요."

"딱지가 붙어?"

하고 어머니는 즐거운 듯한 눈을 하며 혼잣말을 하시고는,

"재미있는 말이군. 딱지가 붙었으면 오히려 안전하고 좋지 않을까. 방울을 목에 걸고 있는 새끼 고양이처럼 예쁘지 않아? 딱지가 안 붙은 불량이 무서운 거야."

"그럴까요."

기뻐서 기뻐서 나의 몸이 연기가 되어 하늘로 쑤욱 빨려 올라가는 기분이었습니다. 아시겠어요? 왜 내가 기뻤는지 아실 수 없다면…… 때려줄 거예요.

정말 한 번 이쪽으로 놀러 오세요. 내가 나오지에게 당신을 모시고 오라고 하는 것도 좀 부자연스럽고 이상하니까, 당신 자신의 취흥으로 문득 이곳에 들르신 것 같은 형식으로, 나오지의 안내를 받고 오셔도 좋지만, 그래도 가능하다면 혼자, 그리고 나오지가 도쿄에 출장 중일 때 와 주십시오. 나오지가 있으면 당신을 나오지에게 빼앗겨 버리고, 틀림없이 당신들은 오사키 씨네 집으로 소주나 마시러 가게 되고, 그걸로 끝낼 것이 뻔한 노릇이거든요. 우리 집에서는 조상 대대로 예술가를 좋아했나 봐요. 고린光琳이라는 화가도 옛날 우리의 교토 집에 오랜 동안 체재하고 문 장지에

아름다운 그림을 그려 주셨대요. 그래서 어머니도 당신의 내방을 꼭 기뻐해 주실 거예요. 당신은 아마도 이층의 객실에서 쉬시게 되겠지요. 잊지 말고 전등불은 끄고 계세요. 나는 조그마한 촛불을 들고 어두운 계단을 올라가서, 아 그건 안 되죠? 너무 이르니까요.

난 불량배가 좋아요. 그것도 딱지 붙은 불량배 말예요. 그리고 나도 딱지 붙은 불량 여성이 되고 싶어요. 그렇게 하는 수밖에 살아 갈 도리가 없는 것 같아요. 당신은 일본에서 제일가는 딱지 붙은 불량배지요. 그리고 요즈음 또 많은 사람이 당신을 더럽고 부정한 사람이라고 몹시 미워하고 공격하고 있다는 사실을 동생에게서 듣고 더더욱 당신이 좋아졌습니다. 당신은 틀림없이 여러 애인이 있으시겠지만, 얼마 안 가서 나 하나만을 좋아하게 될 것입니다. 왠지 나에게는 그렇게 여겨지니 어쩔 수가 없어요. 그리고 당신은 나하고 생활하고, 매일 즐겁게 일을 하실 수 있을 것입니다. 어렸을 때부터 나는 곧잘 남들에게 '가즈코하고 함께 있으면 괴로움이 잊혀진다'는 말을 들었지요. 나는 아직까지 남에게 증오를 받은 경험이 없어요. 모두들 나를 좋은 아이라고 했습니다. 그래서 당신도 날 싫어할 턱이 없다고, 결코 없다고 생각하는 거예요.

만나면 됩니다. 이젠 답장이고 뭐고 필요없어요. 만나고 싶어요. 내가 도쿄의 당신 댁으로 방문하면 제일 간단히 뵈올 수 있겠지만 워낙 어머니가 반 병자 같으셔서 나는 간호원 겸 가정부이기 때문에 도저히 갈 수 없습니다. 부탁이에요. 제발 이리로 와 주세요. 꼭 한 번 뵙고 싶어요. 그리고 모든 것은 만나면 알 일. 나의 입 양쪽 언저리에 생긴 보일까말까 한 주름살을 보아 주세요. 세기적인 슬픔의 주름살을 보아 주세요. 나의 어떠한 말보다도 나의 얼굴이, 나의 가슴 속의 생각을 분명히 당신에게 알릴 것입니다.

맨 처음에 드린 편지에 나의 가슴에 걸린 무지개의 얘기를 썼습니다만, 그 무지개는 개똥벌레의 빛 같은, 별빛 같은 그런 품위 있는 고상한 아름다운 빛이 아닙니다. 그렇게 옅고 먼 그리움이라면 나는 이토록 고통을 받지 않고 차츰 당신을 잊어 나갈 수가 있었겠지요. 나의 가슴의 무지개는 불꽃의 다리입니다. 가슴이 까맣게 타버릴 만큼 그리운 겁니다.

마약 중독자가 마약이 떨어져서 약을 구할 때의 심정도 이토록 애가 닳지는 않겠지요. 틀린 게 아니다, 사악한 게 아니다, 하고 생각하면서도 문득 내가 큰일을, 큰 바보짓을 저지르려고 하는 게 아닌가 생각하고 소름이 끼친 적도 있습니다. 미친 게 아닌가 하고 반성하는 그런 심정도 꽤 많이 있습니다. 그러나 나도 냉정하게 계획하기도 합니다. 정말 꼭 이곳으로 와 주세요. 언제 오셔도 염려없어요. 나는 아무 데도 가지 않고 언제나 기다리고 있습니다. 나를 믿어 주십시오.

한 번 더 만나서 그때, 싫으면 싫다고 분명히 말해 주세요. 나의 이 가슴의 불꽃은 당신이 붙인 것이니까 당신이 끄고 가 주세요. 나 혼자의 힘으로는 도저히 끌 수가 없습니다. 하여튼 만나면, 만나기만 하면 나는 소생합니다. 〈만요萬葉〉(일본 최고의 시가집-역주)나 〈겐지모노가타리源氏物語〉(헤이안 시대의 장편소설-역주) 무렵이라면 내가 지금 말한 그런 말은 아무것도 아닌데. 나의 희망은 당신의 애첩이 되어 당신 아이의 어머니가 되는 일이에요.

이러한 편지를 만일 비웃는 사람이 있다면 그 사람은 살아가려는 여자의 노력을 조소하는 사람입니다. 여자의 생명을 비웃는 사람입니다. 나는 항구의 숨막힐 듯 괴어 있는 공기에 견딜 수가 없어서, 항구 밖에서는 폭풍이 분다 해도 돛을 올리고 싶은 거예요. 휴식하고 있는 돛은 예외없이 더럽습니다. 나를 비웃는 사람들은 틀림없이 모두 휴식하고 있는 돛입니다. 아무 일도 할 수 없는 거예요.

어쩌지도 못할 난처한 여자. 그러나 이 문제로 제일 괴로워하고 있는 것은 나예요. 이 문제에 대해서 조금도 아무런 고통을 받지 않는 방관자가 돛을 보기 흉하게 축 늘어뜨리고 쉬면서 이 문제를 비판하는 것은 넌센스입니다. 나를 보고 적당히 무슨무슨 사상입네 하지 말아 주기를 바라는 겁니다. 나는 사상이 없어요. 나는 사상입네, 철학입네 하는 따위로 행동한 일은 한 번도 없는 겁니다.

세상에서 좋은 사람이라며 존경받는 사람들은 모두 거짓말쟁이고 가짜라는 걸 나는 알고 있어요. 나는 세상을 신용하지 못하는 겁니다. 딱지 붙은 불량배만이 나의 편입니다. 딱지 붙은 불량배. 나는 그 십자가에만은 걸려서 죽어도 좋다고 생각하고 있어요. 만인에게 비난을 받아도 그래도 나는 답변할 수가 있어요. 너희들은 딱지도 붙지 않은 가장 위험한 불량배가 아니냐고.

아시겠습니까?

연애에 이유는 없습니다. 조금은 까다로운 말을 했습니다. 동생의 말을 흉내낸 것 같은 기분이 들기도 합니다. 오시기만을 기다릴 뿐입니다. 한 번 뵙고 싶은 겁니다. 그것뿐입니다.

기다림. 아아, 인간의 생활에는 기뻐하거나 화를 내거나 슬퍼하거나 미워하거나, 여러 가지 감정이 있지만, 그러나 그것은 인간 생활 전체를 볼 때, 겨우 1%를 차지할 뿐 나머지 99%는 다만 기다리며 살아가는 게 아닐까요. 행복의 발자국 소리가 복도에서 들려오기를 이젠가 저젠가 가슴이 메어지는 그리움으로 기다리고, 공허. 아, 인간의 생활이란 너무도 비참하여, 태어나지 않았더라면 좋았을 것을 하고 모두들 생각하는 이 현실. 그리고 날마다 아침부터 밤까지 허무하게 무엇인가를 기다리고 있습니다. 너무나도 비참해요. 태어나기를 잘했구나 라고, 아아 생명을, 인간을, 세상을 즐겨 보고 싶습니다.

가로막는 도덕을 밀어 젖힐 수 없을까요?

M·C(마이 체호프가 아닙니다. 나는 작가에게 연애를 하고 있는 게 아닙니다. 마이 차일드).

5

나는 올해 여름, 어느 남자에게 세 통의 편지를 썼지만 답장은 없었다. 아무리 생각해도, 나로서는 그 길밖에 살아갈 도리가 없다고 생각해서 세 통의 편지에 내 가슴속을 털어놓고 써 보냈다. 그걸 나는 마치 곶의 끝에서 성난 물결로 뛰어내리는 마음으로 부쳤는데 아무리 기다려도 답장이 없었다. 동생 나오지에게 슬그머니 그분의 근황을 물어봐도 그 사람은 아무런 변화도 없이, 매일 술을 마시러 돌아다니고, 더더욱 부도덕한 소설만 쓰고, 세상의 어른들에게 빈축을 사고 증오를 받는 듯하다. 나오지에게 출판업을 시작하라는 둥 권고해서 나오지는 그 말에 신이 나서 그분 외에도 두세 소설가에게 고문을 부탁하는 한편, 자본을 댈 사람을 물색하지만 있을지 어떨지, 나오지의 얘기를 들어 보면 내가 사모하고 있는 사람의 신변 분위기에 나의 체취는 눈곱만큼도 스며들지 않은 듯하다. 나는 부끄럽다는 느낌보다도 이 세상이라는 것이 내가 생각하고 있는 세상과는 전혀 다른 기묘한 생물 같은 기분이 들고, 나 하나만 남겨 놓고 다 어디론가 가 버려 불러도 소리쳐도 아무런 반응이 없는 땅거미지는 광야에 서 있는 듯한, 이제까지 맛보지 못했던 처참한 기분이 엄습했다. 이것이 실연이라는 것일까. 광야에 속수무책으로 서 있는 동안에 해가 꼴딱 지고 밤이슬에 얼어죽는 수밖에 다른 수는 없는 것일까 하고 생각하니 눈물도 나오지 않는 통곡으로 두 어깨와 가슴은 마구 뛰고 흔들려 숨도 쉴 수 없는 심정이 되는 것이다.

이렇게 되면 어떻게라도 해서 상경하여 우에하라 씨를 만나리라. 나의 돛은 이미 올려지고 항구 밖으로 나왔으니 그냥 서 있을 수는 없다. 가는 데까지 가지 않을 수 있는가, 하고 남몰래 상경할 마음의 준비를 막 시작하려고 하는데, 어머니의 용태가 수상해졌다.

지난밤에는 심한 기침이 나고 열이 39도까지 올랐다.

"오늘 날씨가 추웠기 때문인가 봐. 내일이면 나을 테지."

하고 어머니는 기침을 하시면서 작은 목소리로 말씀하셨지만, 나에게는 보통 기침이 아닌 것 같은 생각이 들어 내일은 아랫마을 의사를 모셔 오리라고 마음먹었다.

다음 날 아침, 열은 37도로 내려갔고 기침도 그다지 심하지 않았지만, 그래도 나는 아랫마을 의사 선생님에게 가서 어머니가 쇠약해졌고 어젯밤에 열이 나고 기침도 보통 기침과는 다른 것 같다는 말씀을 드리고 진찰을 부탁했다.

선생님은 그럼 잠시 후에 오시겠다면서, 이건 어느 분한테서 선사받은 것인데 하며, 응접실 선반 한쪽 구석에 있는 찬장에서 배를 세 개 집어서 나에게 주셨다. 그리고 점심때가 지나서 흰 가스리의 여름 하오리를 입고 진찰하러 오셨다. 그리고 여느 때나 마찬가지로 정중하게 오랜 시간 청진도 하고 타진도 하고 나서 나를 향해서 반듯이 돌아앉으시며,

"걱정하실 것 없습니다. 약을 드시면 좋아지십니다."

라고 하신다.

나는 묘하게 우스운 것을 참으며,

"주사는 어떨까요?"

하고 물으니까 진지한 표정으로,

"그럴 필요는 없을 겁니다. 감기가 드셨으니 안정하고 계시면 곧 감기 기운이 빠질 겁니다."

라고 하셨다.

그러나 어머니의 열은 그로부터 일주일이 지나도 내리지 않았다. 기침은 멎었으나 열은 아침에는 7도 7부 정도, 저녁 나절에도 9도가 되었다. 의사는 다음 날 배가 아프다며 쉬고 있어서, 내가 약을 얻으러 가서 어머니의 용태가 좋지 않다는 얘기를 간호사에게 말하고 선생님에게 전했지만 보통 감기니까 걱정 없다는 답변이어서 가루약과 물약을 받아 가지고 돌아왔다.

나오지는 변함없이 도쿄 출장으로 10여 일 동안이나 돌아오질 않는다. 나 혼자 의지할 데 없는 기분이어서 와다 외숙에게 어머니의 용태를 엽서에 적어 알려 드렸다.

열이 난 뒤 그럭저럭 10일째 마을 선생님이 겨우 배탈이 나았다며 진찰을 오셨다.

선생님은 어머니 가슴을 조심조심 진찰하면서,

"알았습니다. 알았습니다."

라고 소리치면서 나를 똑바로 바라보고,

"열의 원인을 알았습니다. 왼쪽 폐에 침윤이 일어나 있습니다. 그러나 걱정하지 마십시오. 당분간 열은 계속되겠지만 안정하고 계시면 염려없습니다."

라고 하신다.

그럴까? 라고 생각하면서도 물에 빠진 사람은 지푸라기에라도 매달린다는 심정이어서, 마을 의사 선생님의 그 말씀에 죄던 가슴을 약간은 안도의 숨으로 바꿀 수가 있었다.

의사가 돌아가고 나서,

"다행이에요. 어머니, 약간의 침윤이란 누구나 흔히 있는 거래요. 마음을 든든하게 가지시기만 하면 아무 탈도 없을 거래요. 올 여름의 일기불순이 어머니에게는 나빴던 거예요. 여름은 싫어요. 가즈코는 여름 꽃도 싫어요."

어머니는 눈을 감고 웃으시며,

"여름 꽃을 좋아하는 사람은 여름에 죽는다기에 나도 올 여름엔 죽나 보다 했더니, 나오지가 돌아온 일 때문에 가을까지 살고 말았다."

저러한 나오지지만 역시 어머니의 삶의 의지가 되고 기둥이 되는 듯싶어서 마음이 아팠다.

"그럼 이제 여름은 지나갔으니까 어머니의 위험기도 고개를 넘겼다는 얘기가 되네요. 어머니, 정원에 싸리꽃이 피었어요. 그리고 마타리꽃도 오목향伍木香, 도라지, 억새, 참억새, 정원은 온통 가을의 정원이 됐어요. 10월이 되면 열은 꼭 없어질 거예요."

나는 그걸 빌고 있었다. 빨리 이 9월의 무더운, 다시 말해서 늦더위의 계절이 지나가야지. 그리고 국화가 피고 화창하고 따스한 나날이 이어지게 되면 반드시 어머니의 열도 걷히고 건강해지실 것이고, 나도 그분을 만나게 되고, 나의 계획도 큰 꽃송이의 국화꽃처럼 훌륭하게 피어날 수 있을지도 모르는 것이다. 아아, 빨리 10월이 되고, 그래서 어머니의 열이 걷혀야 한다.

와다 외숙에게 엽서를 드린 지 일주일이 되어, 와다 외숙의 주선으로 전에 시의侍醫를 하시던 미야케 노선생님이 간호사를 데리고 도쿄에서 왕진을 오셨다.

이 노선생님은 돌아가신 아버지와도 친교가 있던 분인데, 어머니는 무척 기뻐하시는 모양이었다. 거기다가 노선생님은 옛날부터 예절 바르지 못하고 말버릇도 고약한 편인데, 그게 또 어머니의 비위에 맞는 듯, 그 날은 진찰 같은 것은 제쳐 놓고 두 분이 터놓고 세상 얘기 등에 흥겨워하였다. 내가 부엌에서 푸딩을 만들어 들고 가니까 벌써 그 사이에 진찰도 끝난 모양으로 노선생님은 청진기를 칠칠치 못하게 목에다 목걸이처럼 건 채 안방 마루 등의자에 걸터앉아,

"나 같은 자가 포장마차에 들어가서 우동을 서서 먹으면, 맛이 있네 없네가 문제가 아니죠."

하며 잡담을 계속하고 계신다. 어머니도 시치미를 떼고 듣고 계신다. 아, 별다른 일은 없었구나 싶어 나는 겨우 안심할 수가 있었다.

"어떠신지요. 이 마을 의사 선생님은 왼쪽 폐에 침윤이 있

다던가 하던데요."

라고 나도 갑자기 기운이 나서 미야케 선생님께 물어 보았다. 노선생님은 아무 일도 없다는 듯,

"뭐, 염려할 것 없어요."

라며 가볍게 응수한다.

"참 잘 됐어요, 어머니."

하고 나는 진심으로 미소를 지으며 어머니께 말을 걸고,

"염려없으시대요."

그때 미야케 선생님은 등의자에서 일어나 중국식 응접실로 들어가셨다. 어쩐지 나에게 할 말이 있는 것 같아서 가만히 그 뒤를 따라 들어갔다.

노선생님은 중국식 벽걸이 밑으로 가서 멈추어 서시더니,

"버걱버걱 소리가 난다구."

라고 하셨다.

"침윤이 아닙니까?"

"틀려."

"기관지염인가요?"

나는 벌써 눈물이 괸다.

"아냐."

결핵! 나는 그걸 생각하고 싶지 않았다. 폐렴이나 침윤이나 기관시염이라면 반드시 나의 힘으로 낫게 해 드릴 수 있

다. 그러나 결핵이라면, 아아, 이젠 무너져 가는 심정이었다.

"소리, 굉장히 나빠요? 버걱버걱하는 소리가 들리는 거예요?"

나는 불안해서 훌쩍거리고 말았다.

"왼쪽도 오른쪽도 모두야."

"그래도 어머니는 아직 힘이 있으세요. 식사도 맛있다고 하시며……."

"도리가 없어."

"거짓말예요. 그게 아니죠? 버터나 계란, 우유를 많이 드시면 낫겠죠? 몸에 저항력만 생기면 열도 내리는 거죠?"

"응, 무엇이든 많이 드셔야지."

"그렇죠? 토마토를 하루에 다섯 개나 들고 계세요."

"그래. 토마토는 좋아."

"그럼 염려없지요? 나으시는 거죠?"

"그러나 이번 병환은 목숨을 앗아갈지도 몰라. 그렇게 각오하는 게 좋아."

사람의 힘으로 도저히 감당할 수 없는 일이 이 세상에는 많이 있다고 하는 절망적인 벽의 존재를 난생 처음으로 실감한 것 같은 심정이었다.

"2년? 3년?"

나는 떨리는 목소리로 물었다.

"모르겠어. 하여튼 속수무책이야."

그리고 미야케 선생님은 그날은 이즈의 나가오카 온천에 숙소를 예약했다던가 해서 간호사와 함께 돌아갔다. 문 밖까지 전송을 하고 정신없이 되돌아서 안방의 어머니 머리맡에 앉아 아무일도 없었던 양 웃어 보였더니 어머니는,

"선생님은 뭐라고 하셨지?"

라고 물으신다.

"열만 내리면 된대요."

"가슴은?"

"별 것 아닌가 봐요. 그 언젠가처럼 아마 그런가 봐요. 곧 시원해지면 자꾸자꾸 건강을 되찾으실 거예요."

나는 자신의 거짓말을 믿어야 한다고 생각했다. 목숨을 앗아간다니 그런 무서운 말은 잊어버리려고 했다. 나에게 있어서 어머니가 돌아가신다는 일은, 그것은 나의 육체도 함께 없어진다는 것 같은 느낌이어서 도저히 사실로 생각할 수 없는 일이다. 이제부터 모든 것을 잊어버리고 어머니에게 많은 음식을 만들어 드리기로 하자. 생선, 수프, 통조림, 간, 고깃국, 토마토, 계란, 우유, 맑은 장국. 두부가 있으면 좋은데, 두부를 넣은 된장국, 하얀 쌀밥, 떡, 맛있어 보이는 것은 무엇이라도, 나의 소지품을 모두 팔아서, 그리고 어머니께 맛있는 음식을 만들어 드리지.

나는 일어나서 중국식 응접실로 갔다. 그리고 거기 있는 중국식 눕는 의자를 안방 가까이로 옮기고, 어머니 얼굴이 보이게 걸터앉았다. 쉬고 있는 어머니의 얼굴은 조금도 병자 같은 데가 없었다. 눈은 아름답고 맑고 안색도 싱싱했다. 매일 아침 규칙적으로 기상하면 욕실에 들어가고, 그리고 욕실 곁의 다다미 세 장 방에서 손수 머리를 빗고, 옷매무시를 단정하게 한 다음 침구로 와, 요 위에 앉은 채 식사를 하고 다음엔 누웠다 일어났다 한다. 오전 중에는 신문이나 책을 읽고 열이 나는 것은 오후뿐이다.

"아아, 어머니는 좋아지신 거다. 아마도 염려할 게 없을 것이다."

하고 나는 미야케 님의 진단을 강력하게 부정했다.

10월이 되고, 그리고 국화꽃이 필 무렵이 되면 하며 골똘히 생각하고 있는 동안에, 나는 꾸벅꾸벅 졸기 시작했다. 현실로는 내가 한 번도 본 일이 없는 풍경인데, 꿈에서는 가끔 그 풍경을 보고, 아아, 또 여기 왔구나 하고 생각하는 낯익은 숲속 호숫가에 나는 나왔다. 나는 기모노 차림의 청년과 발소리도 없이 함께 걷고 있었다. 풍경 전체에 녹색 안개가 낀 느낌이었다. 그리고 호수 속에 하얀 화사한 다리가 가라앉아 잠겨 있었다.

"아아, 다리가 잠겨 있어요. 오늘은 아무데도 갈 수 없어요. 여기 호텔에서 묵읍시다. 분명 빈 방이 있을 테니까."

호숫가에는 돌로 지은 호텔이 있었다. 그 호텔의 돌은 녹색 안개로 촉촉히 젖어 있었다. 돌로 된 문 위에는 금으로 가늘게 HOTEL SWITZERLAND라고 새겨져 있었다. SWI 하고 읽어 내려가다가 갑자기 어머니의 일이 걱정이 됐다. 어머니는 어쩌고 계실까. 어머니도 이 호텔에 와 계시는 걸까? 하고 미심쩍은 생각이 들었다. 그리고 청년과 함께 돌로 된 문을 지나 앞마당에 들어갔다. 안개 낀 정원에 자양화 비슷한 꽃이 붉고 크게 타는 듯 피어 있었다. 어린 시절 이불 무늬에 빨간 자양화가 놓여 있는 걸 보고 이상하게 슬퍼졌는데, 역시 자양화란 있는 게로구나 싶었다.

"춥지 않아?"

"응, 조금. 안개로 귀가 젖어서 귀 끝이 차가워."

라고 말하고 웃으면서,

"어머니는 어떻게 하시려나?"

라고 물었다.

그 청년은 몹시 슬프고 자애스럽게 미소지으며,

"그분은 묘지에 계세요."

라고 대답했다.

"아!"

하고 나는 소리를 지르고, 오 그랬었지, 어머니는 이제 안 계시는구나, 어머니의 장례식도 벌써 끝냈지 않았던가. 아아, 어머니는 벌써 돌아가시고 안 계신다는 것을 의식하니까 말할 수 없는 적막감에 몸서리치며 잠을 깼다.

베란다는 이미 어둑어둑했다. 비가 오고 있었다. 녹색의 적막감은 꿈 그대로 주위에 가득 깔려 있었다.

"어머니."

하고 내가 불렀다.

조용한 목소리로,

"뭐 하고 있지?"

라는 대답이 있었다.

나는 기쁨에 벅차서 안방으로 달려가,

"지금 낮잠 자고 있었어요."

"그래, 뭘 하고 있을까 생각했지. 낮잠을 그리도 오래 자나?"

하고 재미있다는 듯 웃으셨다.

나는 어머니가 이렇게 우아하게 살아 계시다는 일이 너무도 기뻐 고마움에 눈시울이 적셔진다.

"저녁 식단은? 드시고 싶은 게 있으세요?"

나는 조금 떠들썩하게 말했다.

"됐어. 아무것도 싫어. 오늘은 9도 5분으로 열이 올랐어."

갑자기 나는 내동댕이쳐진 것처럼 맥이 빠졌다. 그리고 어찌해야 좋을지 몰라서 어두컴컴한 방을 휘둘러보며 문득 죽고 싶어졌다.

"어찌 된 일일까. 9도 5분이라니."

"괜찮아. 그저 열이 나기 직전이 견딜 수 없어. 머리가 좀 아프고 한기가 들고, 그리고 나서 열이 올라."

밖은 벌써 어두워지고 비는 갠 듯 바람이 불고 있었다. 전등을 켜고 식당으로 가려는데, 어머니가,

"눈이 부시니까 켜지 마."

라고 하신다.

"어두운 데서 가만히 누워 계시는 것이 싫으시죠?"

라고 선 채로 물으니까,

"눈을 감고 누워 있으니까 마찬가지야. 조금도 쓸쓸하지 않아. 오히려 눈이 부신 게 싫어. 앞으로 안방에는 불을 켜지 말아 줘."

라고 하신다.

나는 그것도 또 불길한 느낌이어서 말없이 불을 끄고 옆방으로 가서, 거기에 있는 스탠드에 불을 켰다. 그리고 견딜 수 없이 고적해서 서둘러 식당에 가서, 통조림 연어를 찬밥에 얹어 먹노라니 눈물이 방울져 흘렀다.

바람은 밤이 되면서 기승을 부리고, 9시경부터는 비도 섞여서 진짜 폭풍우가 되었다. 이삼 일 전에 걷어 올린 마루 끝

의 발이 문에 부딪히는 소리를 들으며, 나는 안방 옆방에서 로자 룩셈부르크의 〈경제학 입문〉을 기묘한 흥분을 느끼면서 읽고 있었다. 이것은 내가 일전에 이층 나오지의 방에서 가져온 것으로, 그때 이 책과 함께 레닌 선집, 그리고 카우츠키의 〈사회혁명〉 등도 무단으로 빌려다가 내 책상 위에 놓아 두었는데 어머니가 세수하고 들어와 그 책 세 권을 보고 한 권 한 권 들어서 바라보더니 조그맣게 한숨을 쉬시며, 도로 책상 위에 놓고 쓸쓸한 표정으로 나를 힐끗 보았다. 그러나 그 눈길은 깊은 슬픔에 가득 차 있었으나 결코 거부나 혐오의 그것은 아니었다. 어머니가 읽는 책은 위고, 뒤마 부자, 뮈세, 도데 등인데 나는 그들의 감미로운 얘기 속에도 혁명의 냄새가 있다는 것을 알고 있다. 어머니와 같이 천성적인 교양이라면 이상하지만, 그런 것을 가진 분은 의외로 아무렇지도 않게 당연지사처럼 혁명을 맞이할 수가 있을지도 모른다. 나도 이렇게 룩셈부르크의 책을 읽으면서 자신을 아니꼽게 생각하는 일도 없지 않았지만, 그러나 또 역시 나는 내 나름대로의 깊은 흥미를 느끼는 것이다. 여기 씌어 있는 것은 경제학이라고 되어 있으나 경제학이라고 생각하고 읽으면 실로 하잘 것 없는 것이었다. 정말 단순하고 누구나 다 알고 있는 것뿐이다. 아니, 혹시 나에게는 경제학이란 것이 전혀 이해되지 않는지도 모른다. 하여튼 이 책이 나에게는 하나도 재미가 없다. 인간이란 인색한 것이고, 그리고 영원히 인색할 것이라는 전제가 없으면 전혀 성립되지 않는 학문이다. 인색하지 않은 사람에게 있어서는 분배의 문제나 기타 문제에도 아무런 흥미가 없는 일이다. 그런데도 나는 이 책을 읽고 또 다른 곳에서 기묘한 흥분을 느낀다. 그것은 이 책의 저자가 아무런 주저도 없이 한쪽에서부터 모조리, 옛날부터 내려오는 사상을 파괴해 나가는 저돌적인 용기이다. 아무리 도덕에 어긋나도 사랑하는 사람 곁으로 새침하게 주저하지 않고 달려가는 유부녀의 모습조차 상상할 수가 있다. 파괴 사상. 파괴는 불쌍하고 슬프고, 그리고 아름다운 것이다. 다시 건설해서 완성하려는 꿈. 그리고 일단 파괴하면 영원히 완성의 날이 없을지도 모르는데, 그래도 그리운 사랑 때문에 파괴하지 않으면 안 되는 것이다. 혁명을 일으키지 않을 수 없는 것이다. 로자 룩셈부르크는 마르크시즘에 슬프도록 일편단심인 사랑을 하고 있다.

그것은 12년 전의 겨울이었다.

"너는 〈사라시나일기更級日記〉(소녀시절의 꿈이 깨지고 회한에 찬 생애를 회상한 헤이안시대의 일기문학-역주) 속의 소녀 같구나. 이젠 무슨 소릴 해도 소용없어."

그렇게 말하고 나에게서 떠난 친구. 그 친구에게 그때 나는 레닌의 책을 읽지 않고 되돌려 주었던 것이다.

"읽었어?"

"미안해, 안 읽었어."

니콜라이 당(堂)이 보이는 다리 위에서였다.

"왜? 어째서?"

그 친구는 나보다도 한 치는 키가 더 크고 어학을 잘하는, 붉은 베레모가 어울리는, 그리고 얼굴도 조콘다(모나리자) 같다고 소문난 미인이었다.

"표지 색깔이 싫었어."

"이상한 애도 다 봤네. 그게 아니겠지. 사실은 내가 두려워진 게지?"

"두렵진 않아. 난 표지 색깔이 정말로 견딜 수 없었어."

"그래?"

하고 고적하게 말하고, 그리고 나를 〈사라시나일기〉에 견주고, 그리고 무슨 소릴 해도 소용없다고 단정해 버렸다.

우리들은 잠시 동안 겨울 강을 내려다보고 있었다.

"안녕. 만일 이게 영원한 결별이라면 영원히 안녕, 바이런."

이라고 말하고는 그 바이런의 시 구절을 원문으로 술술 읊고, 나를 가볍게 포옹했다.

나는 부끄러워서,

"미안해, 용서해줘."

라며 자그맣게 사과하고, 오차노미즈 역 방향으로 걸어가

다가 돌아다보니 그 친구는 역시 다리 위에 선 채로 움직이지 않고 나를 지켜보고 있었다.

   그후 나는 그 친구를 만나지 못했다. 같은 외국인 교사에게 배웠지만 학교가 달랐기 때문이다.

   그로부터 12년이 지났으나 나는 역시 〈사라시나일기〉에서 한 발도 진보하지 못했다. 도대체 나는 그 동안 뭘 했단 말인가. 혁명을 동경한 일도 없었고, 연애조차 몰랐다. 지금까지의 세상 어른들은 이 혁명과 연애 두 가지를 가장 어리석고 기피해야 할 것이라고 우리들에게 가르쳤고, 전쟁 전에도, 전쟁 중에도 우리들은 그걸 믿고 있었다. 그러나 패전 후, 우리들은 세상의 어른들을 신뢰하지 않게 되었고, 무엇이건 그들이 하는 말의 반대쪽에 진실로 살아갈 길이 있는 것 같아서 혁명도 연애도 실은 이 세상에서 가장 좋은 것이며, 맛이 좋은, 너무도 좋은 일이기 때문에 어른들은 심술궂게 우리들에게 설익은 포도라고 거짓말을 해서 가르치고 있었음에 틀림없다고 생각하게 되었다. 나는 확신하고 싶다. 인간은 혁명과 사랑을 위해서 세상에 태어난 것이라는 것을.

   쏙 미닫이가 열리고 어머니가 웃는 얼굴을 내놓는다.

"아직도 안 자고, 졸리지 않아?"

라고 하신다.

책상 위의 시계가 12시를 가리키고 있었다.

"네, 졸리지 않아요. 사회주의 책을 읽다 보니까 그만 흥분해 버렸어요."

"그래? 술 없어? 그럴 때 술을 마시면 잠이 잘 와."

라고 놀리듯이 말씀하셨지만, 그 태도에는 어딘지 데카당과 종이 한 장 차이의 요염함이 있었다.

얼마 후, 10월이 되었으나 활짝 갠 가을 하늘은 보이지 않고, 장마철 같은 지분지분한 무더운 날이 계속되었다. 그리고 어머니의 신열은 매일 오후가 되면 38~39도를 오르내렸다.

그런데 어느 날 아침, 무서운 현실을 나는 보았다. 어머니의 손이 부어 있는 것이다. 아침 식사가 제일 맛이 있다고 하던 어머니도 요즈음은 자리에 앉아 마지못해 죽을 가볍게 한 공기, 반찬도 냄새가 강한 것은 못 드신다. 그날은 송이버섯을 넣은 맑은 장국이었는데 역시 송이 냄새도 싫은 듯 국그릇을 입가로 가져가다가 그냥 가만히 상으로 내려놓았다. 그때, 나는 어머니의 손등을 보고 깜짝 놀랐다. 오른손이 부어올라서 통통했다.

"어머니, 손이 어떻게 된 거예요?"

얼굴도 창백한 듯 부어 있는 것 같았다.

"괜찮아요. 이 정도, 아무것도 아냐."

"언제부터 부었어요?"

어머니는 눈이 부신 것 같은 표정을 하고 입을 다문다. 나는 소리를 내어 울고 싶었다. 이런 손은 어머니의 손이 아니다. 다른 여자의 손이다. 나의 어머니 손은 좀더 가늘고 작은 손이다. 내가 잘 알고 있는 손, 친절한 손, 귀여운 손. 그 손은 영원히 사라져 버린 것일까. 왼손은 그다지 부어 있지 않았지만 여하간에 안쓰러워 보고 있을 수가 없어서 나는 시선을 돌리고 도코노마床間(그림이나 꽃꽂이를 감상하기 위해 다다미방 벽면에 만들어둔 공간-역주)에 장식해 놓은 꽃바구니를 노려보았다.

눈물이 마구 쏟아질 것 같아서 견딜 수 없어 후딱 일어나서 식당에 갔더니, 나오지가 혼자서 계란 반숙을 먹고 있었다. 어쩌다가 이즈의 이 집에 있는 일이 있어도 밤에는 꼭 오사키 씨네 집에 가서 소주를 마시고, 아침에는 무뚝뚝한 얼굴로 계란 반숙을 네댓 개 먹고 밥은 먹지 않았다. 그리고 나면 이층에 올라가서 눕거나 한다.

"어머니의 손이 부어서."

라고 나오지에게 말은 걸었지만, 말이 이어지지 않고 고개를 숙인 채 어깨가 들먹거려졌다.

나오지는 아무 말도 하지 않았다.

나는 얼굴을 들고,

"이젠 끝이야. 넌 몰랐니? 저렇게 부으면 안 돼."
라고 테이블 끝을 붙잡으며 말했다.
나오지도 어두운 표정이 되어서,
"가까웠군. 그거 쳇, 재미없는 일이 되어 버렸어."
"난 한 번 더 낫게 해 드리고 싶어. 어떻게라도 해서 한 번만 더……."
하고 오른손으로 왼손을 쥐어짜며 말했다. 갑자기 나오지가 훌쩍훌쩍 울기 시작하면서,
"아무것도 좋은 일은 없잖아, 우리에게는 아무것도 좋은 일이라고는 없지 않으냐 말이야."
라며 주먹으로 마구 눈을 부벼댔다.
그 날 나오지는 와다 외숙에게 어머니의 용태를 알리고 앞으로의 일의 지휘를 받으러 상경하고, 나는 어머니 곁을 떠나기만 하면 울었다. 아침 안개가 자욱한 속을 우유를 가지러 가면서도 울고, 거울 앞에서 머리를 빗으면서도, 입술에 립스틱을 바르면서도 나는 내내 울고 있었다. 어머니와 살아온 행복하던 날의 이런 일 저런 일이 그림처럼 떠올라서 울음을 그칠 수가 없었다. 저녁때 어두워진 다음에는 중국식 응접실 베란다에 나가서 오랜 시간 훌쩍거리며 울었다. 가을 밤 하늘에는 별이 빛나고 있었고, 발밑에 남의 집 고양이가 쪼그리고 앉아서 움직이지도 않았다.

다음 날은 손이 더 부어 있었다. 식사는 아무것도 들지 않으셨다. 오렌지 주스도 입 안이 헐어서 스며들어 못 마시겠다고 하신다.

"어머니, 나오지가 말하던 마스크를 하시면?"

이라고 웃으면서 말하려고 생각했는데, 도중에 서글퍼져서 그만 울음이 터지고 말았다.

"매일 바빠서 힘이 들게야. 간호사를 부탁해."

라고 조용히 말씀하셨는데, 자신의 병환보다도 가즈코를 걱정해 주시는 심정을 생각하고, 더더욱 슬퍼져 일어서서 달려나와 욕실 곁방에 들어가서 실컷 울었다.

점심때가 조금 지나서 나오지가 미야케님과 간호사 두 사람을 데리고 왔다.

언제나 농담만 잘 하시는 미야케 노선생도 이때는 화가 난 것처럼 몸짓을 하며 대뜸 병실로 들어가 곧 진찰을 시작하셨다. 그리고 누구에게 말하는 것인지,

"쇠약해지셨군요."

라고 한마디 나지막하게 말씀하시고는 주사를 놓아 주셨다.

"선생님 숙소는?"

어머니가 헛소리하듯 말씀하신다.

"또 나가오카입니다. 예약해 두었으니 염려없어요. 남의

일 걱정 마시고 좀더 잡수시고 싶은 거 달라고 해서 많이 잡수셔야지요. 영양을 취하면 좋아집니다. 내일 또 오겠어요. 간호사 한 사람 두고 갑니다. 심부름 시키세요."

노선생은 병상에 계시는 어머니께 커다란 소리로 그렇게 말하고 나오지에게 눈짓을 하고는 일어섰다.

선생님과 간호사를 전송하고 잠시 후 돌아온 나오지의 얼굴은 울음이 터질 듯 일그러져 있었다.

우리들은 살짝 병실에서 나와서 식당으로 갔다.

"희망이 없다지? 그렇지?"

"재미없어!"

하고 나오지는 입을 일그러뜨리며 웃어보이고,

"쇠약이 지독하게 빨리 온 모양이야. 오늘 내일이라도 알 수 없다고 말했어."

라고 말하는 나오지의 눈에서 눈물이 쏟아졌다.

"여기저기 전보라도 쳐야 하지 않을까?"

나는 오히려 침착하게 말했다.

"그것도 외숙에게 상의했지만 외숙은 지금 그렇게 사람을 불러모으는 시대가 아니라고 말했어. 와 준다 해도 이렇게 좁은 집에서 오히려 실례가 되고, 가까운 곳에 제대로 된 여관도 없고 나가오카 온천에도 방을 몇 개씩 예약할 형편도 되지 않잖아. 결국 우리는 가난해서 그런 높은 분들을 불러

올 힘이 없다는 뜻이야. 외숙은 곧 뒤따라오겠지만 그치는 옛날부터 인색해서 의지가 되지 않아. 어젯밤에도 마마의 병환은 제쳐놓고 마구 나에게 설교하는 거야. 인색한 치에게 설교받고 각성했다는 사람은 동서고금에 걸쳐서 한 사람도 있었던 예가 없어. 오누이지만 마마하고 그치하고는 하늘과 땅만큼 차이가 있어. 정말 싫어."

"그렇지만 나야 어찌 되건 너는 지금부터 외숙에게 의지해야 할 것 아냐."

"천만의 말씀이야. 차라리 거지가 되는 게 낫지. 누나야말로 외숙에게 매달리시지."

"나에겐……."

눈물이 쏟아진다.

"나에겐 갈 곳이 있어."

"결혼? 결정되어 있는 거야?"

"아아니."

"자활? 일하는 여성? 그만둬."

"자활도 아냐. 난 혁명가가 되는 거야."

"헤에?"

나오지는 이상한 표정으로 나를 보았다.

그때, 미야케 선생님이 데리고 온 간호사가 나를 부르러 왔다.

"마님께서 뭔가 말씀이 있으신 것 같아요."

급히 병실로 가서 이불 곁에 앉으며,

"뭐예요?"

라고 얼굴을 대며 물었다.

그러나 어머니는 무슨 말을 하고 싶은 듯하면서도 잠자코 있다.

"물 드릴까요?"

라고 또 물었다.

약간 고개를 흔들고 잠시 후 작은 목소리로,

"꿈을 꾸었어."

라고 하셨다.

"그래요, 무슨 꿈인데?"

"뱀 꿈이야."

나는 찔끔했다.

"마루 앞 댓돌 위에 붉은 줄무늬가 있는 암놈 뱀이 있을 거야, 가 봐."

나는 온몸이 차가워지는 느낌으로 후딱 일어나서 마루로 나가 댓돌 위를 유리를 통해서 내려다봤다. 댓돌 위에 뱀이 가을 햇빛을 받으며 길게 누워 있었다. 나는 아찔하고 현기증이 났다.

'나는 널 알고 있다. 넌 그 무렵보다 늙어 보이고 좀더 큰 것 같지만 나로 인해서 알을 태우게 된 그 암뱀이다. 너의 복수는 이제 내가 뼈저리게 느꼈으니, 이젠 저리로 가거라. 얼른 저쪽으로 가 버리란 말이다.'

하고 마음속에서 생각하며 그 뱀을 보고 있었지만 그 뱀은 꼼짝도 하지 않았다. 나는 왠지 그걸 간호사에게 알리고 싶지 않았다. 발을 한 번 쾅 구르고 나서,

"없어요. 꿈같은 건 믿을 수 없어요, 어머니."

하고 일부러 필요 이상으로 큰소리로 말하며 힐끗 댓돌 위를 보니까 뱀은 겨우 몸을 움직여 느릿느릿 돌에서 떨어져 내려갔다.

이젠 끝이다, 끝이다, 하고 그 뱀을 보니 체념이 비로소 내 마음 바닥에서 솟아나왔다. 아버님이 돌아가실 때에도 머리맡에 검은 조그마한 뱀이 있었다고 한다. 또 그때, 정원의 나무라는 나무에는 모두 뱀이 감겨 있었던 것을 나는 보았다.

어머니는 자리에서 일어나 앉을 기력조차도 없는 듯 가물가물 잠드신 것 같아서 이젠 몸을 몽땅 간호하는 간호사에게 맡기고, 식사는 거의 하지 못하는 상태였다. 뱀을 보고 나서 나는 슬픔의 바닥을 뚫고 나간 마음의 안정이라고나 할까, 그 같은 행복감에 흡사한 마음의 여유가 생겨서 앞으로는 가능한 한 그냥 어머니의 곁에 있어야겠다고 생각했다.

그리고 그 다음 날부터 어머니 머리맡에 꼭 붙어 앉아서 뜨개질 따위를 했다. 나는 뜨개질이나 바느질 같은 것이 남보다 훨씬 빠르기는 하지만 그래도 매끈하게는 못했다. 그래서 언제나 어머니는 그 매끈하지 못한 데를 손수 일일이 가르쳐 주셨다. 그날도 나는 별로 뜨개질을 하고 싶은 것은 아니었지만 어머니 곁에 있기를 자연스럽게 하기 위해서 핑계로 털실 상자를 내어 놓고 아무 상념도 없는 체 뜨개질을 시작했던 것이다.

어머니는 내 손놀림을 지켜보고 있더니,

"가즈코의 양말을 짜는 거지? 그렇다면 여덟 코를 더 늘려야 신을 때 수월해요."

라고 한다.

나는 어린 시절 아무리 가르쳐 주셔도 잘 뜰 수가 없었는데, 그때처럼 어리둥절하기도 하고, 남부끄럽기도 하고, 그 시절이 그립기도 했다. 아아 이젠 어머니에게 배우는 것도 이게 마지막이구나 생각하니 그만 눈물이 솟아나와서 뜨개질하는 털실의 코가 보이지 않게 되어 버렸다.

어머니는 이렇게 누워 계실 땐 그다지 고통을 느끼지 않는 듯했다. 식사는 오늘 아침부터 끊어 버렸고 거즈에 차를 적셔 가끔 입을 축여 드릴 뿐인데, 그래도 의식은 분명하여 때때로 나에게 조용히 말한다.

"신문에 폐하의 사진이 나 있는 것 같았는데 한 번 더 보여줘."

나는 신문의 그 부분을 어머니 얼굴 위로 보여 드렸다.

"많이 늙으셨어!"

"아니에요. 이건 사진이 잘못된 거예요. 일전의 사진은 정말 젊고 명랑하셨어요. 오히려 이런 시대를 기뻐하고 계신 거예요."

"왜?"

"그야 폐하께서도 이번에 해방되셨으니까요."

어머니는 슬픈 듯이 웃고 잠시 후,

"울고 싶어도 눈물이 나오지 않게 된 거야."

라고 하셨다.

나는 어머니는 지금 행복한 게 아닌가 싶었다. 행복감이란 것은 비애의 강바닥에 가라앉아 희미하게 빛나는 사금 같은 게 아닐지. 슬픔의 극치를 통과해서 기이한 엷은 빛을 보는 심정. 그게 행복감이라고 한다면 폐하도, 어머니도, 그리고 나도, 분명 지금 행복한 것이다. 조용한 가을날 오후, 햇빛이 부드러운 가을의 정원, 나는 뜨개질을 그만두고 가슴 높이로 빛나는 바다를 바라보며,

"어머니, 난 지금까지 정말 철이 없었지요?"

라고 하며 좀더 얘기하고 싶은 일이 있었지만, 안방 구석

쪽에서 정맥 주사 준비를 하고 있는 간호사가 듣고 있어서 수치스러운 생각에 얘기를 그만두었다.

"지금까지라구……?"

어머니는 엷은 미소를 지으며 물었다.

"그래서 지금은 철이 들었나?"

나는 왠지 얼굴이 빨개졌다.

"세상이란 알 수 없어."

하고 어머니는 얼굴을 돌리며 혼잣말처럼 말한다.

"나는 모르겠다. 세상을 아는 사람은 없는 게 아냐? 언제까지 가도 모두 어린애예요. 아무것도 아는 게 없는 거예요."

그러나 나는 살아 나가야 하는 것이다.

어린애일지라도 어리광만 부리고 있을 수는 없다. 나는 이제부터 세상과 싸워 나가야 하는 것이다. 아아, 어머니처럼 남과 다투지 않고 미워도 원망도 하지 않고 아름답고 슬프게 생애를 끝낼 수 있는 사람은 어머니가 최후이며 앞으로의 세상에는 존재할 수가 없는 게 아닐까. 죽어 가는 사람은 아름답다. 산다는 것, 살아남는다는 것, 그것은 무척 흉하고 피의 냄새가 나는 더러운 것 같은 생각이 든다. 나는 임신해서 구멍을 파는 뱀의 모습을 다다미 위에 그려 보았다. 그러나 살아남아서 마음먹은 일을 완수하기 위해서 세상과 싸워 나가자. 어머니가 마침내 돌아가시게 되자 나의 로맨티시즘이나 감상은 차츰 사라지고, 뭔가 나 자신이 마음 놓을 수 없는 나쁜 지혜를 가진 생물로 변해 가는 심정이 되었다.

그날 오후 내가 어머니 곁에서 입을 적셔 드리고 있노라니까, 대문 앞에 자동차가 멎는 소리가 났다. 와다 외숙이 외숙모와 함께 오신 것이다. 외숙이 병실로 들어와서 어머니 베개맡에 아무 말 없이 앉으니까, 어머니는 손수건으로 얼굴을 반쯤 덮어 가리고 외숙의 얼굴을 지켜보며 울었다. 그러나 우는 얼굴이 되었을 뿐 눈물은 나오질 않았다. 마치 인형 같은 느낌이었다.

"나오지는 어디?"

잠시 후 어머니는 나를 보고 말씀하셨다.

나는 이층에 올라가서 양실 소파에 누워 신간 잡지를 읽고 있는 나오지에게,

"어머니가 찾으셔."

라고 하니까,

"야아, 또 슬픈 장면인가. 귀하는 잘도 참고 거기 버티고 있더군. 신경이 굵어서 그래. 박정한 게야. 이 몸은 너무나도 고통스러워. 실로 마음은 뜨거워도 육체는 약해서 도저히 마마 곁에 있을 기력이 없어."

라고 하면서 상의를 걸치고 나와 함께 이층에서 내려왔다.

둘이 나란히 어머니 머리맡에 앉자, 어머니는 이불 속에

서 손을 내밀고 말없이 나오지를 가리키고, 그 다음 나를 가리키고는 외숙을 향해서 합장을 하셨다.

외숙은 크게 고개를 끄덕이며,

"네, 알았습니다. 알았어요."

라고 한다.

어머니는 안심한 듯 눈을 가볍게 감고 손을 이불 속에 넣으셨다.

나도 울고, 나오지도 오열했다.

거기에 미야케 노선생님이 나가오카에서 와 먼저 주사부터 놓았다.

어머니도 외숙을 만나 이젠 마음이 놓이는 듯,

"선생님, 어서 편안하게 해 주세요."

라고 하셨다.

노선생과 외숙은 서로 얼굴을 마주바라보며 말이 없었다. 두 분 눈에 눈물이 빛났다.

나는 일어나서 식당으로 가서, 외숙이 좋아하는 유부국수를 만들어 노선생님과 외숙 내외분, 나오지, 4인분을 응접실로 갖다 드렸다. 그리고 외숙이 사온 마루노우치 호텔의 샌드위치를 어머니에게 보여 드리고 어머니 머리맡에 놓았다.

"바쁘지."

하고 어머니는 작은 목소리로 말씀하셨다.

응접실에서 모두들 잠시 잡담을 하고 외숙과 외숙모는 꼭 오늘 밤 도쿄에 가야 할 일이 있다며, 문병의 돈 봉투를 나에게 주었다. 노선생님도 간호사와 함께 돌아가기로 하고, 남아 있는 간호사에게 여러 가지 주의 사항을 이른 다음, 아직은 의식도 있고 심장도 그다지 지친 것 같지 않아, 주사로도 사오 일은 염려 없으리라고, 그 날은 일단 모두 자가용으로 돌아갔다.

여러분을 전송하고 안방에 들어가니 어머니는 나에게만 보이는 그 웃는 얼굴로,

"바빴지?"

라고 속삭이듯 작은 목소리로 말씀하셨다. 그 얼굴은 생기가 있고 오히려 빛이 나는 것처럼 보였다. 외숙을 만나 기뻤던 것이로구나, 하고 나는 생각했다.

"아아뇨."

나도 조금은 들뜬 기분이 되어서 활짝 웃었다.

그리고 이것이 어머니와의 마지막 대화였다.

그로부터 세 시간쯤 지나서 어머니는 숨을 거두었다. 가을의 조용한 황혼, 간호사에게 맥을 짚게 하고 나오지와 나, 단 두 사람의 육친이 지켜보는 가운데, 일본의 마지막 귀부인이었던 아름다운 어머니가.

그 얼굴은 거의 변하지 않았다. 아버지 때에는 금방 얼굴색이 변하였는데 어머니의 얼굴색은 조금도 달라지지 않고, 호흡만이 끊어졌다. 그 호흡도 언제 끊겼는지 분명히는 알 수 없었다. 얼굴의 부기도 전날부터 걷히고 볼은 초같이 매끈매끈하고, 얇은 입술은 희미하게 일그러져서 미소를 띤 것같이 보여 살아 계신 어머니보다 요염했다. 나는 피에타의 마리아와 같다고 생각했다.

6

전투, 개시.

언제까지나 슬픔에 젖어 있을 수도 없었다. 나는 무슨 일이 있어도 꼭 쟁취해야 할 것이 있었다. 새로운 윤리, 아니 그렇게 말해도 위선 같다. 사랑, 그것뿐이다. 로자가 새로운 경제학에 의지해야만 했듯이, 나는 지금 사랑 한 가지에 매달릴 수 없으면 살아갈 수 없는 것이다. 예수님이 이 세상의 종교가, 도덕가, 학자, 권위자의 위선을 파헤치고 하느님의 진정한 애정이란 것을 조금도 주저함이 없이 있는 그대로 사람들에게 알리려고 그 열두 제자를 사방에 파견하려고 하실 때, 제자들에게 가르친 말씀은 나의 이 경우에도 무관

하지는 않다고 생각한다.

'전대 속에 금, 은, 또는 돈을 넣어 가지지 말라. 여행하는 배낭도, 두 개의 속옷도, 신발도, 지팡이도 가지지 말라. 보라. 내가 너희를 보냄은 양을 이리 가운데 넣는 것과 같다. 그러므로 뱀과 같이 지혜롭게 비둘기와 같이 온순하게 하라. 사람들에게 주의하라. 그들은 너희를 회당에 붙이고 매질하리라. 또 너희들은 나로 인하여 왕 앞에 끌려 가리라. 그들이 너희를 끌어 가면 무슨 말을 어떻게 할까, 미리 걱정하지 말라. 해야 할 말은 그때 너희에게 알려 주리라. 이 말을 함은 너희가 아니고 너희 안에서 말씀하실 너희들의 아버지의 성령이니라. 또 너희는 나의 이름으로 인하여 모든 사람들에게 미움을 받으리라. 그러나 끝까지 견디고 참는 자는 구원을 받으리니, 이 거리에서 핍박을 받거든 저 거리로 피하라. 너희는 잘 들으라. 너희가 이스라엘을 다 돌기 전에 사람의 아들이 오리라.

몸을 죽이고 영혼을 죽이지 못하는 자들을 무서워하지 말라. 몸과 영혼을 둘 다 지옥에 던져 멸망시킬 수 있는 분을 두려워하라. 내가 세상에 평화를 주려고 온 줄로 생각하지 말라. 평화가 아니고 칼을 주려고 왔다. 나는 아들을 아버지와 맞서게 하고, 딸을 어머니와 맞서게 하려고 왔다. 집안 식구가 바로 자기 원수이다. 아버지와 어머니를 나보디 더 사랑하는 사람은 나의 사람으로 어울리지 않는다. 또 누구든지 자기 십자가를 지고 나를 따르지 아니하면 내 사람이 될 자격이 없다. 자기 목숨을 얻으려는 사람은 잃을 것이요, 나 때문에 자기 목숨을 잃는 자는 얻을 것이니라.'

전투, 개시.

만일 내가 연애 때문에 예수님의 이 가르침을 완전히 지킬 것을 맹세한다면 예수님은 꾸중을 하실까? 왜 남녀간의 연애는 나쁘고, 사람 사이의 사랑은 좋은 것인지 나는 알 수가 없다. 같은 것 같다. 무엇인지 모르는 사랑 때문에, 연애 때문에, 그 슬픔 때문에 몸과 영혼을 지옥으로 멸망시킬 수 있는 자, 아아, 나는 나 자신이야말로 그것이라고 주장하고 싶은 것이다.

외숙의 주선으로 어머니의 밀장密葬(집안끼리만 모여 장례를 지내는 것-역주)을 이즈에서 지내고, 본장本葬은 도쿄에서 끝냈다. 그리고 나서 나오지와 나는 이즈의 산장에서 서로 얼굴을 마주쳐도 말도 하지 않는 이유 모를 서먹서먹한 꺼림칙한 생활을 하였는데, 나오지는 출판업의 자본금이라며 어머니의 보석류를 몽땅 들고 나갔으며, 도쿄에서 술 마시는 데 지쳐 빠지면 이즈의 산장으로 중병 환자나 되는 듯이 창백한 얼굴로 비틀비틀 돌아와서 자곤 한다. 어느 날은 젊은 댄서풍의 여자를 데리고 와서, 아무리 철면피라도 약간은

겸연쩍은 듯 어물거리는 걸 보고,

"오늘 나 도쿄에 다녀와도 괜찮아? 친구들에게 오랜만에 놀러 가고 싶어. 이틀이나 사흘 밤만 자고 올게. 나오지가 집 좀 봐 줘. 식사는 그분에게 부탁하면 되겠군."

나오지의 약점을 이용해서 말하자면 뱀과 같이 지혜롭게 나는 백에 화장품이랑 빵 등을 넣어 가지고 아주 자연스럽게 그 사람과 만나기 위해서 상경할 수가 있었다.

도쿄 교외, 쇼센 오기쿠보역 북쪽 문에서 하차하여, 거기서 20분 정도면 그 사람의 전후戰後 새 주택에 당도할 수 있다는 것을 나오지에게 은근히 물어 두었던 것이다.

찬바람이 강하게 부는 날이었다. 오기쿠보 역에 내리자 주위는 어둑어둑했다. 나는 한길에서 만나는 사람들을 붙들어 그 사람의 주소를 묻고 방향과 길을 지시받았으나, 한 시간 가까이 거리를 헤맸다. 맥이 풀리고 눈물이 나왔다. 그렇게 다니다가 자갈길의 돌에 받치고 게타 끈이 끊어지고, 어떻게 할까 머뭇거리는데 문득 오른쪽 두 채가 한 지붕으로 이어진 집 중의 한 채에 밤눈에도 허옇고 희미하게 문패가 떠올라 보이는 게 우에하라라고 씌어진 것 같았다. 한쪽 발은 다비만 신은 맨발로 그 집 현관에 달려가서 잘 보니까, 분명히 우에하라 지로라고 씌어 있었으나 집 안은 어두웠다.

어찌할까 하고 순간 망설였으나, 몸을 강물에라도 내던지는 심정으로 현관 격자문으로 다가가,

"실례합니다."

하고 두 손 끝으로 문의 격자를 어루만지며,

"우에하라님."

하고 작은 소리로 속삭였다.

대답은 있었다. 그러나 그것은 여자의 목소리였다.

현관문이 안에서 열리고, 갸름한 고풍이 풍기는, 나보다 서너 살 연상인 듯한 여자가 현관 어둠 속에서 살짝 웃으며,

"누구십니까?"

하고 묻는 그 말에는 아무런 악의도 경계도 없었다.

"아닙니다. 저어."

하며 나는 나의 성명을 댈 기회를 놓쳐 버렸다. 이 사람에게만은 나의 연모도 기묘하게 뒤가 켕기는 심정이었다. 어름어름, 거의 비굴하게,

"선생님은? 안 계시나요?"

"네."

라고 대답하고는 딱한 듯 나의 얼굴을 보고,

"그래도 행선지는 대개……."

"먼 곳에?"

"아아뇨."

하고 우스운 듯 한쪽 손을 입에 대고,

"오기쿠보예요. 역전의 시라이시라는 꼬치 안주집에 가시면 대개 그이의 행방을 아시게 됩니다."

나는 뛰는 듯한 심정으로,

"네, 그렇습니까?"

"어머, 신발 끈이 끊어져서……."

권하는 대로 나는 현관 안으로 들어가 마루 끝에 걸터앉아 부인에게서 대용 끈을 얻었다. 생각지 못했을 때 신발 끈이 끊어지면 대용할 수 있는 편리한 것인데, 그걸로 고치는 동안 부인은 양초에 불을 켜서 현관에 가져다 주며,

"공교롭게 전구가 둘 다 나가 버렸어요. 요즘 전구는 어처구니없이 비싸면서도 잘 끊어져서 못쓰겠어요. 주인이 있었으면 사다가 바꿔낄 수도 있겠는데, 어젯밤도 그저께 밤도 돌아오질 않아서 우리는 사흘 밤 동전 한 닢 없이 초저녁부터 잠자리에 들지요."

등등, 진정 태평스럽게 웃으며 말한다. 부인의 등 뒤에는 열두세 살 가량 되어 보이는 눈이 큰, 좀처럼 남과 타협하지 않을 듯한 인상을 느끼게 하는 가냘픈 여자아이가 서 있었다.

적. 나는 그렇게 생각하지 않지만 이 부인과 딸은 언젠가는 나를 적이라고 생각하고 증오하는 일이 있을 게 틀림없다. 그걸 생각하니 나의 연정도 순식간에 깨져 버리는 것 같

은 생각이 들었다. 끈을 고쳐 신고 일어서서 손으로 탁탁 흙먼지를 털고 나니, 고적한 감회가 무섭게 몸의 주위에 몰려 닥치는 것 같았다. 안방으로 뛰어올라가서 깜깜한 어둠 속에서 부인의 손을 잡고 울어 버릴까, 하는 참을 수 없는 충동을 느꼈다. 그러나 문득 그 뒤에 오는 서먹서먹한, 무어라고 형언 못할 모래알을 씹는 듯한 그 뒷맛을 생각하고 억제하며,

"고맙습니다."

하고 지나치게 정중한 경례를 하고 밖으로 나와서 찬바람에 날리며 전투 개시, 연모, 좋아, 애가 탄다, 정말 그리워, 정말 좋아해, 정말 애가 타, 그리우니 도리 없지, 좋아하니 하는 수 없어, 애가 타니 어쩔 수 없어, 저 부인은 확실히 드물게 보는 좋은 분, 그 딸도 예쁘다. 그러나 나는 주님의 심판대에 선다 해도 조금도 자신이 가책 받을 만큼 뒤가 켕긴다고는 생각하지 않는다. 인간은 연애와 혁명을 위해서 태어난 것이다. 하느님도 벌을 주실 리가 없다. 나는 손톱만큼도 나쁘지 않다. 정말로 좋아하니까 당당하게 어깨를 펴고, 그분을 한 번 만날 때까지는 이틀 사흘 밤 노숙을 불사하고라도 꼭.

역전의 시라이시라는 꼬치집은 곧 찾을 수 있었다. 그러나 그 사람은 보이지 않았다.

"아사게타니예요. 아사게타니 역의 북문으로 곧바로 가시면, 그러니까 150미터쯤 될까? 철물점이 있습니다. 거기에서 오른쪽으로 한 50미터쯤 가면 야나기야라는 조그마한 요릿집이 있어요. 선생님은 요즈음 야나기야의 오스테 씨와 뜨거운 사이니까, 정말 못 당해요."

역으로 가서 쇼센을 타고 아사게타니 역에서 내려 북쪽으로 150미터, 철물점에서 오른쪽으로 50미터, 야나기야는 조용했다.

"금방 여러분이 함께 이제부터 니시오기의 지도리 아줌마에게로 간다며, 오늘 밤은 새운다고 하시던데요."

나보다도 더 젊고 침착하고 품위도 있고 친절한 이 사람이 오스테 씨라고 하는, 그이가 열을 올리고 있는 상대인가.

"지도리? 니시오기의 어디쯤?"

암담하고 눈물이 나올 것 같았다. 내가 지금 미치지나 않았나 하고 문득 그런 생각이 든다.

"잘 모릅니다만 니시오기 역에서 내려 남쪽 문에서 왼쪽으로 들어간 곳이라던가, 하여튼 파출소에서 물으시면 알 수 있지 않을까요? 아무튼 한 집으로는 끝나지 않는 분이니까, 지도리에 가기 전에 또 다른 데 갔을지도 모르지만요."

"지도리로 가 보겠어요."

다시 되돌아서서 아사게타니 역에서 쇼센으로 다치가와

행을 타고 오기쿠보, 니시오기쿠보 역의 남문에서 내려 북풍에 시달리며 허둥거리다 파출소를 발견했다. 지도리의 방향을 묻고 가르쳐 준 대로 밤길을 뛰다시피 해서 지도리라는 푸른색 등롱을 보고 서슴없이 문을 열었다.

토방이 있고 바로 이어서 여섯 장 정도의 방이 있고, 거기 담배 연기가 자욱한 곳에 열 명쯤 되는 사람들이 커다란 술상을 에워싸고 와와 떠들어 대며 주연을 벌이고 있었다. 나보다 젊은 아가씨가 셋, 함께 자리를 하고 담배를 피우며 술을 마시고 있었다.

나는 토방에 선 채 그 자리를 훑어보고 발견했다. 그리고 꿈같이 생각되었다. 다르다. 6년, 전혀 다른 사람이 되어 있는 것이다.

이게, 저 나의 무지개, M·C, 나의 삶의 보람인 그 사람인가? 6년. 봉두난발은 옛날 그대로이지만, 그것은 슬프게도 불그스레하고 바래고 엷어졌으며, 얼굴은 누렇게 떠서 눈가는 붉게 짓무르고 앞니가 빠지고 늘 입을 오물오물거려서 한 마리의 늙은 원숭이가 등을 구부리고 방구석에 앉아 있는 것만 같았다.

아가씨 한 사람이 나를 발견하고 눈으로 나의 존재를 우에하라 씨에게 알렸다. 그 사람은 앉은 채로 가느다란 목을 길게 늘이고 나를 보고는 아무런 표정도 없이 턱으로 올라

오라는 시늉을 했다. 좌중은 나에게는 아무런 관심도 없는 듯이 여전히 떠들어대기만 했으나, 그래도 조금씩 자리를 밀어내어 우에하라 씨 오른편에 내가 앉을 자리를 내주었다.

나는 말없이 앉았다. 우에하라 씨는 컵에 술을 가득 따라서 쥐어 주고, 자기도 한 컵을 따라서 들고,

"건배."

라고 목이 잠긴 목소리로 나지막하게 말했다.

두 개의 컵이 약하게 부딪쳐서, 쨍그렁 하고 구슬픈 소리를 냈다.

기로친 기로친 슐슐슈 하고 누군가가 말하자, 그에 호응해서 또 한 사람이 기로친 기로친 슐슐슈 하고 말하며, 쨍그렁 하고 소리나게 컵을 맞부딪쳐 쭉 들이켠다. 기로친 기로친 슐슐슈, 기로친 기로친 슐슐슈 하고 여기저기서 그 엉터리 같은 노래를 부르며 기세 좋게 컵을 맞부딪혀 건배하고 있다. 그러한 회롱조의 리듬에 가락을 맞춰 억지로 술을 목구멍에 퍼붓고 있는 것 같았다.

"그럼 실례."

하고 자리를 뜨는 사람이 있는가 하면 새로 들어오는 손님이 우에하라 씨에게 약간 고개를 숙여 보이고는 좌중에 끼여 앉는다.

"우에하라 씨, 거기 말이야, 우에하라 씨, 거기, 아아아 하

는 곳 말이야. 그건 어떻게 형용하면 됩니까. 아, 아, 아, 입니까, 아아, 아, 입니까?"

하고 몸을 내밀며 묻는 사람은 분명 나도 그의 무대 얼굴이 기억에 있는 신극 배우 후지다였다.

"아아, 아, 지요. 아아, 아, 지도리의 술값은 싸지 않다. 이런 식으로 말이야."

하는 우에하라 씨의 설명.

"맨 돈 얘기뿐이에요."

하는 아가씨.

"참새 두 마리가 1전이란 게 비싼 겁니까?"

라고 하는 젊은 신사.

"한푼도 남김없이 보상하지 않는다면, 이라는 말도 있지. 혹자에게는 5탈렌트, 혹자에게는 2탈렌트, 혹자에게는 1탈렌트라는 지독하게 복잡한 얘기도 있고, 그리스도도 계산에는 꽤 섬세했어."

라는 또 다른 신사.

"더구나 그 사람은 술꾼이었어. 묘하게도 성경에는 술을 예로 든 얘기가 많다고 했더니 과연, 보라, 술을 좋아하는 사람이라고 비난받았다고 성경에 기록되어 있어. 술을 마시는 사람이 아니고, 술을 좋아하는 사람이라니 상당히 마시는 술꾼이었음에 틀림없어. 자, 한 되 주량은 되나?"

또 한 사람의 신사.

"그만, 그만둬. 너희는 도덕에 겁을 먹고 예수를 구실로 내세우려 하는구나. 지에짱, 마시자. 기로친 기로친 슐슐슈."

하는 우에하라 씨. 제일 예쁘고 젊은 아가씨와 컵을 탁 부딪혀 꿀꺽 마시고, 입귀로 술이 흘러 떨어져 턱이 젖고, 그걸 자포자기한 듯 왈칵 손바닥으로 닦아내고, 그리고 재채기를 대여섯 번 계속했다.

나는 살며시 일어나서 옆방으로 가서, 환자처럼 창백하고 야윈 안주인에게 화장실을 묻고, 다시 그 방을 지나가려고 하는데, 아까 그 제일 예쁘고 젊은 지에짱이라는 아가씨가 나를 기다리기라도 한 듯한 모습으로 서 있다가,

"시장하지 않으세요?"

하고 친한 사이처럼 웃으며 물었다.

"네. 하지만 난 빵을 가지고 있어요."

"아무것도 없지만……."

하고 환자 같은 안주인이 힘겹게 다리를 옆으로 뻗고 앉아서 화로에 기댄 채 그렇게 말했다.

"이 방에서 식사하세요. 저 술꾼들 상대하고 있으면 밤이 새도록 먹을 수 없으니까요. 지에코도 함께 자, 어서 앉으세요."

"어어이, 기누짱, 술이 없다아."

하고 옆방에서 신사가 소리친다.

"네, 네."

하고 대답하고 그 기누짱이라는, 30세 전후로 보이는, 멋있게 줄무늬 기모노를 차려 입은 여종업원이 술병을 열 개 정도 올려놓은 쟁반을 들고 부엌에서 나온다.

"잠깐."

하고 안주인이 그녀를 불러 세우고,

"여기에도 두 개만."

하고 웃으며,

"그리고 기누짱, 뒤켠의 스즈야에 가서 우동 두 개만 빨리 배달시켜 줘."

나와 지에짱은 화로 곁에 앉아서 손을 쬐고 있었다.

"방석 까세요. 추워졌네요. 한잔 하시죠."

안주인은 자기는 자기 찻종에 따르고, 다른 찻종 두 개에도 술을 따랐다.

그리고 우리는 셋이 다 말없이 마셨다.

"저분들 많이도 마시는군."

하고 왠지 젖은 목소리로 말했다.

드르륵 하고 현관문이 열리는 소리가 나고,

"선생님, 가지고 왔습니다."

하는 젊은 남자의 목소리가 난다.

"여하튼 우리 사장 완고하다니까. 이만 엔 달라고 졸라댔지만 겨우 만 엔입니다."

"수표인가?"

하고 우에하라 씨의 쉰 목소리.

"아닙니다, 현찰이에요. 죄송합니다."

"아냐. 영수증을 쓰지."

건배하는 노래 소리는 그러는 동안에도 끊이지 않고 계속됐다.

"나오 씨는?"

하고 안주인은 정색을 하고 지에짱에게 묻는다. 나는 찔끔했다.

"몰라요. 내가 나오 씨를 지키는 사람도 아닌데."

하고 지에짱은 낭패한 사람처럼 얼굴이 빨개졌다.

"요즈음 우에하라 씨하고 뭐 잘못된 일이라도 있었나? 여느 땐 항상 함께였는데."

라고 안주인은 침착하게 말한다.

"댄스를 좋아하게 됐다나 봐요. 댄서 연인이라도 생긴 게죠."

"나오 씨는 술에다가 여자까지 좋아하니 손을 댈 수가 없어."

"선생님의 가르침이신걸요."

"그래도 나오 씨는 더 질이 나빠요. 도련님 부스러기가 타락한……."

"저어."

나도 미소지으며 말참견을 했다. 잠자코 있으면 이 두 사람에게 더 실례가 될 것 같아서였다.

"제가 나오지의 누이예요."

안주인은 놀란 듯이 내 얼굴을 다시 뜯어보았으나, 지에짱은 태연하게,

"얼굴이 많이 닮으셨는걸 뭐. 저 어두운 토방에 서 계시는데 난 깜짝 놀랐어요. 나오 씨인가 하구."

"네, 그러셨구먼요."

하고 안주인은 말투를 고치고,

"이런 누추한 곳에 다 오시고, 그래서 우에하라 씨하고는 이전부터?"

"네, 6년 전에 한 번 만났는데."

말을 더듬거리고 고개를 숙이니 눈물이 나올 것 같았다.

"늦어져서 죄송합니다."

여종업원이 우동을 들고 왔다.

"드시죠. 식기 전에."

라고 안주인이 권했다.

"잘 먹겠습니다."

우동에서 올라오는 김 속에 얼굴을 파묻다시피 하고 후룩후룩 우동을 먹으며, 나는 이제야 살아 있는 고적함의 극한을 맛보고 있는 듯했다.

기로친 기로친 슐슐슈, 기로친 기로친 슐슐슈 하고 낮은 목소리로 웅얼거리며, 우에하라 씨가 이쪽 방으로 건너와 내 곁에 털썩 책상다리로 앉으며 말없이 커다란 봉투를 안주인에게 건넸다.

"이걸로 어물어물 나머지를 씻어 넘기면 안 돼요."

안주인은 봉투 속을 볼 생각도 하지 않고 긴 화로 서랍에 집어넣으며 그렇게 웃고 말했다.

"가져올게, 나머지는 내년이야."

"저렇다니까."

1만 엔, 그것만 있으면 전구를 몇 개나 살 수 있을까. 그것만 있다면 나도 일 년쯤 편안하게 살 수 있다.

아아, 이 사람들 어딘가 잘못되어 있다. 그러나 이 사람들도 나의 연애의 경우와 마찬가지로 이렇게라도 하지 않고는 못 배기는가 싶다. 사람이 세상에 태어난 이상 아무렇게라도 끝을 볼 때까지 살아야 한다면, 이 사람들이 끝을 볼 때까지 살아가려고 애를 쓰는 모습도 노상 미워만 할 수 없지 않을까. 살아가는 일, 살아가는 일, 그건 어쩌면 이토록 숨이 막히는 사업일까.

"하여튼 말이야."

옆방의 신사가 말한다.

"이제부터 도쿄에서 생활해 가려면 말이야, 경박하기 짝이 없는 인사를 태연하게 할 수 있어야 해. 현재의 우리들에게 중후하다느니 성실하다느니 하는 그런 미덕을 요구하는 것은 목매단 사람 발 잡아당기는 격이지. 중후? 성실? 개에게나 주어. 그걸로 살아갈 수는 없지 않냐 말이야. 만일에라도 말이야, 경박한 인사를 가볍게 할 수 없다면 길은 세 개밖에 없어. 하나는 귀농, 하나는 자살, 또 하나는 계집의 끄나풀이야."

"그 어느 것도 못하는 슬픈 놈에게는, 하다못해 최후 유일의 수단은?"

하고 다른 신사가 말한다.

"우에하라 지로에게 달라붙어서 술마시기."

기로친 기로친 슐슐슈, 기로친 기로친 슐슐슈.

"잘 곳이 없는 게 아냐?"

하고 우에하라 씨가 낮은 목소리로 말했다.

"저요?"

나는 자신에게, 대가리를 바짝 치켜든 뱀을 의식했다. 적의. 나는 그와 흡사한 감정을 맛보며 몸을 움츠렸다.

"모두 한 방에서 잠잘 수 있어? 추울 텐데."

우에하라 씨는 나의 분노 따위 아랑곳없이 주절거린다.

"무리죠."

안주인이 말참견을 하며,

"가엾어요."

쳇, 우에하라 씨는 혀를 차고,

"그럼, 이런 데 안 오면 돼."

나는 잠자코 있었다. 이 사람은 분명히 나의 그 편지를 읽었다. 그리고 누구보다도 나를 사랑하고 있다고, 나는 그 사람의 말의 분위기에서 재빨리 알아차렸다.

"도리 없군, 후쿠이 씨네 집에라도 부탁해 볼까? 지에짱, 데려다 주지 않겠어? 아니 여자만 가면 도중이 위험하겠군. 에이, 성가시군. 아주머니, 이 사람 신발, 살짝 부엌으로 갖다 놓아요. 내가 데려다 주고 올게."

밖은 깊은 밤인 듯했다. 바람은 약간 가라앉았으나, 하늘에는 별이 빛나고 있었다. 우리는 나란히 서서 걸었다.

"저 여러 사람과 함께라도 잘 수 있었는데."

우에하라 씨는 졸린 듯,

"응."

이라고만 했다.

"둘이만 있고 싶었죠? 그렇죠?"

내가 그렇게 말하고 웃었더니 우에하라 씨는,

"이래서 곤란해."

라며 입을 일그러뜨리고 쓴웃음을 지었다. 나는 내가 무척 귀여움을 받고 있음을 몸에 스미도록 의식했다.

"술을 무척 많이 마시는군요. 날마다 그래요?"

"그럼, 아침부터야."

"맛이 좋아요, 술이?"

"맛없어."

그렇게 말하는 우에하라 씨의 말에 나는 어쩐지 소름이 끼쳤다.

"일은?"

"통 못해. 무얼 써도 허무하기만 하고, 그리고 그저 슬퍼서 어쩔 수 없어. 생명의 황혼, 예술의 황혼, 인류의 황혼. 그것도 비위에 거슬려."

"유토리로."

나는 거의 무의식적으로 그걸 말했다.

"아아, 유토리로. 아직도 살아 있는 모양이야. 알코올의 망자亡者. 시체야. 최근 십 년간 그의 그림은 야릇하게 속되어서 모두 못쓸 것뿐야."

"유토리로만이 아니겠죠. 다른 마이스터들도 모두……."

"그래. 쇠약이야. 그러나 새로운 새싹도 싹이 크지 못한 채 쇠약하고 있어요. 서리. 프로스트. 온 세상에 서리가 내리고 있는 것 같아요."

우에하라 씨는 나의 어깨를 가볍게 끌어안았고, 나는 그의 외투 소매에 싸인 것같이 되었으나, 나는 거부하지 않고 오히려 딱 달라붙어서 기대어 걸었다.

길가의 수목의 가지. 잎새 하나도 남지 않은 가지. 그게 밤하늘을 예리하게 찌르고 있었다.

"나뭇가지란 아름다운 거로군요."

라고 나도 모르는 사이에 혼잣말처럼 중얼거렸더니,

"응, 꽃하고 새까만 가지의 조화가."

라고 그가 약간 당황한 듯 말했다.

"아아뇨. 난 꽃도 잎도 싹도 아무것도 붙어 있지 않은 저런 가지가 좋아. 저래 보여도 틀림없이 살아 있죠? 마른 가지와는 달라요."

"자연만은 쇠약하지 않는다는 건가."

그리고는 재채기를 계속해서 몇 번이나 했다.

"감기 드신 게 아녜요?"

"아니, 그게 아냐. 실은 이것이 나의 기벽인데 말야, 술의 취기가 포화 상태에 도달하면 당장 재채기가 이런 식으로 나오는 거야. 취기의 바로미터 같은 거지."

"연애는?"

"응?"

"어떤 분인가 계세요? 포화점까지 진행된 분이?"

"뭐야. 놀리면 못써. 여잔 다 같아. 복잡해서 싫어. 기로친 기로친 슐슐슈, 난 실은 한 사람 아니 반 사람쯤 있어."

"편지 보셨어요?"

"보았지."

"답장은?"

"난 귀족이 싫어. 뭔가 참을 수 없는 오만한 데가 있어. 가즈코 씨 동생 나오지도 귀족으로서는 좋은 사람이지만, 때때로 문득 서로 융합되지 않는 건방진 게 보인단 말이야. 난 시골 농부의 자식이거든. 이렇게 시냇가를 걷고 있으면 반드시 어린 시절, 고향 개울에서 붕어를 잡고 송사리를 건지던 일이 생각나 견딜 수 없는 심정이 되곤 하지."

어둠 속에서 잔잔한 흐름 소리를 내는 개울을 따라 우리는 걷고 있었다.

"그래도 당신네 귀족은 그러한 우리들의 감상을 절대로 이해하지 못할 뿐만 아니라 경멸까지 하고 있어."

"투르게네프는?"

"그 자식은 귀족이야. 그래서 싫은 거지."

"그렇지만 〈사냥꾼의 일기〉는……."

"음, 그것만은 약간 좋더군."

"그건 농촌 생활의 감상?"

"그 자식, 시골 귀족이라는 정도로 타협할까?"

"나도 지금은 시골 사람이에요. 밭을 갈고 싶어요. 시골의 가난뱅이."

"지금도 내가 좋은가?"

난폭한 어조였다.

"내 아기를 가지고 싶은가?"

나는 대답하지 않았다.

바위가 떨어져 내리는 듯한 기세로 그 사람의 얼굴이 다가오고, 다짜고짜 나는 키스를 당했다. 성욕의 냄새가 풍기는 키스였다. 나는 그 키스를 받으며 눈물이 났다. 굴욕의, 분노의 눈물과도 흡사한 씁쓸한 눈물이었다. 눈물이 한없이 눈에서 흘러내렸다.

또 둘이서 나란히 걸었다.

"실례했어. 반해 버렸어."

그 사람은 그렇게 말하고 웃었다.

그러나 나는 웃지 못했다. 미간을 찌푸리고 입을 오므렸다.

도리가 없다.

말로 표현한다면 그런 느낌이었다. 나는 게타를 끌면서 황량하게 걷고 있다는 걸 깨달았다.

"실례했어."

라고 그 남자는 또 그렇게 말했다.

"갈 데까지 갈까."

"비위 상해요."

"이 자식."

우에하라 씨는 내 어깨를 툭툭 주먹으로 치고 또 크게 재채기를 했다.

후쿠이 씨 댁에서는 이미 모두 잠든 모양이었다.

"전보요, 전보. 후쿠이 씨, 전보요."

큰 소리로 외치며 우에하라 씨는 현관문을 두드렸다.

"우에하란가?"

집 안에서 남자의 목소리가 들렸다.

"그렇다. 프린스와 프린세스가 하룻밤 숙소를 부탁하러 왔다. 이렇게 추우면 재채기만 나오고, 모처럼의 사랑 행각도 코미디가 돼 버린다."

현관문이 안에서 열리고 제법 나이가 든, 오십을 넘은 듯한 머리가 벗겨진 자그마한 체구의 남자가 야한 파자마를 입고 야릇하게 수줍은 듯 웃는 얼굴로 우리를 맞아 주었다.

"부탁해."

우에하라 씨는 한마디 하고는 망토도 벗지 않고 자기 집에 들어가듯 집 안으로 들어섰다.

"아틀리에는 추워서 안 돼. 이층을 빌려 주게. 자, 이리 와요."

내 손을 잡고 복도 끝의 계단을 올라가서 어두운 방으로 들어가 방구석의 스위치를 탁 눌렀다.

"요릿집 방 같아요."

"응, 벼락부자 취미지. 그러나 저 엉터리 화가에겐 지나칠 정도지. 악운이 터서 재앙에도 끄떡없었지. 이용하지 않고 어쩌랴. 자, 어서 자야지, 자야지."

자기 집처럼 벽장에서 제멋대로 이부자리를 꺼내어 깔고,

"여기서 자라구. 난 가겠어. 내일 아침 모시러 오겠습니다. 화장실은 아래층 계단 바로 오른쪽이야."

쿵쿵쿵쿵 계단을 굴러 떨어지듯 시끄럽게 내려가더니 조용해졌다.

나는 스위치를 돌려 불을 끄고, 아버지가 외국에 가셨다가 선물로 사 온 감으로 만든 비로드 코트를 벗고, 오비만 끄르고 옷은 입은 채 자리에 들어갔다. 피로해 있는데다가 술기운이 겹쳐서인지 몸이 나른하여 금세 잠이 들었다.

어느 결에 그 사람이 내 곁에 누워 있었고…… 나는 한 시간쯤이나 필사적인 저항을 했다.

문득 가엾은 생각이 들어 저항을 포기했다.

"이렇게 하지 않으면 안심이 되지 않는 거죠?"

"그런 셈이지."

"당신은 건강을 해치고 계시죠? 각혈을 하셨죠?"

"어떻게 아나? 실은 일전에 제법 지독하게 했지만 누구에게도 알리지 않았는데."

"어머니가 돌아가시기 전과 같은 냄새가 나는 걸요."

"죽을 셈치고 마시고 있어. 살아 있는 게 슬퍼서 어쩔 수 없단 말이야. 쓸쓸하다느니 고적하다느니 그런 여유 있는 것이 아니고 슬픈 거야. 음산한 탄식의 한숨이 사방 벽에서 들려올 때, 자신들만의 행복이 있을 수 없지 않아? 자신의 행복도 광영도 살아 있는 동안에는 결코 없다는 것을 알았을 때, 사람은 어떤 심정이 될까. 노력? 그 따위 것은 다만 굶주린 야수의 밥이 될 뿐이야. 비참한 사람이 너무 많아. 비위 상하나?"

"아아뇨."

"연애만 그게 아니지. 그건 가즈코 씨의 편지가 맞아."

나의 연애는 사라져 버렸다.

날이 밝았다.

방이 희미하게 밝아지고, 나는 곁에서 잠들어 있는 그 사람의 자는 얼굴을 차근차근히 들여다보았다. 얼마 후면 죽을 사람의 얼굴을 하고 있었다. 지친 얼굴이었다.

희생자의 얼굴, 귀중한 희생자.

내 사람. 나의 무지개. 마이 차일드. 미운 사람. 교활한 사람.

이 세상에 다시없을 정도로 굉장히 아름다운 얼굴같이 보였다. 사람이 다시 소생해 온 것처럼 가슴이 두근거려 나는 그의 머리를 쓸어올려 주며 내 쪽에서 키스를 했다.

슬프고 슬픈 연애의 성취.

우에하라 씨는 눈을 감은 채 나를 끌어안고,

"비뚤어져 있었던 거야. 난 농부의 자식이니까."

이젠 이 사람에게서 떨어지지 말자.

"난 지금 행복해요. 사방 벽에서 탄식의 소리가 들린다 해도 나의 지금의 행복감은 포화점에 이르고 있어요. 재채기가 나올 정도로 행복해요."

우에하라 씨는 후후 하고 웃으며,

"그러나 이미 늦었어. 황혼이야."

"아침이에요."

동생 나오지는 그 날 아침에 자살했다.

7

나오지의 유서.

누나.

안 되겠어. 먼저 가야겠어.

나는 내가 왜 살아 있어야 하는지 그걸 전혀 알 수가 없습니다.

살고 싶은 사람은 살면 돼.

인간에게는 살 권리가 있는 것과 동시에 죽을 권리도 있을 것입니다.

나의 이런 생각은 조금도 새로운 것이 아니고, 당연한, 그야말로 원시적인 일에 묘하게 구애되고 무서워하고 분명히 입 밖에 내서 얘기하지 않은 것뿐입니다.

살아가고 싶은 사람은 무슨 짓을 해서라도 반드시 굳세게 끝까지 살아가야 하겠고, 그건 훌륭한 일이며, 인간의 영관榮冠이란 것도 그런 데 있는 것이겠지요. 그러나 죽는 일도 죄는 아니라고 생각합니다.

나는 나라고 하는 풀은 이 세상의 공기와 햇빛 속에서 살기 어려운 것입니다. 살아가는 데 있어 어딘가 한 군데가 결여되어 있습니다. 부족한 것입니다. 지금까지 살아온 것도 나름대로 성의를 다하고 힘을 다한 것입니다.

나는 고등학교에 들어가서 내가 자라 온 계급과 전혀 다른 계급에서 자란 강하고 굳센 풀, 그런 친구와 비로소 교제를 했고, 그의 기세에 밀려 지지 않으려고 마약을 먹고 반광란 상태가 되어서 저항했습니다. 그리고 군인이 되고 역시 거기서도 살아갈 최후의 수단으로 아편을 썼습니다. 누나에게는 나의 이 심정이 이해되지 않을 것입니다.

　나는 천해지고 싶었습니다. 강하게, 아니 횡포해지고 싶었습니다. 그리고 그게 소위 민중의 친구가 될 수 있는 유일한 길이라고 생각했습니다. 술 정도 가지고는 도저히 따라갈 수 없었습니다. 언제나 어찔어찔 현기증 속에 젖어 있어야 했습니다. 그러기 위해서는 마약밖에 없었습니다. 나는 집을 잊어야 했습니다. 아버지의 피에 반항하지 않으면 안 되었고, 어머니의 친절한 애정을 거부하지 않으면 안 되었고, 누나에게 냉정하지 않으면 안 되었습니다. 그렇게 하지 않고서는 저 민중의 방에 들어갈 입장권을 얻을 수 없다고 생각했던 것입니다.

　나는 천해졌습니다. 천한 말투를 쓰게 됐습니다. 그러나 그것은 반은, 아니 60프로는 슬프게도 덧붙인 것에 지나지 않는 서투른 수작이었습니다. 민중에게 있어서 나는 역시 비위 상하게 거만한 답답한 남자였습니다. 그들은 나를 진심으로 속을 터놓고 상대해 주질 않았던 것입니다. 그러나 그렇다고 일단 버린 살롱으로 다시 돌아갈 수도 없었습니다. 지금에 와서 나의 천함은 60프로가 인공적으로 덧붙인 것이라 할지라도 그래도 나머지 사십 프로는 진짜 천하게 되어 있는 것입니다. 나는 그 소위 상류 살롱의 차마 보아 줄 수 없는, 가장하는 품위를 과시하는 데에는 욕지거리가 나올 것 같아 한시도 참을 수가 없게 되어 있었습니다. 또 그 높으신 분이라든가 권세 있는 분이라고 칭하는 사람들도 나의 버릇이 고약하다 해서 아연실색 추방할 것입니다. 내던진 세계로 돌아갈 수도 없고, 민중으로부터는 악의에 찬, 개떡 같은 정중한 대우를 받는 방청석이 주어질 뿐입니다.

어느 세계에서나 나와 같은, 말하자면 생활력이 약하고 결함이 있는 백성은 사상도 아무것도 없이 다만 스스로 소멸하는 것을 안은 운명인지도 모릅니다만, 그러나 나에게도 조금은 명분이 있는 것입니다. 나는 도저히 살기 힘든 상황을 느끼고 있습니다.

인간은 모두 같다.

이건 도대체 사상일까요? 나는 이 불가사의한 말을 발명한 사람은 종교가도 철학가도 예술가도 아닌 것 같습니다. 그건 민중의 술집에서 솟아나온 말입니다. 구더기가 끓듯이 어느 사이엔가 누가 먼저 말한 것도 아닌 뭉게뭉게 피어올라서 전세계를 덮고, 그 세계를 불쾌한 것으로 만들었습니다.

이 불가사의한 말은 민주주의하고도, 또 마르크시즘하고도 전혀 관계가 없습니다. 그건 반드시 술집에서 흉악하게 생긴 남자가 미남을 향해서 던져준 말일 따름입니다. 그냥 초조한 거예요. 질투예요. 사상도 아무것도 아닙니다.

그러나 그 술집에서의 질투의 성난 목소리가 기묘하게도 사상 비슷한 표정을 짓고 민중 사이를 누비고 다니며, 민주주의에도 마르크시즘에도 전혀 관계없는 말일 터인데 어느 사이엔가 그 정치 사상이나 경제 사상에 엉겨붙어 이상하게 비열한 형편이 되고 말았던 것입니다. 메피스토라도 이런 터무니없는 방언을 사상과 대치해 놓는 따위의 재주는 적어도 양심에 부끄러워서 주저했을지도 모릅니다.

인간은 모두 다 같은 것이다.

얼마나 비굴한 말입니까. 남을 업신여김과 동시에 자기 스스로도 업신여기고, 아무런 프라이드도 없이 모든 노력을 포기하며 하는 말. 마르크시즘은 일하는 자의 우위를 주장한다. 같다고는 하지 않는다. 민주주의는 개인의 존엄을 주장한다. 같다고는 하지 않는다. "헤헤, 아무리 잘난 체해도 다 같은 인간이 아닌가."

왜 다 같다고 하는가. 우수하다고 말할 수 없는가. 노예근성의 복수.

그러나 이 말은 실로 외설되고, 으스스하고, 사람들은 서로 겁내고, 모든 사상이 능욕당하고, 노력은 조소를 받고, 행복은 부정되고, 미모는 더럽혀지고, 광영은 끌어내려지고, 소위 '세기의 불안'은 이 불가사의한 하나의 어구에서 발산되어 있다고 나는 생각하는 것입니다.

정말 미운 말이라고 생각하면서, 나 역시 이 말에 협박을 받고 겁에 질려 떨며, 무엇을 하려고 해도 겸연쩍고, 늘 불안하고 두근두근해서 몸둘 바를 모르고, 차라리 술이나 마약으로 생기는 현기증에 의지해서 순간적인 침착을 얻고자 했으며, 그리고 엉망진창이 되었습니다.

약한 거겠지요. 어딘가 중대한 하나의 결함이 있는 풀이겠지요. 또 무엇인가 따지고 들지만 원래 놀기 좋아하는 거야, 게으름뱅이고 색골이고, 제멋대로 구는 쾌락한인 거야, 하고 그 어느 말뼈다귀가 코웃음 치며 말할지도 모릅니다. 그리고 나는 그렇게 말을 들어도 지금까지는 다만 겸연쩍게 애매한 수긍을 하고 있었습니다만, 그러나 나도 죽는 마당에 이르러 한마디 항의 비슷한 걸 말해 두고 싶습니다.

누나.

믿어 주세요.

나는 놀면서도 조금도 즐겁지 않았습니다. 쾌락의 임포텐스인지도 모릅니다. 나는 다만 귀족이라는 자신의 그림자에서 떠나고 싶어, 미치고, 놀고, 거칠어졌습니다.

누나.

도대체 우리에게 죄가 있는 걸까요?

귀족으로 태어난 것이 우리들의 죄일까요. 다만 그 집에 태어났기 때문에 우리들은 영원히, 이를테면 유대인의 가족처럼 죄송해하고 사죄하고 부끄러움을 지니고 살아가야 합니다.

나는 진작 죽어야 했습니다. 그러나 단 한 가지, 마마의 애정, 그걸 생각하면 죽을 수 없었습니다. 인간은 자유로이 살 권리를 가지고 있는 것과 동시에 언제든지 마음대로 죽을 수 있는 권리를 가지고 있지만, 그러나 '어머니'가 살아 계시는 동안은 그 죽음의 권리를 보류해야 한다고 나는 생각했던 겁니다. 그렇지 않으면 동시에 '어머니'를 죽이는 일이기도 하기 때문이니까.

이젠 내가 죽어도 몸을 망칠 만큼 서러워할 사람도 없고, 아니, 누나, 난 알고 있습니다, 나를 잃은 당신들의 슬픔이 어느 정도인가 하는 것을. 아니, 허식의 감성은 그만둡시다. 당신들은 나의 죽음을 알게 되면 틀림없이 울겠지요. 그러나 나의 살아 있는 괴로움과, 그리고 그 지긋지긋한 생에서 완전히 해방된 나의 기쁨을 생각해 주신다면 당신들의 그 슬픔은 차츰 사라져갈 것이라고 생각합니다.

나의 자살을 비난하고 끝까지 살아서 견뎌야 했다, 고 나에게 아무런 도움도 주지 않고 입끝에서만 그럴싸한 표정으로 비판하는 사람은, 폐하께 과일 장사를 하시라고 태연하게 권고할 만큼이나 대위인임에 틀림없습니다.

누나.

나는 죽는 편이 낫습니다. 나에게는 소위 생활 능력이 없습니다. 돈으로 남과 다툴 힘이 없는 거예요. 나는 남에게 엉겨붙지도 못합니다. 우에하라 씨와 함께 유흥으로 즐긴다 해도 내 몫의 계산은 언제나 나 자신이 지불했습니다. 우에하라 씨는 그걸 귀족의 인색한 프라이드라고 굉장히 싫어했습니다. 그러나 나는 프라이드 때문에 지불하는 게 아니고, 우에하라 씨가 일로써 얻은 돈으로 시시하게 마시고 먹고 여자를 끼고 하는 따위가 무서워서 도저히 할 수 없었습니다. 우에하라 씨를 존경하니까, 라고 간단히 잘라 말해 버리는 것은 거짓말이고, 나도 정말로는 분명히 알고 있지 못합니다. 다만 남에게 음식을 얻어먹는 것이 겁이 난 것입니다. 더구나 그 사람 자신의 팔 하나로 얻은 돈으로 음식 대접을 받는다는 것은 괴롭고 마음 아픈 일이어서 견딜 수 없었던 것입니다.

그래서 그저 마냥 우리 집에서 돈이랑 물건을 꺼내다가 마마와 누나를 슬프게 했고, 나 자신도 조금도 즐겁지 않았는데, 출판 사업 따위 계획을 한 것도 다만 체면치레였을 뿐 손톱만큼도 진실이 아니었습니다. 진심으로 해봤자 남의 대접조차 마음 편하게 못 받는 자가 돈을 번다는 것이 도저히 도저히 불가능하다는 것은 아무리 내가 바보라 해도 그 정도는 알고 있습니다.

누나.

우린 가난뱅이가 됐습니다. 살아 있는 동안은 남에게 음식을 대접하려고 했는데, 이젠 남의 음식을 얻어먹고 대접을 받아야 살게 되었습니다.

누나.

이렇게 된 이상 내가 왜 살아 있어야 하는 거지요. 이젠 끝장입니다. 난 죽겠습니다. 쉽고 편하게 죽을 수 있는 약이 있습니다. 군대에 있을 때, 손에 넣었던 것입니다.

누나는 아름답고―나는 아름다운 어머니와 누나를 자랑으로 삼고 있었어요―그리고 현명하니까, 난 누나의 일에 대해서는 아무 걱정도 하지 않습니다. 걱정을 할 자격조차도 나에게는 없습니다. 도둑놈이 피해자의 신상을 동정하는 식이 되어 얼굴이 빨개질 뿐입니다. 아마도 누나는 결혼하여 아기 낳고 남편을 의지하며 꿋꿋하게 살아가리라고 생각합니다.

누나.

나에게는 하나의 비밀이 있습니다.

오랜 세월 깊이깊이 숨겨 놓고, 전쟁 중에도 그 사람을 생각하고, 그 사람을 꿈에 보고 잠이 깨면 울먹이던 일도 몇 번이나 있습니다.

그 사람의 이름은 도저히 누구에게도, 입이 써어도 말할 수 없습니다. 지금도 분명히 해 둘까 싶었지만 역시 도저히 무서워서 그 이름을 밝힐 수가 없습니다.

그러나, 내가 그 비밀을 절대 비밀로 묻어 두고 이 세상의 누구에게도 털어놓지 않고 가슴속에 감춘 채 죽는다면, 나의 몸을 화장하여도 그 가슴속이 비린내 나게 타다 남을 것처럼 불안해 견딜 수 없어, 누나에게만 희미하게 멀리 돌려 가며 픽션처럼 알려 둡니다. 픽션이라고 해도 누나는 그가, 그 상대가 누군지 금방 알아낼 겁니다. 픽션이라고 하느니보다는 다만 가명을 쓰는 정도의 비밀이니까요.

누나는 알고 계실까?

누나는 그 사람을 아실 겁니다. 그러나 아마도 만난 일은 없을 겁니다. 그 사람은 누나보다 좀 연상이에요. 외꺼풀 눈에 눈꼬리가 치켜올라갔고, 머리는 파마를 한 일도 없고 언제나 잡아당겨 빗어올린, 그런 수수한 머리형으로, 무척이나 검소한 옷차림으로, 그렇다고 칠칠치 못한 모습은 아니고 언제나 단정하고 청결합니다. 그 사람은 전후에 새로운 터치로 그림이 유명해지고 계속해서 작품을 발표하는 어느 중년 서양화가의 부인으로, 그 화가의 생활은 매우 난폭하고 거칠지만 그 부인은 태연하게 꾸미고 언제나 상냥하게 미소 지으며 살고 있습니다.

내가 일어서서,

"그럼 가 보겠습니다."

하니, 그 사람도 일어서서 아무런 경계도 없이 내 곁으로 다가와서 내 얼굴을 올려다보며,

"왜요?"

라고 여느 때처럼 말하고, 정말로 이상한 듯 조금 고개를 갸우뚱거리고, 잠시 나의 눈을 올려다보고 있었습니다. 그리고 그 눈에는 아무런 사심도 허식도 없어서, 나는 여자와 시선이 마주치면 어쩔 줄 몰라서 시선을 돌리고 마는데, 그때만은 조금도 겸연쩍지 않게 느껴져서, 두 사람의 얼굴이 한 자 정도의 거리를 두고 60초나, 그 이상 무척 기분이 좋아서 그 사람 눈동자를 응시하다가 그만 미소짓고,

"그래도……."

"곧 돌아올 텐데요."

라며 역시 진지한 표정으로 말했습니다.

정직이란 이런 느낌의 표정을 말하는 게 아닐까 하고 문득 생각했지요. 도덕 교과서 냄새가 나는 엄숙한 덕이 아니고 정직이라는 말로 표현되는 본래의 덕은 이런 예쁘장스러운 것이 아닐까라고 생각했습니다.

"또 오겠습니다."

"그래요."

처음부터 끝까지 모두 아무렇지도 않은 대화입니다. 내가

어느 여름날 오후 그 서양화가의 아파트를 찾아갔는데, 화가는 집에 없었습니다. 곧 돌아올 터이니 올라와서 기다리면? 이라고 하는 부인의 말을 따라서 방에 들어가 30분쯤 잡지 따위를 뒤적거렸으나 돌아올 기색이 없어서, 그만 일어나서 나왔습니다. 그게 전부였지만 나는 그날 그때의 그 사람 눈동자에 슬픈 사랑을 해버린 겁니다.

고귀라고 형언하면 좋을까. 내 주위의 귀족들 가운데에는 마마를 빼놓고 그렇게 경계 없이 '정직'한 눈의 표정을 가질 수 있는 사람은 한 사람도 없었다는 걸 단언할 수 있습니다.

그리고 나서 나는 어느 겨울 저녁, 그 사람의 프로필에 감동받은 일이 있습니다. 역시 그 서양화가의 아파트에서 화가의 술 동무가 되어, 아침부터 술을 마시고 서양화가와 함께 일본의 소위 문화인들을 여지없이 비난 공격하고 웃어대다가 화가는 곯아떨어져서 코를 골며 잠들고 나도 누워서 조속조속 졸고 있는데, 살짝 모포를 덮어 주기에 실눈을 뜨고 보니 저녁 하늘은 맑고 푸르렀으며, 부인은 아기를 안고 아파트 창가에 아무렇지도 않게 걸터앉아 있었습니다. 그 부인의 프로필이 푸르고 맑은 저녁 하늘을 배경으로 해서 르네상스 무렵의 프로필 그림처럼 선명한 윤곽이 그려져 떠올라서, 내게 살며시 담요를 덮어 준 친절은 조금도 색정적이거나 욕심에서가 아닌, 아아, 휴머니티라는 말은 이러한 때야말로 사용되고 소생하는 말이 아닌가, 인간으로서의 당연한 고적을 동정하는 순수하고 무의식적인 행동인 것처럼, 마치 그림 같은 조용한 분위기로 먼 곳을 바라보고 있었습니다.

나는 눈을 감고 그리움에 애가 타서 미칠 듯, 눈에서는 눈물이 마구 흘러 넘쳐서 모포를 머리까지 덮어 쓰고 말았습니다.

누나.

내가 그 서양화가의 집에 놀러간 것은 처음엔 그 화가의 작품의 특이한 터치와 그 밑바닥에 숨겨진 열광적인 패션에 취해 버린 탓도 있었습니다만, 서로 교제하는 동안에 그 사람의 무교양, 무질서, 더러움 등으로 흥이 깨어진 감이 깊어가는 한편, 그와 반비례해서 그 부인의 아름다운 심정에 이끌려, 아니, 올바른 애정의 상대가 그리워 연모하게 되고, 부인의 모습을 한 번 더 보고 싶어서 그 서양화가의 집에 자주 놀러가게 된 것입니다.

그 서양화가의 작품에서 다소나마 예술의 고귀한 냄새라고나 할 그런 것이 표현되어 있다고 한다면, 그건 그 부인의 상냥한 마음씨의 반영이 아닐까 하고 나는 지금은 생각해 봅니다.

그 서양화가는 지금 솔직히 느낀 대로 말하면, 다만 술꾼이고 놀기 좋아하는 교묘한 장사꾼이었습니다. 놀기 위해 돈이 필요했고, 그래서 함부로 캔버스에 물감을 칠하고, 유행의 기류를 타고 비싼 값으로 팔고 있었습니다. 그 사람이 가지고 있는 것은 시골 사람의 뻔뻔스러움, 어리석은 자신감, 교활한 상술, 다만 그것뿐입니다.

아마도 그 화가는 다른 사람의 그림은 외국인의 것이건 일본인의 것이건 아무것도 모를 것입니다. 게다가 자신이 그리고 있는 그림도 무엇이 무엇인지 모르고 있을 것입니다. 다만 유흥을 위한 돈이 필요해서 정신없이 캔버스에 물감을 칠하고 있을 뿐입니다.

그리고 더욱 놀라운 일은 그 사람은 자기 자신이 그러한 무모한 짓에 아무런 의혹도, 수치도, 공포도 느끼지 않고 있다는 점입니다.

그냥 그저 의기양양할 따름이지요. 어떻든 자신이 그린 그림을 자신이 모르는 그러한 사람이고 보면, 남의 그림의 좋은 점을 알 리도 없고 그저 비난에 비난을 퍼부을 따름이지요.

즉, 그 사람의 데카당한 생활은 입으로는 무엇인가 괴로움을 말하고 있지만 사실인즉 바보스런 촌놈이 항상 동경하던 도시에 나와서, 자신도 의아할 만큼 출세를 하고 보니 내 위에는 아무도 없다는 듯 내 세상이라며 유흥에 젖어들고 있는 꼴입니다.

 언젠가 내가,

"친구들이 모두 나태하게 놀고 있을 때, 자기만 공부를 하는 것이 겸연쩍고 두렵고 도저히 감당할 수 없어서, 놀고 싶은 마음은 전혀 없으면서도 나는 그들 사이에 끼고 맙니다"라고 했더니, 그 중년의 서양화가는,

"헤에, 그게 귀족 기질이라는 겐가? 흉측하군. 난, 남이 유흥에 젖어 있는 걸 보면 나도 놀지 않으면 손해가 되는 것 같아서 더 놀아 대지."

라고 대답하고 태연해했습니다만, 난 그때 그 화가를 진정 경멸했습니다. 이 사람의 방종에는 고뇌가 없다. 오히려 허랑방탕을 자랑으로 삼고 있다. 진짜 바보스런 쾌락자.

 그러나 그 서양화가의 험담을 더 늘어놓는다 해도 누나에게는 관계도 없는 일이며, 또 나도 죽어가는 마당에 역시 그와의 오랜 친교를 생각하면 그립고, 한 번 더 만나서 놀고 싶은 충동까지 느껴져 미운 생각은 조금도 없습니다. 그도 매우 고적하고 좋은 점도 많은 사람이기에 더 이상 아무 말 않겠습니다.

 다만, 나는 누나에게 내가 그 사람의 부인을 좋아했고, 그래서 어물어물하며 괴로워했었다는 것을 알려주고 싶었습니다. 그래서 누나는 그걸 알았어도 누구에게 그 일을 호소

하거나 해서, 동생의 생전 소원을 풀어 준다는 둥, 그런 비위 상하는 참견은 하실 필요가 절대로 없고, 누나 혼자만 알고 계시면서 그리고 남몰래, 아, 그랬었구나 하고 생각해 주시면 그걸로 됩니다. 더욱 욕심낸다면 이런 나의 수치스런 고백을 아신 누나만이라도 나의 지금까지의 생명의 고통스러움을 한층 더 깊이 알아주시면 나는 바랄 것 없이 기쁘게 생각할 것입니다.

나는 언젠가 꿈에 그 부인과 손을 마주잡아 보았습니다. 그리고 부인도 역시 훨씬 앞서부터 날 좋아했다는 것을 알았습니다. 꿈에서 깨어나서도 나의 손바닥에 부인의 손가락의 따스함이 남아 있어서 나는 이걸로 만족하고 체념해야 한다고 생각했지요. 도덕이 무서웠던 게 아니고 나는 그 반미치광이인, 아니 미치광이라고 해도 좋을 저 서양화가가 무서워서 견딜 수 없었어요. 체념하기로 하고 가슴을 태우는 불을 다른 방향으로 돌리려고 닥치는 대로, 서양화가마저도 눈살을 찌푸릴 정도로 지독하게 엉망진창이 되도록 여러 여자들과 놀아났습니다. 어떻게 해서라도 부인의 환상에서 벗어나 잊어버리고 무심해지고 싶었던 겁니다. 그래도 안 됐어요. 결국 한 사람의 여자에게밖에는 연애를 할 수 없는 성격의 사내였던 거죠. 나는 분명히 말합니다. 나는 부인 외엔 어떤 여자 친구도 한 번도 예쁘다거나 귀엽다고 생각한 일이 없습니다.

누나.

죽기 전에 꼭 한 번만 쓰게 해 주세요.

······스가짱.

그 부인의 이름이에요.

내가 어제 좋아하지도 않는 댄서—이 여자에게는 본질적으로 바보스런 데가 있습니다—를 데리고 산장에 온 것은, 그래도 설마 오늘 아침에 죽으려고 온 것은 아니었습니다. 언젠가 가까운 장래에 죽을 생각은 굳히고 있었지만, 어제 여자를 데리고 산장에 온 것은 여자가 여행을 졸라 대기도 했고, 나도 도쿄에서의 유흥에는 흥이 지치기도 해서, 이 숙맥인 여자와 이삼 일 산장에서 쉬는 것도 나쁘지 않다고 생각했습니다. 누나에게는 미안했지만 하여튼 가자 하고 데리고 왔더니, 누나는 친구의 집으로 나들이를 했고, 그때 문득, 내가 죽는다면 지금이 기회다, 라고 생각하게 되었습니다.

나는 이전부터 니시카타초의 그 집 안방에서 죽고 싶다고 생각하고 있었습니다. 한길이나 들판에서 죽어, 상관도 없이 떠들어 대는 아무에게나 죽은 시체를 이리저리 뒤적거리게 하고 싶지는 않았습니다. 그러나 그 저택은 남의 것이 되어 버려 이젠 역시 이 산장에서 죽을 수밖에 도리가 없다고 생각하고 있었지만, 나의 자살을 맨 먼저 발견하는 게 누나고, 누나가 그 순간 얼마나 놀라고 공포에 떨겠는가 생각하면 누나와 둘이서만 있을 때 자살한다는 것은, 기분이 무겁고 도저히 감행할 수도 없었던 것입니다.

그런데, 아아, 이게 얼마나 좋은 찬스일까. 누나가 없고 그 대신 기막히게 둔감한 댄서가 나의 자살의 발견자가 되어 주는 것입니다.

어젯밤, 둘이서 술을 마시고 여자를 이층의 양실에 재우고 나 혼자 마마가 숨진 아래층의 안방에 이부자리를 깔고 이 비참한 수기를 쓰기로 했습니다.

누님.

나에게는 희망의 바탕이 없습니다. 안녕히 계세요. 사요나라.

결국 나의 죽음은 자연사입니다. 사람은 사상만으로는 죽을 수 없는 것이니까요. 그리고 또 하나, 정말 겸연쩍은 부탁이 있습니다. 마마의 유품인 마직 기모노. 그건 누나가 나오지한테 내년 여름에 입으라고 고쳐 꿰매 둔 것이지요. 그 기모노를 나의 관 속에 넣어 주세요.

날이 새기 시작했습니다. 오랜 세월 고생 많이 끼쳤습니다.

사요나라.

어젯밤에 마신 술은 깨끗이 깨어 있습니다. 나는 맑은 정신으로 죽습니다.

한 번 더 사요나라.

누나.

나는 귀족입니다.

8

꿈.

모두가 나로부터 떠나간다.

나오지의 사후 정리를 하고 그로부터 한 달 동안 나는 겨울의 산장에서 혼자 살고 있었다.

그리고 나는 그 사람에게 아마도 이게 마지막이 될 편지를 물과 같이 담담한 심정으로 써서 보냈다.

어쩐지 당신도 나를 버리신 모양입니다. 아니 차츰 잊어 가고 계시는 것이겠지요.

그러나 나는 행복합니다. 나는 내가 바라던 아기가 생긴 모양입니다. 나는 지금 모든 것을 상실한 심정입니다만 그러나 뱃속의 작은 생명이 나의 고독한 미소의 씨앗이 되고 있답니다.

추잡한 실책 따위라고는 절대로 생각하지 않습니다. 이 세상에 전쟁이네, 평화네, 무역이네, 조합이네, 정치네 하는 것이 무엇을 위해 존재하는 것인지, 요즈음 나에게도 이해가 되고 있습니다. 당신은 모르실 겁니다. 그래서 언제까지나 불행하신 겁니다. 그건 말예요, 가르쳐 드리겠어요. 여자가 좋은 아기를 낳기 위해서입니다.

나에게는 애초부터 당신의 인격이라든가 책임이라든가 하는 것에 의지할 심정은 아니었습니다. 나의 한 줄기 연애의 모험의 성취만이 문제였습니다. 그리고 그 소망이 완성되고 이제 와서는 나의 가슴속은 숲 속의 늪처럼 조용합니다.

나는 승리했다고 생각합니다.

마리아가 설사 남편의 아이가 아닌 자식을 낳았어도 마리아에게 빛나는 영예가 있다면, 그것은 성모자가 되는 것입니다.

나에게는 낡은 도덕을 태연하게 무시하고 좋은 아기를 얻었다는 만족이 있습니다.

당신은 그후에도 역시 기로친 기로친, 떠들며 신사와 아가씨들과 술을 마시고 데카당한 생활이라는 것을 계속하고 계시겠지요. 그러나 나는 그걸 그만두시라고는 하지 않습니다. 그것도 또한 당신의 최후의 투쟁의 형식일 테니까요.

술을 끊고 병을 고치고 오래 살면서 훌륭한 일을 하시라는 따위의 그런 서먹서먹한 인사치레는 이제 나는 말하고 싶지 않습니다. '훌륭한 일'보다도 목숨을 내던질 심정으로 소위 악덕 생활을 철저히 하는 편이 후세 사람들로부터 고맙다는 인사를 받게 될지도 모릅니다.

희생자. 도덕의 과도기의 희생자. 당신도 나도 틀림없이 그것일 것입니다.

혁명은 도대체 어디서 이루어지고 있을까요. 적어도 우리들의 주변에서는 낡은 도덕은 역시 그대로 추호도 변함없이 우리들의 앞길을 가로막고 있었습니다. 바다 표면의 파도는 이렇게 시끄럽게 술렁이고 있어도, 그 밑바닥의 바닷물은 혁명은커녕 미동도 하지 않고 능청을 떨며 음흉스럽게 잠이 든 채 누워 있질 않습니까.

그러나 나는 지금까지의 제1회전에서는 낡은 도덕을 아주 조금 밀어낼 수가 있었다고 생각합니다. 그리고 이번에는 태어날 아기와 함께 제2회전, 제3회전을 싸워 나갈 작정으로 있습니다. 그립던 사람의 아기를 낳고 키우는 일이 나의 도덕 혁명의 완성인 것입니다.

당신이 나를 잊어버린다 해도, 또 당신이 술로 목숨을 잃는 일이 있다 해도, 나는 나의 혁명의 완성을 위해서 건강하게 살아갈 것 같습니다.

당신의 인격의 졸렬함을 나는 일전에도 어떤 사람에게서

낱낱이 들었습니다. 그러나 나에게 이러한 굳셈을 주신 분은 당신입니다. 나의 가슴에 혁명의 무지개를 걸어주신 분은 당신입니다. 살아갈 목표를 주신 것도 당신입니다.

나는 당신을 자랑으로 삼고 있고, 또 태어날 아기에게도 당신을 자랑으로 삼게 하려고 생각합니다.

사생아와 그의 모친.

그러나 우리들은 낡은 도덕과 어디까지나 투쟁하며 태양과 같이 살아갈 작정입니다.

제발 당신도 당신의 투쟁을 계속해 주십시오.

혁명은 아직 아무것도 이룩하지 못하고 있어요. 더욱더 많은 수의 귀중한 희생이 필요할 것 같습니다.

지금 세상에서 제일 아름다운 것은 희생자입니다.

조그마한 희생자가 또 하나 있었습니다.

우에하라 씨.

나는 당신에게 아무것도 부탁할 생각은 없습니다만, 그러나 그 작은 희생자를 위해서 한 가지만 용서를 부탁하고 싶은 일이 있습니다.

그것은 나에게서 태어난 아기를 단 한 번만이라도 좋으니 당신의 부인에게 안겨주고 싶은 겁니다. 그리고 그때 나는 이렇게 말하게 해 주시기를 부탁합니다.

"이 아기는 나오지가 어느 여자에게 비밀로 낳게 한 아이예요."

 왜 그렇게 하려는가, 그것만은 누구에게도 말씀드릴 수 없습니다. 아니, 나 자신도 왜 그렇게 해 주십사고 부탁드리는지 잘 모르고 있습니다. 그러나 나는 어떻게 해서든지 그렇게 해받아야만 하는 것입니다. 나오지라고 하는 저 작은 희생자를 위해서 꼭 그렇게 해주셔야만 하는 것입니다.

 불쾌하실까요, 불쾌하시더라도 참아주셔야 합니다. 이것이 버려지고 잊혀져 가는 여자가 할 수 있는 단 하나의 짓궂은 소망이라 생각하시고 꼭 들어주시기 바랍니다.

M·C 마이 코미디언
쇼와 22년 2월 7일

인간실격 人間失格

서문

나는 그 사나이의 사진을 석 장 본 일이 있다.

한 장은 그 사나이의 유년 시대라고나 할까, 열 살 전후로 추정되는 무렵의 사진인데, 그 아이가 많은 여자들에게 둘러싸여—그건, 그 아이의 누이와 여동생들, 그리고 사촌 자매들이라고 추정된다—정원 연못가에, 굵은 줄무늬 하카마를 입고 서서, 고개를 30도 가량 왼쪽으로 기울이고 보기 흉하게 웃고 있는 사진이다. 보기 흉하게? 그러나 둔한 사람들—즉, 예쁘고 미운 것에 관심이 없는 사람들—은, 아무런 감각이 없는 무관심한 표정으로,

"귀엽게 생긴 도령이군요."

하고 적당히 찬사를 보내더라도 공연히 비위를 맞추는 말

로는 들리지 않을 정도의, 말하자면 통속적인 '귀여움'이 그 아이의 웃는 얼굴에 없는 것은 아니지만, 그러나 얼마만큼이라도 아름다움이라든가 보기에 흉하다든가 하는 것에 훈련이 되어 있는 사람이라면, 첫눈에 당장,

"퍽이나 인상 고약한 아이로군."

하고 꽤 불쾌한 듯 중얼대며, 송충이라도 털어 버리듯 그 사진을 내던지고 말지도 모른다.

정말, 이 아이의 웃는 표정은 들여다보면 볼수록 어딘지 모르게 섬뜩하고 언짢은 기분을 느끼게 한다. 원래 그것은 웃는 얼굴이 아니다. 이 아이는 결코 웃고 있는 게 아니다. 그 증거로 이 아이는 두 주먹을 불끈 쥐고 있질 않은가. 인간은 주먹을 쥐고서는 웃어지질 않는다. 원숭이다. 원숭이의 얼굴, 원숭이가 웃는 얼굴이다. 다만 얼굴에 밉살스러운 주름을 잡고 있을 뿐이다. '우거지상 도련님'이라고나 부르고 싶을 정도로 실로 기묘한, 그리고 어딘지 불결하고 이상하게 구역질이 나는 그런 표정의 사진이었다. 나는 이제까지 이런 이상한 표정의 아이를 본 적이 한 번도 없었다.

두 번째 사진은 이건 또 놀랄 만큼 굉장히 변모한 학생의 모습이다. 고등학교 시절의 사진인가, 대학 시절의 사진인가 분명하지는 않지만, 하여튼 무섭게 아름다운 모습의 학생이다. 그러나 이것 또한 이상하게도 살아 있는 인간의 느낌이

하나도 없다. 학생복을 입고 가슴 포켓에 흰 수건이 빼끗 내다보이며, 등의자에 걸터앉아 다리를 꼬아 포개고, 그리고 역시 웃고 있다. 이번 웃는 얼굴은 주름투성이의 원숭이 웃음이 아니고 제법 능숙한 미소로 변해 있기는 하나, 인간의 웃음과는 어딘지 다른 피의 무게라고나 할까, 생명의 아취라고나 할까, 그러한 충실감이 조금도 없고, 그야말로 새와 같지는 않으면서 새털과 같이 가볍고 다만 백지 한 장같이 그렇게 웃고 있다. 즉 하나에서 열까지 만들어 놓은 물건의 느낌인 것이다. 아니꼽고 눈꼴사납다고 해도 부족하다. 경박하다고 해도 부족하다. 계집아이처럼 나약한 체한다 해도 부족하다. 멋지다고 해도 물론 부족하다. 더구나 잘 보고 있노라면 역시 이 미모의 학생에게도 어딘가 엽기적이고 야릇한 게 두려운 불쾌감이 느껴지는 것이다. 나는 이제까지 이런 이상한 미모의 청년을 본 적이 한 번도 없었다.

또 한 장의 사진은 가장 기괴한 것이었다. 전혀 나이를 짐작할 수 없다. 머리는 아마도 백발인 듯하다. 그 사람은 누추하기 짝이 없는 방—방의 벽이 세 군데나 무너져 내려앉은 곳이 사진에 명백하게 찍혀 있다—구석에서 조그마한 화로를 앞에 놓고 두 손을 쬐면서, 이번엔 웃고 있지 않고, 아무런 표정도 없다. 말하자면 앉아서 화로에 두 손을 쬐면서 자연히 죽은 것 같은 실로 흉하고 불길한 냄새가 나는 사진이었다. 기괴한 것은 그것뿐이 아니다. 그 사진에는 얼굴이 비교적 크게 찍혀 있었기 때문에, 나는 그 얼굴의 구조를 자세히 뜯어볼 수가 있었는데, 이마는 평범하고, 이마에 잡힌 주름도 평범하고, 눈썹도 평범, 눈도 평범, 코도, 입도, 턱도, 아아, 이 얼굴에는 표정이 없는 것만이 아니고 인상마저도 없다. 특징이 없는 것이다. 이를테면, 내가 이 사진을 보고 나서 눈을 감는다 해도 이미 나는 이 얼굴을 기억하지 못하는 것이다. 방의 벽이나 작은 화로는 생각이 나겠지만, 그 방 주인공의 얼굴 인상은 사라지고 아무리 애써 기억해 내려고 해도 기억해낼 수가 없는 것이다. 그림이 되지 않는 얼굴이다. 눈을 떠서 본다. 아아, 이런 얼굴이었구나 하는 정도의 기쁨조차도 없다. 극단적인 말로 표현한다면 눈을 뜨고 그 사진을 다시 들여다보아도 생각해낼 수 없다. 그리고 다만 불쾌, 짜증만이 더해지고 견디다 못해 눈을 돌리고 싶어진다.

소위 죽은 상死相이라고 하는 것에도 좀더 무엇인가 표정이라든가 인상이라든가 하는 것이 있으련만, 인간의 몸뚱이에 시시한 말의 목이라도 붙여 놓는다면 이런 느낌을 주는 것이 될는지, 하여튼 어디라고는 말할 수 없이 보는 사람으로 하여금 소름끼치게 하고 혐오를 느끼게 하는 것이다. 나는 이제까지 이런 불가사의한 사나이의 얼굴을 본 저이 역시 한 번도 없었다.

제1의 수기

수치스러운 평생을 살아 왔습니다.

나에게는 인간의 생활이라는 것이 도대체 어떤 것인지 가늠할 길이 없었습니다. 나는 동북 지방의 시골 구석에서 태어났기 때문에 기차를 처음 본 것은 훨씬 커서였습니다. 나는 정거장의 브리지를 오르내리면서, 그것이 선로를 넘어가기 위해서 만들어진 것이라는 데는 전혀 생각이 미치지 못하고, 다만 그것은 역의 구내를 외국의 유희장처럼 복잡하고 즐겁게 멋을 내기 위해서 꾸며진 것이라고만 생각하고 있었습니다. 더구나 그 생각은 꽤 오랫동안 계속됐습니다. 브리지의 오르내림이 무척이나 세련된 유희로 여겨졌습니다. 철도국의 서비스 중에서도 가장 재치 있는 서비스의 하나로 생각했던 것입니다. 그런데 그것이 나중에 다만 여객이 철로를 넘어가기 위해서 만들어진, 매우 실리적인 계단에 불과하다는 것을 발견했을 때, 갑자기 흥이 깨지고 말았던 것입니다.

또 나는 어린 시절 그림책에서 지하철을 보고, 이것도 역시 실리적인 필요에서 고안된 것이 아니고, 지상의 차를 타느니보다는 땅 속을 달리는 차를 타는 편이 변화가 있고 재미있는 놀이로구나 하고 그렇게만 생각했던 것입니다.

나는 어린 시절부터 병약해서 곧잘 자리에 눕곤 했습니다. 자리에 누워서 욧잇, 베갯잇, 이불잇 등을 진짜 시시한 장식품이로구나 하고 생각했는데, 그게 뜻밖에도 실용품이란 것을 스무 살이 다 되어서야 비로소 알게 되자 인간들의 쩨쩨함에 기분이 우울하고 슬퍼지곤 했답니다.

또 나는 배가 고프다는 것을 실감하지 못했습니다. 그건 내가 의식주의 아쉬움이 없는 집에서 자랐다는 그런 바보 같은 뜻이 아니라, 배가 고프다는 감각이 어떤 것인지를 도무지 몰랐다는 말입니다. 이상하게 들리기도 하겠지만 배가 텅 비어 있는 순간이라고 해도 나 자신은 그걸 느끼지 못한다는 것입니다. 소학교, 중학교 시절 내가 학교에서 돌아오면 주위 사람들이, 얘 배가 고프겠구나, 우리도 그런 경험이 있지, 학교에서 돌아왔을 때의 그 공복감이란 정말 견디기 어려웠으니까 말이야, 자, 자, 이 아마낫토甘納豆(콩이나 팥을 삶아서 설탕에 버무린 과자-역주)는 어때? 카스텔라도 있고 빵도 있다, 자, 어서 먹어, 하고 떠들어대니까, 나는 나의 특성인 사람들의 비위를 맞추기 위해, 배가 고픈데…… 하고 중얼거리고는 아마낫토 여남은 개를 입에 털어넣기는 하지만,

그 공복감이 도대체 어떠한 느낌인지 알고 하는 짓은 아니었습니다.

나라고 음식을 안 먹는 게 아닙니다. 많은 음식을 먹기는 하지만, 그러나 공복감을 채우려고 음식을 먹은 일은 거의 없습니다. 색다르다고 여겨지는 음식도 먹고, 아주 사치스러운 성찬도 잘 먹었습니다. 또 남의 집에 갔을 때 나오는 음식은 약간 무리를 해서라도 대개는 먹어치웁니다. 그리고 어린 시절의 나에게 있어서 가장 고통스럽던 시간이라면 그것은 우리 집의 식사 시간이었습니다.

내가 살던 시골집에서는 열도 넘는 식구 모두가 제각기 자기 몫의 밥상을 마주보게 차려 놓고, 각기 자기 상 앞에 앉아서 식사를 하는데, 막내둥이인 나는 맨 끝자리에 앉습니다. 그 방에서 점심 식사 같은 때는 10여 명의 식구들이 그저 묵묵히 밥을 먹는 광경을 볼 수 있는데, 나는 그것에서 언제나 소름이 끼칠 만큼 으스스함을 느끼곤 했습니다. 더구나 시골 옛 풍습에 젖어 있는 집안이고 보니 반찬 같은 것도 대개는 정해져 있었고, 색다른 것이라든가 사치스런 음식은 생각조차도 못했기 때문에 더더구나 나는 식사 시간에 대해서 공포마저 느꼈습니다. 나는 그 어둑어둑한 방 맨 끝자리에서, 추위에 덜덜 떠는 기분으로 밥을 입에 조금씩 떠서 밀어넣으며 왜 사람들은 하루에 세 끼를 꼬박꼬박

먹는 것일까, 모두 엄숙한 표정으로 먹고 있구나, 이것도 일종의 의식 같은 것이어서 가족들이 하루 세 번 시간을 정해 놓고 어두컴컴한 방에 모여 밥상을 서열대로 늘어놓고 먹기 싫어도 말없이 밥을 씹어 삼키며 고개를 숙여, 집안에 우글거리고 있는 영혼들에게 기도를 하는 것인지도 모른다고 생각한 일도 있었을 정도였습니다.

밥을 먹지 않으면 죽는다, 라는 말은 내 귀에는 다만 듣기 싫은 협박으로밖에는 들리지 않았습니다. 그 미신―지금도 나에게는 어쩐지 미신같이만 생각되고 있습니다만―은 언제나 나에게 불안과 공포를 안겨 주었습니다. 인간은 밥을 먹지 않으면 죽으니까, 그래서 일을 하고 밥을 먹어야 한다고 하는 말만큼 나에게 있어서 해석하기 어렵고 딱딱하며, 그리고 협박 같은 불안을 느끼게 하는 말은 없었던 것입니다.

결국 나는 인간의 영위라는 것을 전혀 알지 못하고 있었다는 말이 되는 것입니다. 자신의 행복 관념과 온세상 사람들의 행복 관념이 전혀 딴판으로 어긋나고 있는 것 같은 그런 불안, 나는 그 불안 때문에 밤마다 잠자리에서 엎치락뒤치락하며 신음을 했고, 발광 상태에까지 이를 뻔한 일도 있었습니다. 나는 도대체 행복한 것인가? 나는 어릴 때부터 아주 행복한 아이라는 말을 들어 왔지만, 나 자신은 지옥에 있는 것처럼 고통스럽기만 했고, 오히려 나를 두고 행복하다고 말하는 사람들 편이 비교도 안 될 만큼 훨씬 안락한 것 같이 나에게는 느껴지곤 했습니다.

나에게는 재앙 덩어리가 열 개 있었는데, 그 중의 하나만이라도 내가 아닌 이웃 사람이 짊어진다면, 그 한 개의 재앙 덩어리만으로도 그 사람의 목숨을 앗아가 버리게 되지 않을까 하고 생각한 일조차도 있었습니다.

결국 무엇이 무엇인지 몰랐던 것입니다. 이웃 사람의 고통이 어떤 성질의 것인지, 또는 어느 정도의 것인지, 전혀 짐작이 가지 않는 것입니다. 실제적인 고통, 다만 밥만 먹으면 그것으로 해결되는 고통, 그러나 그야말로 가장 심한 고통이어서 나의 열 개의 재앙 덩어리 따위는 어림도 없을 만큼 처참한 아비규환의 지옥인지도 모르는 그런 것을 알 수는 없지만, 그래도 그런대로 잘도 참아내어서 자살도 하지 않고 미치지도 않고서, 정당을 논하고 절망도 하지 않고 꺾이지 않고 생활의 투쟁을 계속해 나가자니 고통스럽지 않겠는가? 에고이스트가 되어 버려서 더구나 그것을 당연한 일로 확신하고 한 번도 자신을 의심한 적이 없는가? 만일 그게 사실이라면 정말 편안할 것이다. 그러나 인간이란 것이 모두 그런 것이고, 또 그것으로 아주 만점이 아닐까? 정말 알 수가 없다…… 밤에 푸욱 잠을 자면, 아침에는 상쾌한 기분을 가지게 될까? 어떠한 꿈을 꾸는 것일까, 그들은 길을 걸어가면서 무엇을 생각하며 걷고 있을까, 돈? 설마 그것뿐이 아니겠지. 인간은 밥을 먹기 위해서 사는 것이다…… 라는 말은 들은 기억이 있는 것 같지만 돈 때문에 사는 것이다…… 라는 말은 들은 적이 없다. 아니 그러나 혹시…… 아니다. 그것조차도 알 수가 없다…… 생각하면 할수록 나는 뭐가 뭔지 뒤죽박죽이 되어서 갈피를 잡지 못하겠고, 나 혼자만이 아주 돌연변이인 듯한 불안과 공포에 빠지고 마는 것이었습니다. 나는 남과 거의 대화를 할 수가 없는 것입니다. 무엇을 어떻게 말해야 할지 모르는 것입니다.

그래서 생각해 낸 것이 어릿광대 노릇이었습니다.

그것은 나의 인간에 대한 최후의 구애였습니다. 나는 인간을 극도로 두려워하고 있으면서도, 인간을 단념할 수는 정말 없었던 모양입니다. 그리고 나는 이 어릿광대 노릇이라는 단 하나의 끈으로 간신히 인간과 연결할 수가 있었던 것입니다. 겉으로는 끊임없이 웃는 얼굴을 하면서도 마음속으로 필사적인, 그야말로 천 번에 한 번 성공하기도 어려운 일이라고 할 수 있는 위기일발의 진땀을 흘리는 서비스였습니다.

나는 어린 시절부터 가족에 대해서조차도 그들이 얼마나 고통을 겪고 있으며, 또 어떠한 일들을 생각하며 살고 있는지 전혀 알 길이 없었고, 다만 무서움과 불쾌한 감정에 견딜 수가 없었으며, 이미 오래 전부터 어릿광대 노릇에 익숙해 있었습니다. 즉 나는 어느 사이엔가 한 마디도 진실을 말하지 않는 아이가 되어 버렸던 것입니다.

그 무렵 가족들과 함께 찍은 사진을 보면, 다른 사람들은 모두 근엄한 표정을 짓고 있는데, 나 혼자만은 아주 괴상하게 얼굴을 일그러뜨리고 웃고 있었습니다. 이것도 또한 나의 어린 시절의 슬픈 어릿광대 노릇의 일종이었던 것입니다.

또 나는 나의 육친들에게 꾸지람을 들어도 한 번도 말대답을 해본 일이 없었습니다. 그 사소한 꾸지람은 나에게는 청천벽력과도 같이 거세게 느껴지고 금방 미쳐 버릴 것 같아서 말대꾸는 고사하고, 그 꾸지람이야말로 마치 만세일계 萬世一系를 이어 오는 '진리' 그것임에 틀림없으리라, 나에게는 그 진리를 이행할 능력이 없으니까, 이제 인간과 함께 생활할 수도 없는 것이 아닐까 라고 골똘하게 생각하곤 했습니다. 그렇기 때문에 나는 언쟁도 변명도 못했던 것입니다. 남이 나를 두고 나쁘다고 한다면, 그건 틀림없이 나 자신이 잘못했다는 생각이 들어서, 언제나 그 공격을 잠자코 들으면서 내심으로는 미칠 정도로 공포를 느꼈습니다.

그야 누구나 남에게 비난을 받거나 혼이 나거나 해서 기분 좋을 리는 없을지 모르지만, 나는 화를 내고 있는 인간의 얼굴에서 사자보다도, 악어보다도, 용보다도 더 무서운 동물의 본성을 보는 것입니다. 여느 때는 그 본성을 감추고 있는 듯하지만 어떠한 기회에, 이를테면 소가 풀밭에 조용히 누워 있다가 돌연 꼬리를 치면서 뱃가죽에 붙어 있는 등에를 후려쳐 죽이는 것 같은, 갑자기 인간의 무서운 정체를 분노에 의해서 폭로하는 모습을 보고, 나는 언제나 머리칼이 거꾸로 서는 듯한 전율을 느끼며, 이 본성도 또한 인간이 살아가는 자격의 한 가지인지도 모른다고 생각하고 나 자신에게 완전히 절망을 느꼈던 것입니다.

인간에 대해 언제나 공포에 떨며 또 인간으로서의 나의 언동에 눈곱만한 자신도 가질 수 없었고, 그 괴로움은 가슴속의 작은 상자에 감추어 놓고 그 우울, 그 신경질을 꼭꼭 감추어 두고 오직 순진하고 낙천적인 양 꾸몄으며, 나는 이렇게 어릿광대 같은 괴상한 성격으로 차츰 완성되어 갔습니다.

무엇이 어찌 되었든 웃겨만 주면 되는 것이다. 그러면 인간들은 내가 그들의 소위 '생활' 밖에 있다 하더라도 별로 거기에 정신을 쏟지 않겠지…… 하여간에 그들 인간들의 눈에 거슬리는 존재가 되어서는 안 된다. 나는 무無다, 바람이다, 하늘이다…… 등등의 생각만이 자꾸만 겹치고 쌓여서 나는 어릿광대 노릇으로 사족들을 웃기고, 또 가족들보다

더욱 알 수 없고 무서운 머슴들이나 하녀들에게까지 필사적인 어릿광대 노릇의 서비스를 했던 것입니다.

나는 여름에 홑옷 밑에 빨간 털실로 짠 스웨터를 입고 집안 복도를 걸어다니며 집안 식구들을 웃겼습니다. 좀처럼 웃지 않는 큰형도 그걸 보고는 웃음을 터뜨렸습니다.

"요쨩, 그것은 어울리지 않아."

하며 귀여워서 못 견디겠다는 말투로 말했습니다. 나라고 한여름에 털실 스웨터를 입고 다닐 만큼, 아무리 뭐라고 해도 그렇게 덥고 추운 것을 모르는 괴상한 사람은 아닙니다. 누나의 레깅스(가죽으로 된 각반-역주)를 양쪽 팔에 끼고 팔소매로 그것이 보이게 해서, 겨울 스웨터를 입은 것처럼 했던 것입니다.

나의 아버지는 도쿄에 볼일이 많은 사람이어서 우에노의 사쿠라기초에 별장을 가지고 있었습니다. 그리고 한 달의 태반은 도쿄의 그 별장에서 지냈습니다. 그리고 돌아올 때에는 가족들, 친척들에게까지 실로 엄청난 선물을 사오는 것이 뭐라고 할까 아버지의 취미 같은 것이었습니다. 언젠가 아버지가 도쿄에 올라가려는 전날 밤, 아이들을 사랑방에 모아 놓고 이번에 돌아올 땐 어떤 선물을 사다 주면 좋겠는지 한사람 한사람에게 웃으면서 묻고, 그것을 일일이 수첩에 적어 놓곤 했습니다. 아버지가 아이들에게 이렇게 친절하게 대하는 일은 아주 드문 일이었지요.

"요조는?"

아버지의 물음에 나는 그만 입이 얼어붙은 양 어물어물하고 말았습니다.

무엇이 가지고 싶으냐고 물어오는 순간, 아무것도 가지고 싶어지지 않았습니다. 아무래도 좋다, 어차피 나를 즐겁게 해주는 것이라곤 아무것도 없다는 생각이 번개같이 내 머리를 스치는 것이었습니다. 그러면서 그와 동시에 남이 나에게 주는 것이라면 아무리 나의 취미에 맞지 않는다 하더라도 거절할 수가 없었습니다. 싫은 것을 싫다고 못하고, 또 좋아하는 일도 오들오들 떨면서 훔치듯이 극히 씁쓸하게 받아들여, 그리고는 말도 못할 공포감에 사로잡히는 것입니다. 즉 나에게는 양자택일의 힘조차도 없었던 것이었습니다. 이것이 후년에 이르러 더욱더 자신의 소위 '수치스런 생애'의 중대한 원인이 되는 성벽의 하나였다고 생각합니다.

내가 잠자코 우물거리기만 하는 것을 보고 아버지는 약간 불쾌해진 듯,

"역시 책이 좋으냐? 아사쿠사 경내 상점에 정초에 쓰고 춤추는 사자탈이 있더구나. 아이들이 쓰고 놀기엔 안성맞춤으로 조그마한 게 있던데 가지고 싶지 않으냐?"

가시고 싶지 않으냐 하면 그건 나에게는 끝장인 것입니

다. 하다못해 어릿광대 같은 대답도 나오질 않으니까요. 여기서 이 어릿광대 노릇도 완전히 낙제였습니다.

"책이 좋겠지요."

큰형이 근엄한 표정으로 말했습니다.

"그래? 흠."

아버지는 흥이 깨어진 표정으로 수첩에 아예 적지도 않고, 수첩을 탁 덮어 버렸습니다.

이게 무슨 실수란 말입니까. 나는 아버지를 화나게 했으니 아버지의 보복은 반드시 무서운 것임에 틀림없다, 당장 어떤 수를 쓸 수는 없을까 하고 그날 밤 이불 속에서 덜덜 떨며 생각하다가 살짝 일어나 객실로 들어가서, 아까 아버지가 수첩을 넣어 둔 책상 서랍을 열고, 수첩을 꺼내어 책장을 후루룩 넘기고는 선물을 주문한 품목을 기입해둔 곳을 찾아내어, 수첩에 끼어 있는 연필에 침을 발라 사자탈이라고 써넣고 잤습니다. 나는 그 사자춤을 출 때 쓰는 사자탈이 조금도 욕심나지 않았습니다. 오히려 책이나 사다 주었으면, 하고 바라는 마음이었지만, 그러나 나는 아버지가 그 사자탈을 나에게 사주고 싶어한다는 것을 알아차리고, 아버지의 비위를 맞추고 아버지의 기분을 좋게 하기 위해서 그 밤중에 객실로 숨어 들어가는 모험을 감히 해냈던 것입니다.

그리고 나의 비상수단은 과연 내 생각대로 큰 성공으로

결실을 맺었습니다. 얼마 후 아버지가 도쿄에서 돌아오던 날, 어머니에게 큰 소리로 말하는 것을 나는 내 방에서 들었습니다.

"아사쿠사 상가 앞에 있는 완구점에서 이 수첩을 꺼내 보니, 이거, 여기 사자탈이라고 씌어 있지 않겠소. 이건 내 글씨가 아니거든…… 이게 어찌 된 일인가 하고 생각하다가, 옳지, 이건 요조의 장난이구나 하고 짐작이 가더란 말이야. 그 녀석은 내가 물어볼 때에는 히죽히죽 웃기만 하더니, 나중에 생각하니 아무래도 사자탈이 가지고 싶어졌던 게야. 하여튼 그 앤 좀 별난 녀석이니까. 시치미를 뚝 떼고는 여기다가 턱 적어 놓았어. 그럼 그렇다고 말하면 되는 것을…… 그래, 난 완구점에서 웃고 말았어. 요조를 어서 불러 와요."

나는 또 머슴이랑 하녀들을 양실로 모아 놓고, 머슴 중의 한 놈에게 피아노를 마구 두드리게 하고는—시골 구석이기는 했지만 그 집에는 대개 있을 것은 다 갖추어져 있었지요—나는 그 엉터리 음에 맞추어 인디언 춤을 추어 보이고 모두 박장대소하게 했습니다. 둘째형은 플래시를 터뜨리며 내가 추는 인디언 춤을 찍었는데, 그 사진이 나온 걸 보니 내가 허리에 두른—그건 사라사 무늬의 보자기—보자기 사이로 조그마한 고추가 보이는 것이었습니다. 이게 또 온 집안에서 크게 웃음거리가 된 것입니다. 나로서는 또한 뜻밖의 성공이라고 할 일이었습니다.

나는 매달 신간 소년 잡지를 열 권도 더 받아 보고 그 밖에 여러 가지 책을 도쿄로부터 주문해 몰래 읽고 있었기 때문에, 엉터리박사라든가 척척박사 등과는 아주 익숙한 사이가 되어 있었고, 또 괴담·야담·소화·단편 등에도 제법 통해 있었으므로 우스꽝스러운 익살도 시치미를 떼고 부려서, 온통 식구들을 웃게 하는 데 어렵지 않았습니다.

그러나 아아, 학교!

나는 그곳에서 존경을 받기 시작했습니다. 존경을 받는다는 관념도 역시 나를 겁나게 위협하는 것이었습니다. 거의 완전에 가깝도록 남을 속이고, 그리고 그것이 어느 전지전능한 자에게 간파당하여 산산조각으로 깨어져서 죽기보다 더한 수치를 당하는 그것이 바로 '존경받는다'는 상태의 나의 정의였습니다. 인간을 속이고 '존경받아'도 누군가 한 사람이 알고 있고, 인간들도 얼마 후에 한 사람에게 듣고서 속아넘어간 것을 알게 되면, 그때의 인간들의 분노나 복수는 어떤 것이겠습니까. 상상만 해도 몸서리가 쳐지는 느낌이었습니다.

나는 부잣집에 태어났다는 사실보다도 세속적으로 말하는, '수재'라는 것 때문에 온 학교의 존경을 받게 될 것 같았습니다. 나는 어릴 때부터 병약해서 곧잘 한두 달 또는 한 학년 가까이 자리에 누워서 휴학한 일조차 있었는데, 그런데도 아직 미처 회복도 되기 전에 인력거를 타고 학교에 가서 학년말 시험을 치르면 학급의 누구보다도 월등해서 소위 '수재'가 되는 것이었습니다. 몸이 비교적 건강할 때에도 나는 통 공부를 하지 않았고, 학교에 가서도 공부 시간에 만화 따위를 그려서 쉬는 시간에 그걸 급우들에게 설명해주어 웃기곤 하는 것이었습니다. 또 작문에는 우스갯소리만 적어내어 선생님에게 주의를 받아도 나는 그것을 중단하지 않았습니다. 선생님도 실은 그 나의 우스갯소리를 적은 작문 읽기를 즐거워하고 있다는 것을 나는 알고 있었기 때문입니다.

나는 어느 날 항상 하는 버릇으로 어머니와 기차를 타고 상경하던 중 오줌이 나오려 하자 객차 안 통로에 놓여 있는 타구에다 눠 버린 실패담―그것이 내가 타구를 모르고 한 짓이 아니고, 어린애의 순진성을 내세워서 일부러 그렇게 했던 것―을 새삼스럽게 가슴 아픈 필치로 써서 제출하면서, 선생님이 틀림없이 웃을 것이라는 자신이 있었기 때문에, 교실에서 교무실로 가시는 선생님 뒤를 살짝 따라가 보았습니다. 선생님은 교실에서 나가자 곧 나의 그 작문을 다른 급우들 작문 속에서 찾아내어 복도를 걸어가면서 읽기 시작했습니다. 그리고는 낄낄 웃으면서 교무실에 들어가서 끝까지 읽고 나서는 얼굴이 빨갛게 될 만큼 배를 쥐고 웃으며, 다른 선생에게 그걸 내밀면서 읽으라고 하는 것을 문틈으로 확인하고 나는 무척 만족했습니다.

개구쟁이.

나는 소위 개구쟁이로 인정받는 데 성공했습니다. 존경받는 일에서 도피하는 데 성공했습니다. 통신표에는 전과목이 만점이었습니다만, 품행에서는 7점이 되기도 하고 6점이 되기도 했기 때문에 그것이 또 집안에서는 한바탕 웃음거리가 되곤 했습니다.

그러나 나의 본성은 그런 개구쟁이와는 아주 대조적인 것이었습니다. 그 무렵 이미 나는 하녀와 머슴에게서 슬픈 일을 배웠고, 침범당하고 있었습니다. 어린아이에게 그러한 일을 행한다는 것은 인간이 행할 수 있는 범죄 중에서 가장 추악하고 열등하며 잔인한 범죄라고 나는 지금에 와서도 생각합니다. 그러나 나는 참았습니다. 이 일로써 또 하나의 인간의 특질을 본 듯한 생각까지 들어서 힘없이 웃고 있었습니다. 만일 나에게 정직하게 말할 수 있는 습관이 있었더라면 주저하지 않고 그들의 범죄를 부모에게 호소할 수가 있었을지도 모릅니다만, 나는 그 아버지와 어머니조차도 이해할 수가 없었던 것입니다. 인간에게 호소한다는 그 수단 방법에는 조금도 기대하지 못했습니다. 아버지에게 호소를 하거나, 어머니에게 일러바치거나, 순경에게 알리거나, 정부에 고소를 하거나, 결국은 처세를 잘하는 사람의 세상에 잘 통하는 핑계에 말려들 뿐이 아닐까.

반드시 어딘가 허술한 곳이 있음이 분명하고, 결국은 인간에게 호소하는 일은 헛수고에 지나지 않고, 나는 역시 진정한 얘기는 하지 말고 참고 견디며, 그래서 어릿광대 노릇을 계속할 수밖에 없다고 느끼는 것이었습니다.

뭐야? 인간에의 불신을 털어 놓고 있는 거냐? 그래? 언제부터 네가 크리스천이 됐더란 말이냐 하고 비웃을 사람이 있을지도 모르지만, 그러나 인간에의 불신은 반드시 종교의 길로 통하고 있다고 단언할 수는 없다고 생각되지만, 당장 그 비웃는 사람까지 포함해서 인간은 서로 불신하는 속에서 야훼를 염두에 두지 않고도 태연하게 살고 있질 않습니까. 내가 역시 어린 시절의 얘기입니다만, 아버지가 속해 있는 정당의 유명 인사가 이곳에서 연설을 하게 되어 나는 머슴들에게 끌려서 극장으로 그것을 들으러 갔습니다. 극장은 만원을 이루었고, 이 시내의 아버지와 친한 분들도 모두 모여 있었는데, 그들은 크게 박수를 치고 있었습니다. 연설이 끝나고 청중들은 삼삼오오 눈이 쌓인 밤길을 돌아가고 있었습니다. 그들은 오늘 밤의 연설을 지독하게 비난하고 욕설을 퍼붓고 있었습니다. 그 중에는 아버지와 특별히 친한 분도 섞여 있었습니다. 아버지의 개회사도 서투르고, 그 유명 인사의 연설도 뭐가 뭔지 알아들을 수가 없었다고, 소위 아버지의 '동지들'이 격분한 어조로 말하고 있었습니다. 그리고는 그 사람들은 우리 집에 들러 객실에 앉아서 오늘 밤 연설회는 대성공이었다고, 정말 진정으로 기쁜 듯이 아버지에게 말했습니다. 머슴들까지도 오늘 밤 연설회가 어떠했느냐고 묻는 어머니에게 정말 재미있었다고 대답하며 시치미를 떼는 것이었습니다. 실은 돌아오는 길에 연설회처럼 재미없는 것은 없다고 서로 탄식했던 것입니다.

그러나 이런 일은 아주 사소한 예에 지나지 않습니다. 피차가 서로 속이고, 그러면서도 이상하게도 아무런 상처도 받지 않고, 또 서로 속이고 있다는 것조차도 알아차리지 못하는 듯, 진정 훌륭하게 그야말로 맑고 밝고 명랑한 불신이 인간 생활에 충만해 있는 것 같았습니다. 그러나 나에게 있어서 서로가 속이고 있다는 일 자체에는 별로 특별한 흥미가 없습니다. 나 역시 어릿광대 노릇으로 아침부터 밤까지 인간들을 속여넘기고 있는 거지요. 나는 윤리 교과서적인 정의네 뭐네 하는 도덕에도 그다지 관심을 가질 수 없는 것입니다. 나로서는 서로가 속이면서도 맑고 밝고 명랑하게 살고 있는, 혹은 살 수 있는 자신을 가진 듯한 인간 자체가 난해한 것입니다. 인간은 끝내 나에게 그 해결을 위한 뾰족한 수를 가르쳐 주지는 않았습니다. 그것을 알 수만 있었더라면 나는 이토록 인간에 대한 공포를 느끼지도, 필사적인 서비스를 하지 않고도 지낼 수가 있었을 것입니다. 인간의 생활과 대립해 버리고, 밤마다 지옥의 고통과 같은 이 괴로움을 맛보지 않아도 되었겠지요. 즉 내가 머슴이나 하녀들의 증오할 그 범죄에 대해서 누구에게도 호소하지 않았던 것은 인간에 대한 불신에서가 아니고, 또 물론 그리스도주의를 위해서가 아니라 인간들이 요조라는 나에 대해서 믿음이라는 껍질을 단단히 닫고 있었기 때문인 것이라고 생각합니다. 부모조차도 가끔 나에게는 아주 난해한 일을 보여 주는 경우가 있었으니까요.

그리고 그렇게 누구에게도 호소하지 않는 나의 고독한 그림자가 많은 여성들에게 본능적으로 감지되어서, 후년에 이르러 각양각색으로 내가 허점을 찔리게 하는 유인의 하나가 되었다고도 생각되는 것입니다.

즉 나는 여성에게 있어서 사랑의 비밀을 지킬 수 있는 사나이였다는 것이었습니다.

제2의 수기

 파도가 밀려드는 바닷가라고 해도 좋을 만큼 바다에 가까운 언덕에 시커먼 껍질로 싸인 산벚꽃나무가 꽤 굵고 큰 것이 스무 그루도 넘게 나란히 서 있었습니다. 새 학기가 시작될 때 그 산벚꽃나무는 끈끈하게 느껴지는 갈색 새잎이 돋아나 푸른 바다를 배경으로 해서 현란한 꽃을 피우고, 얼마 후에는 꽃잎은 눈보라를 이루고 떨어져 휘날려서 바다 위를 뒤덮으며 출렁이는 파도를 타고 다시 바닷가에 밀려옵니다. 벚꽃으로 덮인 바닷가가 그대로 학교 마당의 끝이 되는 동북 지방의 어느 중학교에 나는 그다지 시험 공부도 제대로 하지 않았는데, 어찌어찌 무사히 합격되어 입학할 수가 있었습니다. 그리고 그 중학교의 모표에도 가슴에 단 단추에도 벚꽃이 도안화되어 피어 있었습니다.

 그 중학교에서 아주 가까운 곳에 우리의 먼 친척이 살고 있었기 때문에, 그러한 이유도 있고 해서 아버지가 그 바다와 벚꽃이 있는 중학교를 나에게 선택해 주었던 것입니다. 나는 그 집에 기숙을 하게 되었는데, 어떻든 학교가 바로 가까이에 있었기 때문에 조례 종이 울리는 것을 듣고 뛰어서 등교하는 꽤 게으른 중학생이었습니다만, 그래도 그런대로 어릿광대 노릇에 의해서 하루하루 학급의 인기를 얻게 되었습니다.

 난생 처음으로 타향에 나온 셈이기는 하지만 나에게는 그 타향이라는 곳이 오히려 내가 태어난 고향보다 훨씬 마음 편한 곳인 양 생각되었습니다. 그것은 나의 어릿광대 노릇도 이제는 제법 몸에 배어서 남을 속이는 데 이전처럼 고생할 필요가 없게 되었기 때문이라고 해석해도 좋겠지요. 그러나 그것보다도 육친과 타인, 고향과 타향, 거기에는 제거할 수 없는 연기 연출의 어려움과 용이함의 차이가 있어서 어떠한 천재적인 연기자라 할지라도, 그게 하느님의 아들인 예수님이라 할지라도 감당해야 할 엄연한 사실이 아닌가 생각됩니다. 배우에게 있어서 가장 연기하기 어려운 장소는 고향에 있는 극장이며, 더욱이 일가친척 집안 권속이 모두 모여 앉아 있는 방 안이라고 한다면, 아무리 명배우라 할지라도 도저히 감당해낼 수가 없는 게 아닐까. 그러나 나는 그 연기를 해내어 왔습니다. 더구나 그것은 꽤 큰 성과를 거두어온 것입니다. 그럴 만큼 악동이었던 내가 타향에 나와서 만에 하나라도 실수할 리가 있겠습니까?

 나의 인간 공포는 그전보다 더하면 더했지 덜하지는 않을 만큼 격렬하게 가슴 밑바닥에서 움틀거리고 있었습니다만, 나의 연기는 실로 여유만만해져 교실에 있을 때는 언제나 반 친구들을 웃겼고, 교사도 이 학급은 오바大庭만 없다면 참 좋은 학급일 텐데, 하고 말로는 한탄을 하면서도 입을 손으로 막고 웃고 있었습니다. 나는 저 천둥소리처럼 소리를 지르는 배속 장교까지도 정말 쉽사리 웃음을 터뜨리게 할 수가 있었던 것입니다.

이제는 자신의 정체를 완전히 은폐할 수 있게 된 게 아닐까 하고 안심하려는 찰나, 나는 정말 뜻밖에도 배후로부터 허점을 찔리고 말았습니다. 그것은 남의 허점을 배후에서 찌르는 사람의 공통점에서 예외가 되지 않았습니다. 학급에서도 가장 빈약한 육체를 가진 푸르뎅뎅하게 얼굴이 부어오른, 그리고 분명히 그의 부형의 헌옷을 얻어 입은 듯 소매가 손끝까지 철렁거리는 윗도리를 입고, 학과는 아무 것도 아는 게 없으며, 교련이나 체조 시간이면 으레 견학을 하는, 그러니까 백치라고나 했으면 알맞을 그런 학생이었습니다. 나는 그 학생까지도 경계할 필요는 인정하고 있지 않았던 것입니다.

그날 체조 시간 그 학생—그의 성은 지금 기억하고 있지 않으나, 그의 이름은 다케이치였다고 생각합니다—다케이치는 여느 때나 마찬가지로 체조를 견학하고 있었고, 우리들은 철봉 연습을 하고 있었습니다. 나는 일부러 엄숙한 표정을 짓고 철봉을 향해서 "야앗" 하고 소리치며 뛰어올랐으나, 넓이뛰기라도 하는 양 앞으로 휘익 하고 뛰어서 모래땅에 철썩 주저앉아 버렸습니다. 모두가 계획적인 실수였습니다. 과연 모두 배를 움켜쥐고 웃음바다를 이루었습니다. 나도 쓴웃음을 지으면서 일어나서 옷에 묻은 모래를 털고 있었는데, 어느 새 왔는지 다케이치가 내 등을 쿡쿡 찌르면서 나지막한 목소리로 이렇게 소곤거렸습니다.

"일부러, 일부러……."

나는 떨지 않을 수가 없었습니다. 일부러 실수를 한 것을 하필이면 다케이치에게 간파당할 줄은 정말 생각도 못한 일이었으니까요. 나는 온통 이 세상이 순간적으로 지옥불에 휩싸여서 불타오르는 것을 눈앞에 보는 느낌이어서, 아악 하고 소리 지르며 미쳐 버릴 듯한 충동을 필사적으로 눌렀습니다.

그로부터의 나날의 불안. 그리고 공포.

표면상으로는 여전히 슬프게 어릿광대 노릇을 하며 모두를 웃기고 있었지만, 문득 나도 모르는 사이에 무거운 한숨이 새어나왔습니다. 무엇을 하든 모두 다케이치에게 여지없이 간파당할 것이고, 다케이치가 누구에게나 그 사실을 퍼뜨리고 다닐 것이 뻔한 노릇이라고 생각하면, 이마에 땀이 솟아오르고 미치광이 같은 이상한 눈초리로 주위를 허무하게 휘휘 둘러보게 되는 것이었습니다. 될 수만 있다면 아침이나 낮이나 저녁이나 온종일 다케이치의 곁을 떠나지 않고, 그가 이 비밀을 입 밖에 낼 수 없도록 감시하고 싶은 심정이었습니다. 내가 그렇게 그와 어울리고 있는 동안에 나의 어릿광대 노릇은 소위 '조작'이 아니라 진짜였다고 믿게 하기 위해서 모든 노력을 다하고, 요행이 따른다면 그와 둘도 없는 친구가 되어 버리고 싶었습니다. 만일 그 일이 모두 불가능하다면 남은 것은 그의 죽음을 바라는 수밖에 도리가 없다고까지 골똘하게 생각했습니다. 그러나 아무리 그렇다손 치더라도 그를 죽이려는 생각만은 일어나지 않았습니다. 나는 이제까지의 나의 생애에 있어서 남에게 죽음을 당하고 싶다고 생각한 적은 몇 번 있었지만, 남을 죽이고 싶다고 생각한 적은 한 번도 없었습니다. 그것은 그 경외할 상대에게 오히려 행복을 주는 일일 뿐이라고 생각했기 때문입니다.

나는 상대방을 회유하기 위해서 우선 얼굴에는 거짓 크리스천과 같은 '상냥스런' 미소로 아양을 담고, 고개를 30도 가량 왼쪽으로 기울이고, 그의 자그마한 어깨를 살짝 껴안으며, 나긋나긋하고 달콤한 목소리로 내가 기숙하고 있는 집에 놀러 오라고 거듭 권했지만, 그는 언제나 멍청한 표정으로 시선을 돌리곤·했습니다. 그러나 나는 어느 날 방과 후 그건 분명 초여름 무렵이었을 것입니다. 소나기가 뿌옇게 쏟아지고 있어서 학생들은 집에 돌아가기에 어려움을 겪고 있었으나, 나는 집이 아주 가까우니까 별로 걱정할 것 없이 그냥 밖으로 뛰어나가려는데, 문득 신발장 그늘에 다케이치가 멍청하니 힘없이 서 있는 것을 발견하고는, 자 가자, 우산 빌려 줄게 라며 주저하는 다케이치의 손을 잡아끌고는 함께 그 억센 소나기 속을 뚫고 집으로 뛰어들어갔습니다. 둘이서 소나기에 흠뻑 젖은 윗도리를 아주머니에게 말려 달라고 부탁하고, 다케이치를 이층 나의 방으로 끌어들이는 데 성공한 것입니다.

그 집에는 오십이 넘은 아주머니와 삼십은 되어 보이는, 안경을 끼고 병약해 보이는 키가 큰 그의 큰딸—이 딸은 결혼을 한 번 했다가 실패하고 돌아와 있는 여자였지요. 나는 이 여자를 이 집 사람들이 부르는 대로 따라서 아네사라고 불렀습니다—과 최근 여학교를 갓 졸업한 셋짱이라는, 그의 언니와는 딴판인 키가 작고 동그스름한 얼굴을 한 작은딸, 이렇게 세 식구가 살고 있었고, 아래층 가게에는 문방구며 운동용구 등이 약간씩 진열되어 있었지만, 주수입은 죽은 이 집 주인이 지어서 남겨 놓은 대여섯 채의 임대 가옥에서 들어오는 집세인 듯했습니다.

"귀가 아프다."

다케이치는 우두커니 선 채로 그렇게 말했습니다.

"비를 맞았더니 아파졌어."

내가 들여다보니 양쪽 귀가 모두 심한 귀젖을 앓고 있었습니다. 고름이 금방 흘러내릴 지경이었습니다.

"아니, 이거 심하군. 아프겠구나."

나는 호들갑스럽게 놀라 보이고,

"비를 맞게 끌어내어서 미안해."

하고 여자 같은 말투로 부드럽게 사과하고, 얼른 아래층에 내려가 솜과 알코올을 가지고 올라와서 다케이치를 무릎에 뉘고 정성껏 귀를 닦아 주었습니다. 제아무리 다케이치가 눈치가 빠르다 해도 이것이 위선적인 간계인 줄은 알아차리지 못한 듯,

"너에게는 틀림없이 여자가 반하겠구나."

하며 내 무릎을 베개 삼아 누운 채 무식하게 비위를 맞추어 주었을 정도였습니다.

그러나 이건 아마도 저 다케이치도 의식하지 못했을 정도로 무서운 악마의 예언과 같은 것이었다는 사실을 나는 훨씬 후에 이르러서야 알게 되었습니다. 누군가에게 반한다거나 누군가 내게 반한다고 하는 그런 말은 몹시 상스럽고 천해서 농으로나 하는 말이며 더할 수 없이 능글맞은 느낌이어서, 아무리 소위 '엄숙'한 자리라 할지라도 거기에 이 한마디가 불쑥 튀어나오기만 한다면 당장 우울의 성벽이 무너지고 널방석처럼 밋밋하게 되어 버릴 것 같은 생각이 듭니

다. 그러나 누군가 내게 반할 거라는 것은 괴로움 따위의 속된 말이 아닌 사랑받는 불안이라는 식으로 문학 용어를 쓰면 그런대로 우울의 성벽을 무너뜨리는 일이 되지는 않으니, 그것도 참 기묘한 일이라고 생각합니다.

다케이치가 제 귀를 말끔히 닦아 주는 나에게, 너는 남이 반할 거다 라는 바보스런 아첨을 할 때, 나는 그 말을 듣고 그저 얼굴을 붉히며 웃었으나 아무 대답도 하지는 않았습니다. 그러나 실은 어렴풋이 생각나는 바도 있었던 것입니다. 그렇지만 '반할 거다'라는 그런 야비한 말에서 풍기는 능글맞은 분위기에 대해서 "오, 참, 그러고 보니 생각나는 게 있군" 하고 쓴다면, 그건 마치 만담에서 서방님의 대사도 될 수 없는 아주 어리석은 감회를 표시하는 그런 것이 되겠지만, 설마 내가 그런 농지거리로 능글맞은 기분에서 "아, 참, 그러고 보니 생각나는 게 있군" 한 것은 아닙니다.

나에게는 인간 중에서 여성이 남성보다 몇 배나 더 수수께끼였습니다. 우리 집 가족은 여성이 남성보다 수가 더 많고, 또 친척에도 여자 아이들이 많았으며, 그 '범죄'의 하녀 따위도 있고 해서, 나는 어려서부터 여자들하고만 놀며 자랐다고 해도 지나치지는 않다고 생각합니다. 나는 실로 살얼음을 밟는 조심성으로 그 여자들과 생활해 왔던 것입니다. 기의가 전혀 짐작이 가지 않는 것입니다. 오리무중이라고나 할까. 그리고 때로는 호랑이 꼬리를 밟는 실수를 하고는 심한 상처를 받는데, 그것은 남성에게서 받는 매질과는 달리 내출혈같이 극도의 불쾌감으로 침공해 와서 좀처럼 치유가 되질 않는 그런 상처였습니다.

여자는 끌어잡아 당겼다가는 확 밀어버리고, 남들이 있는 곳에서는 나를 경멸하고 쌀쌀맞게 대하면서 아무도 없는 곳에서는 확 끌어안고, 그리고 여자는 죽은 듯이 깊은 잠에 빠져 마치 잠을 자기 위해서 살고 있는 듯한 그런 것. 이 밖에도 여자에 관한 가지각색의 관찰을 이미 나는 유년 시대부터 터득하고 있었지만, 같은 인류인 것 같으면서도 남자와는 또 엉뚱하게 전혀 다른 생물인 인상도 있었지만, 또 이 불가사의하고 마음 놓을 수 없는 생물은 이상하게도 나를 돌봐주는 것이었습니다.

'반할 거다'라는 그런 말도, 또 '나를 좋아한다'는 말도 나의 경우에는 조금도 어울리지 않고, '보살핌을 받는다'라고나 하는 편이 약간은 사실적인 상황의 설명에 적당할지도 모릅니다.

여자는 남자보다는 더욱 어릿광대적인 행동에 편안함을 느끼는 듯했습니다. 내가 어릿광대 노릇을 아주 잘해도 남자는 그걸 보고 언제까지나 히죽히죽 웃고만 있지는 않으며, 그래서 나도 남자에게는 너무 신바람나게 어릿광대 노릇을 하면 실패한다는 것을 알고 있었기 때문에 반드시 적당한 정도에서 끝내도록 주의하고 있었습니다. 그러나 여자는 적당한 정도라는 것을 모르고 언제까지나 언제까지나 내가 어릿광대 노릇 하기를 원했고, 나는 그 한없는 앙코르에 응해서 기진맥진해 버리는 것이었습니다. 정말 잘도 웃는 것입니다. 대체적으로 여자는 남자보다도 쾌락을 더 욕심 부려 음미할 수가 있는가 봅니다.

내가 중학 시절에 신세를 졌던 그 집의 큰딸이나 작은딸도 틈만 있으면 이층에 내 방으로 올라왔고, 나는 그럴 때마다 기절할 정도로 놀라 오직 겁을 집어먹곤 했습니다.

"공부해?"

"아아니."

하고 책을 덮어놓고는,

"오늘 말야. 학교에서 몽둥이라고 하는 지리 선생이 말야."

라며 술술 입에서 흘러나오는 것은 마음에도 없는 우스갯소리였습니다.

"요짱, 안경 좀 써 봐."

어느 날 밤, 작은딸인 셋짱이 아네사하고 함께 내 방으로 놀러 와서 실컷 나에게 어릿광대 노릇을 연출시키고 나서 하는 말이었습니다.

"왜?"

"그저. 써 봐. 아네사의 안경 좀 빌려서 써 보라니까."

언제나 이런 식의 아주 난폭한 명령조로 말했습니다. 어릿광대는 순순히 아네사의 안경을 썼습니다. 그 순간, 두 여자는 배를 움켜쥐고 웃어 댔습니다.

"영락없다. 로이드를 빼다 박았어······."

당시 해럴드 로이드라는 외국 영화의 희극 배우가 일본에서 대인기였습니다.

나는 일어서서 한쪽 손을 들고,

"제군!"

이라며,

"이번 일본의 팬 여러분께······."

하며 일장의 인사말을 시도했고, 그로써 더욱 웃겼습니다. 그후, 로이드의 영화가 이 거리에 상영될 때마다 보러 갔고 은근히 그의 표정 따위를 연구했습니다.

또 어느 가을 밤, 내가 누운 채 책을 읽고 있었는데, 아네사가 갑자기 새가 날 듯 재빨리 방으로 들어오더니, 얼른 내 이불 위에 엎드려 울면서,

"요짱이 나를 도와줄 거야. 그렇지? 이런 집에서 함께 나가 버리는 쪽이 나아. 도와줘. 응, 도와줘."

하며 과격한 소리로 떠들면서 또 우는 것이었습니다. 그러나 나에게는 이 여자가 이런 태도를 보인 일이 이것이 처음

이 아니었기 때문에 아네사의 과격한 말에도 그다지 놀라지 않았고, 오히려 그 진부한 그리고 아무런 내실이 없는 데에 흥이 깨졌다고나 할까, 그런 심정으로 살그머니 이불 속에서 빠져나와 책상 위에 있던 감을 깎아서 그 한쪽을 아네사의 손에 놓아 주었습니다. 그랬더니 아네사는 훌쩍거리면서도 그 감을 먹으면서,

"무슨 재미있는 책 없어? 있으면 빌려 줘."

라고 했습니다.

나는 나쓰메 소세키의 〈나는 고양이다〉라는 책을 책장에서 뽑아 주었습니다.

"잘 먹었어."

아네사는 수줍은 듯이 웃으며 방에서 나갔습니다만, 비단 이 아네사뿐만이 아니라, 도대체 여자란 어떤 생각으로 살고 있는가를 생각해 보는 일은 나에게 있어서는 지렁이의 생각을 더듬어 보는 것보다도 더 복잡하고 귀찮고 언짢게 느껴집니다. 그러나 나는 여자가 그렇게 갑자기 울음을 터뜨리거나 했을 경우, 무엇인가 단 것을 손에 쥐어주면 그걸 먹고 기분을 돌린다는 사실만은 어릴 때부터 나의 경험으로 알고 있었습니다.

또 작은딸인 셋짱은 그의 친구까지 내 방으로 데리고 들어와서, 내가 언제나처럼 공평하게 모두를 웃기면, 그 친구

가 돌아가고 난 뒤에 반드시 그 친구의 욕을 하는 것이었습니다. 저 아이는 불량소녀니까 주의해야 한다고 꼭 한마디 했습니다. 그렇다면 일부러 여기까지 데리고 오지 않으면 좋을 것을. 하여간 그들 덕택에 내 방에 오는 손님은 거의 전부가 여자가 되고 말았습니다.

그러나 그것은 다케이치가 아첨했듯이 결코 '반할 거다'는 일의 실현은 아직 아니었습니다. 즉, 나는 일본 동북 지방의 해럴드 로이드에 지나지 않았던 것입니다. 다케이치의 무식한 아첨이 불길한 예언으로서 생생하게 살아서 불길한 형태를 나타내게 된 것은 그로부터 몇 년이 지난 후의 일이었습니다.

다케이치는 또 하나 나에게 중대한 선물을 주었습니다.

"도깨비 그림이야."

언젠가 다케이치가 내가 있는 이층 방에 놀러 왔을 때, 그는 가지고 온 한 장의 원색판 잡지 그림 사진을 의기양양하게 나에게 보이며 그렇게 설명했습니다.

아니? 하고 나는 생각했습니다. 그 순간 내가 떨어져 갈 길이 결정된 것같이, 물론 그건 후에 이르러 그렇게 생각되었던 것입니다. 나는 알고 있었습니다. 그 그림이 고흐의 자화상에 불과하다는 것을 말입니다. 우리들의 소년 시절에는 일본에서 프랑스의 소위 인상파 그림이 대유행이어서 양화

감상의 첫걸음은 대개 이런 정도에서 시작이 되었고, 고흐·고갱·세잔·르누아르 등의 그림이라면 시골 중학생이라도 대개는 그 사진판을 보고 알고 있었습니다. 나도 고흐의 원색판은 꽤 많이 보아 왔고, 그의 터치의 묘미, 색채의 선명함 등에 흥취를 느끼고 있었습니다만, 그러나 그걸 도깨비의 그림이라고는 한 번도 생각해본 일이 없었습니다.

"그럼, 이런 것은 어떨까? 역시 도깨비나 괴물인지 모르겠군."

나는 책장에서 모딜리아니의 화집을 꺼내어, 햇볕에 타서 적동색이 된 것 같은 살갗을 가진 그의 나부상을 다케이치에게 보여 주었습니다.

"굉장하군."

다케이치는 눈을 휘둥그렇게 뜨며 감탄했습니다.

"지옥의 말 같구나."

"역시 괴물이니?"

"나도 이런 괴물 그림 그리고 싶다."

너무도 인간을 두려워하는 사람들은 오히려 더욱더 무서운 요괴를 확실하게 이 눈으로 보고 싶다고 원하는 데에 이르는 심리, 신경질적인, 무엇에나 무서움을 잘 타는 사람일수록 폭풍우가 더욱더 강하게 불기를 바라는 심리. 아아, 이 한 무리의 화가들은 인간이라는 괴물에게 상처받고 위협을 받은 나머지, 드디어는 환영을 믿고 백주의 자연 속에서 분명히 요괴를 본 것이다. 그뿐이랴. 그들은 그것을 어릿광대같이 속여넘기지 않고, 보이는 그대로를 표현하는 데 노력한 것이다. 다케이치가 말한 대로 감연히 '괴물의 그림'을 그리고 만 것이다. 여기에 장래의 나의 친구가 있다고 눈물이 날 정도로 흥분해서는,

"나도 그리겠어. 괴물 그림을 그리겠어. 지옥의 말을 그리겠어."

하고, 왜 그랬는지 아주 작은 목소리로 다케이치에게 말했던 것입니다.

나는 소학교 시절부터 그림을 그리는 일도, 그림을 보는 일도 좋아했습니다. 그러나 내가 그린 그림은 내가 쓴 작문보다는 주위의 평판이 좋지 않았습니다. 나는 처음부터 인간의 말을 전혀 신용하고 있지 않았기 때문에 작문 따위는 나에게 있어서 그냥 어릿광대의 인사말 같은 것이었습니다. 소학교, 중학교로 계속해서 선생들을 미치도록 기쁘게 해주어 왔습니다만, 나 자신은 그다지 재미있지 않았으며, 그림만은—만화 따위는 별도였지만—그 대상의 표현을, 미숙한 나 개인의 수법이기는 했지만 다소 고심을 했던 것입니다. 학교에서 배우는 동화책은 정말 하잘것없었고, 선생님의 그림은 서투르기 짝이 없었으므로 나는 내 멋대로 아무렇게

나 가지각색의 표현법을 스스로 고안해서 여러 모로 시도해 보아야만 했습니다. 중학교에 들어가고 나서 나는 유화 도구도 한 벌 갖추고 있었습니다. 그러나 그 필치 교본을 인상파 화풍에서 따보기도 했지만 내가 그린 그림은 마치 색종이 접기라도 해놓은 것처럼 너리펀펀하기만 했고 그림이 될 것 같지도 않았습니다. 그러나 나는 다케이치의 말에서 지금까지 그림에 대한 나의 마음의 자세가 아주 잘못되어 있었다는 것을 깨달았습니다. 아름답다고 느낀 것을 그대로 아름답게만 표현하려고 노력하는 안이함과 어리석음. 대가들은 아무것도 아닌 것을 주관에 의해서 아름답게 창조하고, 혹은 흉측한 것을 보고 구역질을 하면서도 거기에 대한 흥미를 숨기지 않고 표현의 기쁨에 잠기고 있습니다. 즉, 남의 사고나 평판에는 조금도 개의치 않는 듯한, 화법의 프리미티브한 비법을 다케이치에게 가르침 받아, 항상 드나드는 여자 손님들에게 들키지 않도록 조금씩 자화상 제작에 착수해 보았습니다.

나 자신이 보아도 머리끝이 쭈뼛해질 만큼 음산한 그림이 완성되었습니다. 그러나 이거야말로 가슴 속 깊은 곳에 싸고 싸서 감추어둔 자기 자신의 정체인 것입니다. 표면으로는 밝게 웃으며 남을 웃기고 있지만, 실은 이렇게 음울한 마음을 나는 가지고 있는 것입니다. 하는 수 없지, 라고 혼자서 긍정하며, 그러나 그 그림은 다케이치 외에는 누구에게도 보이거나 하지 않았습니다. 자신의 그 어릿광대 노릇 속에 숨기고 있는 음산함을 간파당하고 갑자기 치사스럽게 핑계대는 일도 싫었거니와, 또 이것을 나의 정체인 줄도 모르고 역시 새로운 수법의 새 취향의 어릿광대 짓이라고 여겨 웃음거리의 재료가 될지도 모른다는 걱정도 있었습니다. 그렇게 되는 것은 무엇보다도 괴로운 일이었기에, 그 그림은 벽장 속 깊은 곳에 곧 치워 버리고 말았습니다.

또 학교의 미술 시간에도 나는 그 '괴물식 화법'은 감추어 두고, 지금까지 하던 대로 아름다운 것은 아름답게 그리는 방식의 평범한 수법을 써서 그림을 그리고 있었습니다.

나는 다케이치에게만은 벌써부터 상처 입기 쉬운 나의 신경을 태연하게 노출시켜 왔고, 이번의 자화상도 안심하고 다케이치에게만은 보여 대단한 칭찬을 받았습니다. 이어서 두 장 석 장 괴물 그림을 그려 나가는 동안에 다케이치에게 또 하나의,

"넌 훌륭한 그림쟁이가 될 거다."

라는 예언을 들었던 것입니다.

반할 거다 라는 예언과 훌륭한 화가가 되리라는 예언, 이 두 가지 예언을 바보인 다케이치에 의해서 이마에 새긴 채, 나는 얼마 후에 도쿄로 나왔습니다.

나는 미술학교에 들어가고 싶었습니다만, 아버지는 벌써부터 나를 고등학교에 넣고 장래에 관리로 진출시킬 계획을 가지고 있었고, 나에게도 그렇게 선언했기 때문에 말대답 하나 못하는 나는 멍청하게 그대로 따랐던 것입니다. 4학년에서 시험을 치러 보라는 권고도 있고, 나도 벚꽃과 바다뿐인 이 중학교에 이제 어지간히 싫증도 나 있었기에, 5학년에 진급하지 않고 4학년만 수료하고는 도쿄 고등학교 시험을 치렀습니다. 다행히 합격이 되어서 곧 기숙사 생활에 들어갔으나, 그 불결함과 난폭하고 거친 데에는 기가 막혀서 어릿광대 같은 짓은 언감생심 생각조차 못하고, 의사에게 폐 침윤이라는 진단서를 받아 가지고 기숙사를 나와서, 우에노 사쿠라기초에 있는 아버지의 별장으로 이사를 해 버렸습니다. 나에게 단체 생활이라는 것은 도저히 감당할 수가 없는 것이었습니다. 거기에다 더군다나 청춘의 감격이라든가 젊은이의 특권이라든가 하는 말 따위는 듣기만 해도 소름이 끼쳐 오고, 도저히 저 하이스쿨 스피리트라는 것에 따라갈 수가 없었습니다. 교실이나 기숙사나 모두가 비뚤어진 성욕의 쓰레기통 같은 생각조차 들어서, 나의 완벽에 가까운 어릿광대 노릇도 거기서는 아무 쓸모가 없었던 것입니다.

아버지는 의회가 없을 때에는 한 달에 일주일이나 이주일 정도밖에는 그 집에 묵지 않기 때문에, 아버지가 안 계시는 동안에는 꽤 넓은 그 집에 별장지기 노인 부부와 나를 합해서 세 사람뿐이었습니다. 나는 가끔가끔 학교를 쉬었고, 그렇다고 도쿄 시내를 구경 나갈 마음도 없어서―나는 결국 메이지신궁明治神宮도 구스노키 마사시게楠桩의 동상도, 센가쿠지泉岳寺의 47의사의 묘도 보지 못하고 말았습니다―집안에서 온종일 책을 읽거나 그림을 그리거나 했습니다. 아버지가 상경해 오시면 나는 매일 아침 서둘러서 등교를 하지만, 혼고의 센다기초에 사는 서양화가 야스다 신타로安田新太郎 씨의 화실에 가서 세 시간이건 네 시간이건 데생 연습을 하는 일도 있었던 것입니다. 고등학교 기숙사에서 빠져나오니 학교 수업에 들어가도 나는 마치 청강생 같은 특수한 위치에 놓인 것처럼, 그것은 나의 자격지심이었는지도 모르지만 하여튼 스스로 김이 빠진 어색한 기분이 들어서 더욱 학교에 가는 일이 귀찮아졌던 것입니다. 나는 소학교, 중학교 그리고 고등학교를 통틀어서 끝내 애교심이라는 것을 이해하지 못하고 말았습니다. 교가 따위는 한 번도 외우려고 한 일이 없었습니다.

나는 그러는 동안에 화실에서 역시 그림을 배우러 오는 어느 학생으로부터 술과 담배와 매춘부와 전당포, 그리고 좌익 사상을 배우게 되었습니다. 아주 별난 배합이었지만, 그러나 그것은 사실이었습니다.

그 그림 공부를 하는 학생은 호리키 마사오堀木正雄라고 불렸는데, 도쿄의 저잣거리에서 태어났으며, 나보다 여섯 살 위였습니다. 사립 미술학교를 졸업하고, 집에 아틀리에가 없기 때문에 이 화실에 다니면서 서양화 공부를 계속하고 있다는 것입니다.

"5엔만 꾸어줄 수 있어?"

피차 서로 얼굴만 겨우 알게 되었을 뿐 아직 말 한 마디도 주고받은 일이 없었는데, 나는 어쩔 줄 몰라 어물어물하면서 5엔을 내밀었습니다.

"좋아, 마시자꾸나. 내가 한턱 낼게. 어린놈이 괜찮군."

나는 거부하지도 못하고 그 화실 근처의 호라이초의 카페로 끌려간 것이 그와의 교제의 시초였습니다.

"그전부터 너를 주목해 왔다. 그, 그 부끄러운 듯한 표정을 짓는 미소, 그것이 바로 장래성이 있는 예술가 특유의 표정인 거야. 우리 친해진 기념으로 건배하자. 야, 여종업원 아가씨야, 이 녀석 미남이지? 그렇다고 반해선 안 돼. 이 녀석이 화실에 나타난 덕택에 내가 둘째 미남으로 떨어진 것이 유감스럽단 말이야."

호리키는 살색이 가무잡잡하고 단정한 용모를 가지고 있었고, 화가 지망생 치고는 신기하게 옷도 제대로 양복을 입고 있었는데, 넥타이도 취미가 고상한 맛을 풍기고 있었습니다. 그리고 머리는 포마드를 발라 가운데 가리마로 갈라서 착 빗어붙이고 있었습니다.

나는 익숙하지 못한 장소이기도 했고, 그저 겁이 나서 팔짱을 끼었다 풀었다 하며, 그야말로 부끄러운 듯이 미소만 띠고 있었습니다. 그러는 동안에 맥주를 두세 잔 마시고 나니까 기묘하게도 해방된 것 같은 경쾌함을 느끼게 되었던 것입니다.

"난 미술학교엘 들어가고 싶었습니다만……."

"아냐. 시시해. 그런 데는 시시하단 말이야. 학교란 도대체 시시해. 우리의 교사는 자연 속에 있다. 자연에 대한 강렬한 정열!"

그러나 나는 그가 말하는 데에 조금도 경의를 느낄 수 없었습니다. 바보 같은 사람이군. 그림은 서투르고 못 그릴 게 틀림없다. 그러나 놀기에는 적당한 상대인지도 몰라. 그렇게 생각했습니다. 나는 그때, 난생 처음으로 진짜 도회지의 건달이라는 것을 보았습니다. 그것은 나하고 모양은 다르지만 역시 이 세상 인간의 영위에서 완전히 이탈해 버리고, 망설임 속에서 갈팡질팡하는 점에 있어서는 분명히 동류에 속해 있었습니다. 그리고 그는 그 어릿광대 노릇을 의식 없이 실천하며, 더욱이 그 어릿광대의 비참한 점에 대해서는 전혀 아무것도 깨닫지 못하고 있는 것이 나하고는 본질적으로 다른 것이었습니다.

　다만 함께 노는 일뿐이다. 노는 상대로서 교제하고 있을 뿐이다, 라고 늘 그를 멸시하고 때로는 그와의 친교를 부끄럽고 수치스럽게 생각하기조차 했지만, 그와 함께 나란히 걷고 있는 동안에 결국 나는 이 사나이에게까지도 간파당하고 말았습니다.

　그러나 처음에는 이 사나이를 호인으로, 아주 흔치 않은 호인으로만 생각하고 그토록 인간 공포로 떠는 나도 마음을 턱 놓아 버렸으며, 도쿄의 좋은 안내자가 생겼구나 하는 정도로 생각했던 것입니다. 나는 실은 혼자서 전차를 타면 차장이 무서웠고, 가부키좌歌舞伎座(일본 고유의 연극을 하는 극장-역주)에 들어가고 싶어도 저 정면 현관에 빨간 융단이 깔려 있는 계단 양쪽에 주욱 늘어선 안내양들이 무서웠고, 레스토랑에 들어가면 내 등 뒤에 조용히 서서 접시가 비워지는 것을 기다리고 있는 보이가 무서웠고, 특히 계산을 할 때, 아아, 그 어색하기 짝이 없는 내 손놀림, 나는 물건을 사고 돈을 지불할 때에는, 내가 구두쇠여서 그런 게 아니고 너무도 긴장하고 너무도 부끄럽고 너무도 불안하고 공포에 떨며 아찔아찔 현기증이 나서 온통 세상이 새까맣게 되고는, 마치 반은 미치광이같이 되어 버려서 물건값을 깎기는커녕 거스름돈을 받는 것도 잊어버릴 뿐 아니라, 애써

산 물건을 들고 오는 일마저도 잊는 일이 종종 있었던 정도이고 보면, 도저히 도쿄 시내를 걸어다닐 수가 없어서 하는 수 없이 집 안에서 온종일 뒹굴뒹굴하고 있었던 것입니다.

그런데 호리키에게 내 지갑을 맡기고 함께 다니다 보면, 호리키는 마구 값을 깎기도 하면서, 더욱이 요령 있는 난봉쟁이라고나 할까 적은 돈으로 최대의 효과를 거두는 솜씨를 발휘합니다. 또 비싼 택시는 피하고 전차나 버스, 통통배 따위 그때그때 구별해서 이용하며, 최단시간에 목적지에 도착할 수 있도록 요령을 부리고, 매춘부에게서 아침에 나오게 되면 도중에 제법 괜찮은 간판이 있는 요정에 들러서 목욕을 하고 두부를 끓인 해장국으로 가볍게 한 잔 하면, 돈 몇 푼 안 들이고 호사스런 기분을 낼 수가 있다는 식으로 실지 교육도 해주었습니다. 또 포장마차에서 쇠고기 국물에 만 국밥이나 닭구이는 싸고도 영양이 풍부하다는 설명을 하며, 취기가 빨리 오게 하려면 전기 브랜디보다 더한 것은 없다고 보증하고, 하여튼 그런 계산에 대해서는 나에게 하나도 불안이나 공포를 느끼게 한 일이 없었습니다.

또 호리키하고 교제를 하면서 도움을 받는 일은, 호리키가 상대방의 생각이 어떠하다는 따위는 싹 무시하고, 그 소위 정열이 분출하는 대로—혹은 정열이란 상대방의 입장을 무시하는 일인지도 모르겠습니다만—쉴 새 없이 늘 지껄여

대기 때문에, 둘이서 걸으면서 피로에 지치고 서먹한 침묵에 빠져들어가는 그런 걱정이 전혀 없는 것이었습니다. 남과 마주 대할 때, 그 무서운 침묵이 그 자리에 나타날 것을 경계해서, 원래 입이 무거운 내가 바로 이때로구나 싶어서 필사적인 어릿광대 노릇을 해 왔던 것입니다만, 지금 이 호리키 바보 녀석이 의식하지 않고서 그 어릿광대 역할을 스스로 떠맡아 해주고 있기 때문에 나는 제대로 대답도 하지 않고 그냥 흘려버리거나 때에 따라서는 가끔, '설마' 하고는 웃어넘기면 되는 것이었습니다.

술·담배·매춘부, 그것은 모두 인간 공포를 설사 일시적으로라도 어물거려 넘길 수 있는 매우 좋은 수단이라는 것을 얼마 후 나도 알게 되었습니다. 그러한 수단을 구하기 위해서는 나의 소유물을 몽땅 팔아넘겨 버려도 후회하지 않으리라는 기분까지 가지게 되었던 것입니다.

나는 매춘부라는 것은 인간도 여성도 아닌 백치나 미치광이로 보고, 그 품속에서 오히려 완전히 안심하고 푹 잠들 수가 있었습니다. 모두 슬플 정도로, 실로 손톱만큼도 욕심이라는 것이 없었습니다. 그리고 나는 동류끼리의 친화감이라고나 할까 그런 기분을 느끼는지, 언제나 그 매춘부들에게서 거북하지 않을 정도의 자연스런 호의를 받았습니다. 아무 타산이 없는 호의, 강요하지 않는 호의, 두 번 다시 오지 않을지도 모르는 사람에게의 호의, 나에게는 그 백치나 미치광이 같은 매춘부들에게서 마리아의 원광을 본 밤도 있었습니다.

그러나 나는 인간에의 공포를 피해 가냘픈 하룻밤의 휴양을 구하기 위해서 거기에 가고, 그야말로 나와 동류인 매춘부들과 놀고 있는 동안에 어느 사이엔가 무의식중에 어떠한 혐오스런 분위기를 몸에 풍기게 된 모양이어서, 이것은 나로서도 뜻밖에 생각지도 못했던 덤이요 부록이었습니다. 그러나 그 부록이 선명하게 표면으로 떠오르게 되자 호리키에게 그것을 지적당했고, 아찔해졌으며 아주 기분이 나빴습니다. 곁에서 보고 좀 속된 표현으로 말한다면 나는 매춘부에 의해서 여성에의 수행을 했고, 더더구나 최근에는 솜씨가 능숙해졌지요. 여성에의 수행은 매춘부에 의하는 것이 제일 엄격하고 그런 만큼 효과도 있다고 하는데, 나에게는 왜 그 '오입쟁이'라는 냄새가 몸에 배어서, 여성이—매춘부에 한해서가 아니고—본능적으로 그 냄새를 맡고 다가서는 야비하고 불명예스러운 분위기를 '덤으로 얻는 부록'으로 받는 것이었습니다. 그리고 그러한 쪽이 나의 휴양보다도 훨씬 눈에 띄게 두드러지고 만 모양이었습니다.

호리키는 그걸 반쯤 아첨으로 말했겠지만, 나에게는 짓누르는 것같이 고통스러운 일이 있었습니다. 이를테면 다방 여자에게서 치졸한 편지를 받은 기억도 있었고, 사쿠라기초에 있는 우리 집 옆집 장군의 스무 살 남짓한 딸이 매일 아침, 내가 학교 가는 시각이면 별로 볼일도 없어 보이는데 엷게 화장까지 하고서 자기네 집 대문을 들락날락하고 있었고, 쇠고기를 사러 가면 거기 하녀가…… 또 언제나 단골로 다니는 담배가게 처녀가 건네준 담배 상자 속에…… 또 가부키를 보러 갔을 때 옆자리의 여인에게서…… 또 깊은 밤에 전철에서 내가 술에 취해 졸고 있으면…… 또 생각지도 않았던 고향의 친척 처녀로부터 일편단심인 양 애절한 편지가 와서…… 또 누군지도 모르는 처녀가 나 없는 사이에 손수 만든 듯한 인형을 두고 가기도 했습니다. 내가 워낙 소극적이기 때문에 어느 경우나 단 한 번으로 끝나는 단편적인 것이어서 그 이상의 진전을 본 것은 하나도 없었습니다만, 어딘지 여자들에게 꿈을 꾸게 하는 분위기가 나의 어느 구석엔가 따라다니고 있다는 것은, 그게 여자들에게 인기가 있다고 자랑하거나 뽐내거나 하는 식의 함부로 하는 농담이 아니고, 정말 부정할 수 없는 사실이었습니다.

나는 그것을 호리키 따위에게 지적당하고, 굴욕과 비슷한 씁쓸함을 느낌과 동시에 매춘부들과 놀아나는 일 자체도 흥이 깨진 것입니다.

호리키는 또 그 사람 특유의 모더니즘한 겉치레로—호리

키의 경우, 그 밖의 다른 이유는 지금 생각해 봐도 나에게는 알 수가 없는 것입니다—어느 날, 나를 공산주의 독서회라든가 하는—R·S라든가 했지만 지금 기억으로는 확실치 않습니다—그런 비밀 연구회에 데리고 갔습니다. 호리키 따위의 인물에게 있어서는 공산주의의 비밀 회합도 항용하는 '도쿄 안내'의 하나쯤으로 생각하는 가벼운 것이었는지도 모릅니다. 나는 소위 '동지'라는 사람들에게 소개되고 팜플렛의 일부를 팔아주어야 했으며, 그리고 상석에 자리한 지독하게 못생긴 얼굴을 가진 청년에게서 마르크스 경제학 강의를 받았습니다. 그러나 나에게는 그런 것쯤은 알고도 남는 그런 것인 듯했습니다. 그건 그게 틀림없겠지만 인간의 마음에는 더욱 이해할 수 없는 무서운 것이 있습니다. 욕심이라고 하기에는 부족하고, 허영이나 허식이라고 하기에도 부족하고, 색色과 욕慾 이렇게 두 개를 나란히 놓고 봐도 부족하고, 무엇인지 나도 알 수 없으나 인간 세상의 밑바닥에, 경제적인 것뿐만 아닌 묘하게 괴담 비슷한 것이 있는 것 같은 기분이 들어서, 그 괴담에 겁을 먹고 떨고 있는 나는 소위 유물론을 물이 낮은 곳으로 흐르는 것과 같이 자연스레 긍정하기는 하면서도, 그러나 그것으로 인해서 인간에게 대하는 공포에서 해방되고, 푸르른 나뭇잎을 향해서 눈을 크게 뜨고서 희망의 기쁨을 느낀다는 그런 일은 도저히 불가능했습니다. 그러나 나는 한 번도 결석하지 않고 그 R·S—라고 했던 것같이 기억합니다만 혹시 틀릴지도 모릅니다—라는 데에 출석했고, '동지'라는 자들이 무슨 큰일이나 되는 듯이 긴장된 표정으로, 하나에 하나를 더하면 둘이라는 거의 초등 산술 같은 이론의 연구에 몰두하는 것이 우스꽝스럽게 보이는 것을 참을 수가 없어서, 항상 버릇이 되어 있는 어릿광대 노릇으로 회합의 분위기를 누그러뜨리는 일에 노력했고, 그래서였는지는 모르지만 차차 연구회의 거북하고 딱딱한 분위기가 부드럽게 풀려, 나는 그 회합에 없어서는 안 될 인기 회원의 낙인조차 찍혀버린 것 같습니다. 이 단순해 보이는 사람들은 나를, 역시 여기 있는 다른 사람들처럼 단순하고 낙천적인 익살꾼 '동지' 정도로 생각하고 있었을지 모릅니다만, 만일 그렇다면 나는 이 사람들을 처음부터 끝까지 속이고 기만하고 있었던 것입니다. 나는 '동지'가 아니었습니다. 그러나 그 회합에는 빠지지 않고 출석해서 모두에게 어릿광대의 서비스를 해왔습니다.

좋아했기 때문이죠. 나에게는 이 사람들이 썩 마음에 들었기 때문입니다. 그러나 그것이 반드시 마르크스에 의해서 결합된 친애감, 그런 것은 아니었습니다.

비합법非合法. 그것이 나에게는 은근히 즐거웠던 것입니다. 오히려 푸근한 기분이 들었으니까요. 세상에서 합법이라는 편이 오히려 두렵고—거기에는 밑바닥을 헤아릴 수 없는 강경한 것이 예감됩니다—그 계략적인 것이 이해되지 않았고, 도저히 그 창문도 없는 얼어붙는 듯한 방에 앉아 있을 수가 없었습니다. 밖에는 비합법이라는 바다로 둘러싸여 있다 하더라도 거기 뛰어들어가서 헤엄을 치다가 얼마 후 죽음에 이르는, 그쪽이 나에게는 한층 마음 편안한 것인 듯했습니다.

세상을 떳떳하게 살아가지 못하는 사람—전과자나 사생아 등도 그렇지만—이라는 말이 있습니다. 인간 세상에 있어서 비참한 패자, 악덕자를 가리켜 하는 말인 듯합니다. 그런데 나는 나를 태어날 때부터 그러한 떳떳하지 못한 사람처럼 느껴왔고, 세상에서 저 사람은 떳떳하지 못한 사람이라고 손가락질을 받을 정도인 사람과 만나면, 나는 꼭 인자하고 상냥한 마음이 생기는 것입니다. 그리고 그 나의 '상냥한 마음'은 나 자신이 황홀해질 만큼 상냥한 마음이었습니다.

또 죄의식이라는 말도 있습니다. 나는 이 인간 세상에 있어서 평생을 그 죄의식으로 괴로움을 받으면서도, 그것이 마치 나의 조강지처와도 같은 좋은 반려자로서 그와 단 둘이서 쓸쓸하게 어울려 노닐고 있는 듯한 모습이 내가 살아가는 자세의 한 면인지도 모릅니다. 또 흔히 정강이에 상처 가진 몸(남에게 알리고 싶지 않은 뒤가 구린 일이 있다는 일본 속담-역주)이라는 말도 있습니다. 그 상처는 내가 갓난아이였을 때부터 저절로 한쪽 정강이에 나타나서, 자라남에 따라 치유되기는커녕 더욱더 깊어만 가고, 마침내는 뼈에까지 사무쳐 밤마다 겪는 고통은 천변만화하는 지옥과도 같았습니다. 그러나—이것은 정말 기묘한 말이기는 하나—그 상처는 차츰 자신의 혈육보다도 더 친밀해지고, 그 상처의 아픔은 즉, 상처의 살아 있는 감정, 또는 애정의 속삭임같이도 생각되는, 그런 사람에게는 그 지하운동 클럽의 분위기가 괴상하게도 안심이 되고 안도감이 깃들었으며, 결국 그 운동 본래의 목적보다도 그 운동의 기질이 나에게 걸맞는 그런 느낌이었습니다. 호리키의 경우는 그저 다만 바보스런 야유일 뿐, 한 번 나를 소개하느라 그 회합에 갔으나, 그 마르크시스트는 생산면의 연구와 동시에 소비면의 시찰도 필요한 것이라고 신통치도 못한 재담을 늘어놓으며, 그 회합에는 참석도 하지 않고 어떻게 해서든지 나를 그가 말하는 소비면의 시찰 쪽으로만 유혹하고자 했습니다. 생각하면, 당시에는 각양각색의 마르크시스트가 있었습니다. 호리키처럼 허영에 찬 모더니티에서 그것을 자칭하는 사람도 있었는데, 만일 그러한 실체가 마르크시즘의 진짜 신봉자에게 간파당한다면 호리키나 나는 호되게 혼구멍이 나고 비열한 배신자로서 당장 추방당했을 것입니다.

그러나 나나 호리키는 좀처럼 제명 처분을 받지 않고, 특히 나는 그 비합법 세계에 있어서는 합법적인 신사들의 세계에 있어서보다 오히려 기를 펴고 소위 '건강'하게 처신할 수가 있었기 때문에, 싹수가 있는 '동지'로서 웃음이 터져나올 정도로 지나치게 비밀스러운 이런저런 용건을 부탁받을 만큼 되어 버렸던 것입니다. 또, 사실 나는 그러한 심부름을 한 번도 거절하는 일 없이 태연하게 무슨 일이나 맡았고, 그렇다고 괴이쩍고 어색하게 굴다가 개―동지들은 경찰을 그렇게 부르고 있었습니다―에게 수상하게 보여서 불심 검문을 받고 실패하는 일도 없었고, 웃으면서 또 남들을 웃기면서 그 위험하다―그 운동을 하는 치들은 무슨 굉장한 일이나 되는 양 긴장하고 어설픈 탐정소설 흉내를 내기도 하면서 극도의 경계를 했고, 나에게 부탁하는 일은 어처구니가 없을 정도로 시시한 일이었지만, 그래도 그들은 그런 용건을 무척 위험시하여 안간힘을 쓰고 있는 것이었습니다―고 그들이 말하는 일을 하여튼 정확하게 해내곤 했습니다.

나의 그 당시 기분으로는 당원이 되어서 체포되고 설사 종신을 형무소에서 지내게 된다 하더라도 태연했던 것입니다. 세상 인간들의 '실생활'이라는 것을 무서워하면서 매일 밤마다 불면증으로 지옥의 신음을 하느니보다는, 차라리 감옥의 감방 쪽이 편안할지도 모른다고조차 생각하고 있었습니다.

아버지는 사쿠라기초의 별장에서는 손님 접대와 외출 등으로 한집에 있으면서도 사흘이나 나흘 동안에 한 번도 나와 얼굴을 마주치는 일이 없을 정도였지만, 그래도 어쩐지 아버지가 꺼려지고 무섭고 해서 이 집에서 나가 어디 하숙이라도 했으면 하고 생각하면서도 그걸 말로 꺼내기가 싫어서 못하고 있던 참에, 아버지가 그 집을 팔아버릴 모양인 듯하다는 말을 별장지기 할아범에게서 들었습니다.

아버지의 의원직 임기도 차츰 만기가 다가왔고, 여러 가지 이유가 있었음에 틀림없었겠지만 이젠 더 의원 선거에 나설 의사도 없는 듯, 고향에다가 늙어서 거처할 집을 한 채 마련하기로 하니 도쿄에는 미련도 없는 성싶었습니다. 겨우 고등학생에 불과한 나를 위해서 저택과 하인을 제공한다는 것은 낭비라고 생각했던 모양인데—아버지의 마음도 또 세상 사람들의 마음과 마찬가지로 나에게는 이해가 되지 않았습니다—하여튼 그 집은 얼마 후 남의 손에 넘어가 나는 혼고 모리카와초에 있는 센유칸仙遊館이라는 아주 낡은 하숙의 어두컴컴한 방으로 이사를 했고, 그리고 당장 돈에 쪼들리게 되었습니다.

이제까지는 아버지로부터 매달 정해진 용돈을 얻었고, 그건 이삼 일이 지나면 벌써 바닥이 났으나 그래도 담배도 술도 치즈도 과일도 언제나 집 안에 있었으며, 책이나 문구나 옷에 관한 것들도 일체를 언제나 근처에 있는 가게에서 외상으로 얻을 수가 있었고, 호리키에게 메밀국수나 덴동(튀김덮밥-역주)을 대접해도 아버지의 단골 음식점이 동네 안에 있었으니까 나는 먹고 나서 아무 말 없이 나와 버려도 되었던 것입니다.

그러다가 갑자기 하숙에서 혼자 살게 되고, 무엇이나 다 매달 보내주는 용돈에서 충당해야만 하게 되니까, 나는 그만 당황하고 말았습니다. 보내오는 용돈은 여전히 이삼 일이면 바닥이 났고, 나는 소름이 끼치는 불안 때문에 미칠 지경이 되어 아버지·형·누이에게 번갈아 가며 돈을 보내달라는 전보와, 자세한 것은 편지에 써서―그 편지에 호소하는 사정은 전부 어릿광대적인 허구였습니다. 남에게 사정을 하는 데는 우선 그 사람을 웃기는 것이 상책이라고 생각하고 있었던 것이죠―마구 연발하는 한편, 또 호리키에게 지도를 받아서 부지런히 전당포에 드나들기 시작했지만, 그래도 언제나 돈의 부자유 속에서 지내게 되었습니다.

결국, 나는 아무 연고 관계가 없는 하숙에서 혼자 '생활' 해 나갈 능력이 없었던 것입니다. 나는 하숙방에 혼자 틀어박혀 있는 일이 무서웠고, 당장에라도 누군가에게 습격을 당해서 한 대 얻어맞을 것같이 느껴져서, 거리로 뛰쳐나가서는 그 지하운동의 심부름을 하기도 하고, 혹은 호리키와 함께 싸구려 술집을 돌아다니며 거의 학업도 그림 공부도 포기했으며, 고등학교에 입학하고 2년째 되는 11월에는 나보다 연상인 유부녀와의 정사情死 사건 따위로 내 신상에는 커다란 변화가 생겼습니다.

 학교는 결석으로 학과의 공부는 지지부진해도 이상하게도 시험의 답안을 쓰는 데는 요령이 좋았는지 이제까지는 어물어물 고향의 육친들을 속여 왔지만, 그러나 이제는 출석일수 부족 등 학교에서 은밀히 고향의 아버지에게 보고가 가는 모양이었습니다. 아버지의 대리로 큰형이 엄숙한 문장으로 긴 편지를 나에게 보내 왔던 것입니다. 그러나 그것보다도 나의 직접적인 고통은 돈이 없다는 것과 그 지하운동에서의 임무가 심심풀이 정도의 기분으로는 도저히 감당해 내지 못할 만큼 과격하고 바빠진 일이었습니다. 중앙지구라고 하던가 무슨 지구라고 하던가, 하여튼 혼고, 고이시카와, 시모야, 간다 등 그 근처 학교 전체의 마르크스 학생의 행동대 대장이라는 명칭이 붙은 지위에 내가 올라가 있었던 것입니다. 무장 봉기라는 말을 듣고 자그마한 나이프를 사고—지금 생각하면 그것은 연필을 깎기에도 부족할 아주 화사한 나이프였습니다—그것을 레인코트 주머니에 넣고 여기저기 돌아다니며 소위 '연락'을 하는 것이었습니다. 술을 마시고 푹 잠을 자고 싶었습니다. 그러나 돈이 없었습니다. 더구나 P—당을 가리켜서 그러한 은어로 부르고 있었다고 기억하지만 틀릴지도 모르겠습니다—쪽에서는 숨돌릴 겨를도 없으리만큼 뒤를 이어서 자꾸만 일을 의뢰해 와 나의 병약한 몸으로는 도저히 감당해낼 수가 없게 되었습니다. 원래 비합법적인 데에 대한 흥미만으로 그 모임의 임무를 보아 오던 것이었고, 이렇게 그야말로 농담이 진담이 된 것처럼 마구 바빠지게 되면서, 나는 속으로 이건 번지수가 다르지 않은가. 당신네들 직계인 사람들에게 일을 시키면 어때? 라는 불쾌감을 품게 되는 것을 금할 수가 없어 마침내 도망을 쳤습니다. 그렇게 도피를 하고 나니 역시 또 유쾌할 수는 없어서 죽기로 했습니다.

그 무렵, 나에게 특별히 호의를 가지고 있던 여자가 세 사람 있었습니다. 하나는 내가 하숙하고 있는 센유칸의 딸이었습니다. 이 아가씨는 내가 그 지하운동 활동으로 지칠 대로 지쳐서 돌아와 식사도 못하고 잠이 곯아떨어지고 나면, 반드시 편지지와 만년필을 들고 내 방에 들어와서,

"미안해요. 아래층에서는 동생들이 귀찮게 굴어서 편지도 조용하게 쓸 수가 없는걸요."

하며, 무엇인지 한 시간도 더 책상을 향해서 쓰고 있는 겁니다.

나 역시 모르는 체하고 잠이나 자면 되는 것을, 그 아가씨

가 무엇인가 나에게 얘기를 듣고 싶어 아쉬워하는 것 같아서, 버릇이 되어 버린 수동적인 봉사 정신을 발휘해서, 사실은 말 한 마디도 하고 싶지 않은 심정이면서도, 피로로 지친 전신에 힘을 꾹 주고는 배를 깔고 누운 채 담배를 피우며,

"여자에게서 온 편지로 목욕물을 데워서 목욕을 한 남자가 있다는데요."

"어머, 기막혀라. 당신이겠죠?"

"우유 정도는 데워서 마신 일이 있죠."

"영광이네요."

어서 이 여자, 돌아가 주었으면 좋겠는데…… 편지는 무슨 놈의 편지야. 뻔한 노릇이지. 사람 얼굴이나 그리고 있을 게야, 하고 생각하면서,

"좀 보여줘."

하며, 죽어도 보고 싶지 않은데도 그렇게 말하면, 아이 싫어, 정말 안 돼, 하며 그 좋아하는 꼴이란 진정 꼴불견이고 흥이 깨지는 일이지요. 그래서 나는 심부름이라도 시켜야지 하고 생각하는 것입니다.

"미안하지만, 전찻길가의 약국에 가서 칼모틴 좀 사다 주지 않겠어? 너무나 과로해서 얼굴에 열이 나니 오히려 잠을 잘 수가 없어서 그래. 미안해, 돈은……."

"괜찮아요. 돈 걱정 하지 않아도……."

아주 좋아라고 일어섭니다. 심부름을 시킨다는 일은 결코 여자를 낙심하게 하는 게 아니고, 오히려 여자는 남자에게 부탁을 받으면 좋아하는 것이라는 것도 나는 익히 알고 있었던 것입니다.

또 하나는 여자고등사범의 문과생인 소위 '동지'였습니다. 이 사람은 그 운동 활동에서 싫어도 매일 얼굴을 마주치지 않을 수 없었습니다. 활동에 대한 회의가 끝나고 나서도 그 여자는 언제까지나 나에게 따라붙어 아무것이나 나에게 마구 사주곤 했습니다.

"나를 진짜 누이라고 생각해도 돼요."

그 징그러움에 몸서리를 치면서 나는,

"그렇게 생각하고 있어요."

라며 우수에 젖은 미소를 보이며 대답합니다. 어찌 되었든 화를 내게 해서는 두려운 겁니다. 무슨 짓을 해서라도 속여 넘겨야만 한다는 일념으로, 나는 그 밉고 보기 싫은 여자에게 봉사를 하고, 그 덕에 선물을 받고는—그 선물이란 실로 악취미가 풍기는 물건뿐이어서, 나는 대개 그런 것을 바로 참새구이집 아저씨에게 주어 버리곤 했습니다—좋아서 죽겠다는 표정을 하고, 농담을 해서 웃기기도 했습니다. 어느 여름 밤, 도무지 떨어지질 않기에 어두운 골목에서 빨리 떨어져 돌아가게 하려고 키스를 해 주었더니, 정말 딱하게도 미친 듯이 흥분해서 자동차를 불러, 그 운동을 위해서 비밀로 얻은 듯한 빌딩의 사무실 같은 좁다란 양실로 끌려가 밤새도록 야단법석을 하게 되었는데, 어처구니없는 누이도 다 많구나, 하고 나는 슬며시 쓴웃음을 지었습니다.

하숙집 딸도 그렇고 또 이 '동지'도 그렇고 어쩔 수 없이 매일 얼굴을 마주치게 되어 있었기 때문에, 이제까지의 가지각색 여자들처럼 교묘하게 피해 버릴 수가 없어서 하는 수 없이 그런 상태로 계속하면서도, 내 본래의 그 불안한 마음에서 이 두 사람의 비위를 그저 열심히 맞추다가 이제는 꼼짝 못하게 궁지에 몰리는 꼴이 되고 말았습니다.

같은 무렵, 나는 또 긴자의 어느 큰 카페의 여종업원에게서 뜻하지 않은 은혜를 입었는데, 꼭 한 번 만났을 뿐인데도 그 은혜에 구애받아, 역시 꼼짝도 못할 만큼 염려와 공포를 느끼고 있었습니다. 그 무렵에는 이미 호리키의 안내를 받지 않고서도 혼자서 전차도 탈 수 있었고, 또 가부키좌에도 갈 수 있었으며, 또 가스리의 기모노를 입고 카페에 들어갈 수도 있을 만큼, 다소 낯가죽이 두꺼운 철면피가 되어 있었습니다. 마음으로는 여전히 인간의 자신과 폭력을 의심하고 두려워하며 고민하면서도 외면으로는 조금씩 남에 대한 진지한 인사, 아니 그게 아니고, 나는 역시 패배한 어릿광대의 고봉스러운 미소를 띠지 않고서는 인사도 못하는 체질입니다만, 여하튼 정신없이 어물어물하는 인사이기는 하지만 그런대로 할 수 있는 정도의 '기량'을 그 지하운동 활동 덕택? 또는 여자? 아니면 술? 그보다도 주로 돈에 쪼들린 덕분에 손에 넣기 시작했던 것입니다. 어디에 있든 무서워서 오히려 커다란 카페에서 많은 취객이나 여종업원, 그리고 보이들 사이에 끼여 묻힐 수 있다면, 나의 이 끊임없이 쫓기는 듯한 마음도 가라앉지 않겠는가 해서 10엔을 들고 긴자의 그 큰 카페에 혼자 들어가 웃으면서 상대해 주는 여종업원에게,

"10엔밖에 없으니까 그런 줄 알고 적당히······."

라고 했지요.

"걱정할 것 없어요."

어딘지 관서 지방의 사투리가 있었습니다.

그리고 그 한마디가 기묘하게도 나의 두려운 마음을 진정시켜 주었습니다. 아니, 그것은 돈 걱정이 없어졌다는 데에서 온 것이 아니었습니다. 그 사람 곁에 있다는 것에 대한 걱정이 없어진 것같이 느껴진 것입니다.

나는 술을 마셨습니다. 그 여자에게 안도감을 느끼고 있었기 때문에 오히려 어릿광대 노릇을 연출할 필요도 느끼지 않고, 나의 본래의 밑바탕 성격 그대로 말없이 음산한 바탕을 감추지 않고 노출시키며 입을 다문 채 술을 마셨습니다.

"이런 음식 좋아하시나?"

여자는 여러 가지 요리를 내 앞에 늘어놓았습니다. 나는 고개를 저었습니다.

"그저 술이면 되는군요. 나도 마시겠어요."

가을도 깊은 추운 밤이었습니다.

나는 쓰네코—라고 기억합니다만 기억이 희미해서 확실치는 않습니다. 정사情死의 상대방 이름조차도 잊어버리는 나입니다—의 말대로 긴자 뒷골목에 있는 어느 포장마차의 초밥 가게에서, 맛도 없는 초밥을 먹으면서—그 여자의 이름은 잊었지만 그때의 그 초밥이 얼마나 맛없는 것이었던가 하는 기억만은 어쩐 일인지 분명히 내 기억에 남아 있습니다. 그리고 구렁이 얼굴과 흡사한 맨대가리의 주인이 머리를 흔들흔들하면서 아주 딴에는 익숙하기나 한 것처럼 속임수로 초밥을 쥐어 만들고 있던 광경도 눈앞에 보고 있듯 선명하게 생각이 나고, 그 훨씬 후에 전차에서나, 야, 어디서 본 듯한 얼굴인데…… 하며 이리저리 생각을 더듬다가, 에, 뭐야, 그때 그 초밥 가게 주인의 얼굴을 닮았군 그래, 하고 생각이 들면 쓴웃음을 짓고 한 일도 재삼 있었을 정도였습니다. 그 여자의 이름도 또 얼굴 생김도 기억에서는 멀리 희미해 있는 현재지만, 지금도 그 초밥 가게 주인의 얼굴만은 그림으로 그릴 수가 있을 만큼 정확하게 기억하고 있다는 것은, 그때의 그 초밥이 무척이나 맛이 없고 나에게 추위와 고통을 주었던 것 같습니다. 원래 나는 잘한다는 초밥집에 누군가의 안내로 가서 먹어 보아도 정말 맛있구나 하고 생각해본 적은 한 번도 없었습니다. 그것은 그 초밥의 크기가 너무 컸기 때문입니다. 엄지손가락만큼 꼭 쥐어 만들지 못할까 하고 언제나 생각했습니다―그 여자를 기다렸습니다.

그녀는 혼조의 목수네 이층에 세들어 있었습니다. 나는 그 이층에서 평상시의 나의 우울한 마음을 조금도 감추지 않고, 굉장히 이를 앓는 사람처럼 한쪽 손으로 볼을 괴고 차를 마셨습니다. 그리고 나의 그러한 자태가 오히려 그 사람의 마음에 든 듯싶었습니다. 그 여자도 몸 주변에 차가운 겨울바람이 불어 낙엽만이 휘날려서 완전히 고립되어 있는 그런 느낌을 주는 여자였습니다.

함께 자리에 들면서 그 사람은 나보다 두 살이 위라는 것, 고향은 히로시마, 그리고 그 여자의 말대로, 나는 남편이 있어요, 히로시마에서 이발소를 했지요, 작년 봄, 함께 도쿄로 도망쳐 왔지만, 남편은 도쿄에서 견실한 직업을 갖지 않고 빈둥빈둥하다가 그만 사기죄로 형무소에 들어갔죠, 나는 매일 이것저것 차입을 하러 형무소엘 다니고 있는데, 내일부터는 그런 일 그만두겠어요, 라는 등의 이야기를 들려주었습니다. 그런데 난 왜 그런지 여자의 신세타령이라는 것에 조금도 흥미를 가지지 못하는 성격이어서, 그게 여자의 얘기하는 방법이나 화술이 나빠서 그런지, 또는 얘기의 중점을 두는 방법이 틀려서 그런지 하여튼 나는 언제나 마이동풍이었습니다.

쓸쓸하다.

나에게는 천 마디 만 마디의 신세타령보다도 이 한 마디의 독백이 공감을 불러일으키리라고 기대하고 있지만, 이 세상 온갖 여자에게서 마침내는 한 번도 나는 그 말을 듣지 못했던 것을 기괴하다고도, 불가사의하다고도 느끼고 있습니다. 그러나 그 사람은 말로는 '쓸쓸하다'고 하지 않았습니다만, 무언중에 심한 적요감을 몸 외곽에 한 치의 두께는 될 기류 같은 것을 가지고 있어서, 그 여자에게 다가가면 이쪽 몸까지도 그 기류에 휩싸여 내가 가지고 있는 다소 가시 돋친 음울한 기류와 적당히 융합되어, '물 밑바닥 바위에 달라붙는 가랑잎'과 같이 나의 몸은 공포에서도 불안에서도 떠날 수가 있었던 것입니다.

저 백치 같은 매춘부 품속에서 안심하고 푹 잠드는, 그 느낌과는 아주 딴판이어서—첫째, 저 창부들은 명랑했지요—그 사기꾼의 아내와 지낸 하룻밤은 나에게 있어서는 행복하고—이런 어마어마한 말을 아무 거리낌없이 긍정해서 써먹는 일은 나의 이 수기 전체에 다시는 없을 것입니다—해방된 밤이었습니다.

그러나 꼭 하룻밤이었습니다. 아침에 눈을 뜨고 일어나자 나는 원래의 경박하고 가장된 어릿광대가 되어 있었습니다. 겁쟁이는 행복조차도 두려워합니다. 솜에도 상처를 입습니다. 행복으로 상처를 받는 일도 있습니다. 상처를 받기 전에 빨리 이대로 헤어지고 싶어서 초조하여, 늘 쓰는 수법이 어릿광대 노릇으로 연막을 둘러치는 것이었습니다.

"돈 떨어지면 임도 떨어진다고 하는 것은 말이야, 그건 해석이 거꾸로 된 거야. 돈이 떨어지면 여자에게 채인다는 뜻이 아니고 말이야. 사내 호주머니에 돈이 떨어지면 사내는 그저 스스로 의기소침해져서 무기력해지고 웃는 목소리에도 힘이 빠져 버리고, 그리고 야릇하게 삐뚤어지기도 하면서 말이야, 마침내는 자포자기하고 사내 쪽에서 여자를 찬다. 반미치광이처럼 되어서 차고 또 차고 마구 차 던진다는 뜻인 거야. 〈가나자와대사림金澤大辭林〉에 그렇게 씌어 있다니까. 가엾게도 말이야. 나도 그 기분 알 것 같아."

분명 그런 식으로 실없는 소리를 해서, 쓰네코가 웃음을 터뜨리고 만 기억이 있습니다. 오래 있을 필요는 없고, 악화될 우려도 있고 해서 세수도 하지 않고 재빨리 자리를 뜨기는 했습니다만, 그때 내가 '돈 떨어지면 임 떨어진다'라고 아무렇게나 지껄여댄 말이, 후에 이르러 뜻밖에 마찰을 일으킨 것입니다.

그후, 한 달 동안 나는 그 밤의 은인과는 만나지 않았습니다. 헤어지고 나서 날이 갈수록 희열은 희미해지고, 우연히 은혜를 입은 일이 오히려 겁이 나 나름대로 심한 속박을 느끼게 되었습니다. 그때 그 카페의 계산을 몽땅 쓰네코에게 부담시켰다고 하는 세속적인 일조차 차츰 걱정이 되기 시작해서, 쓰네코도 역시 하숙집 딸이나 그 여자고등사범과 마찬가지로 나를 협박하는 여자처럼 느껴져서 멀리 떨어져 있으면서도 늘 쓰네코가 무서워 겁을 내고 있었습니다. 더욱이 나는 함께 잠자리에 든 일이 있는 여자와 다시 만나면, 그 순간 괜히 불같이 화를 내고 야단을 칠 것 같은 기분이 들어서 견딜 수가 없고, 그래서 다시 만나는 일을 매우 꺼려하는 성질이었기 때문에 더더구나 긴자가 멀어지는 형편이었습니다. 그러나 그 귀찮아하고 게으름을 피우는 성격은 결코 나의 교활함에서가 아니고, 여성이라는 것은 관계를 가졌을 때와 아침에 일어났을 때와의 사이에 한 치 먼지만큼의 연결도 없으며, 완전히 망각한 것처럼 훌륭하게 두 세계를 끊고 살고 있다는 불가사의한 현상을 잘 납득하지 못했기 때문이었습니다.

11월 그믐께 나는 호리키와 함께 간다에 있는 포장마차에서 싸구려 술을 마셨는데, 이 나쁜 친구는 그 포장마차를 나선 뒤에도 다시 다른 데서 더 마시자고 주장했습니다.

이제 우리에게는 돈이 없는데도 더 마시자고 자꾸만 끈덕지게 졸라댔습니다. 그때, 나는 취해서 매우 대담하기도 했겠지만,

"좋아, 그럼 꿈나라로 데리고 가겠다. 놀라지 마. 주지육림이란……."

"카펜가?"

"그래."

"가자."

이렇게 되어서 두 사람은 시내 전차를 탔고, 호리키는

"나는 오늘 밤은 여자에 굶주려서 메말라 있어, 여종업원에게 키스해도 되겠지?"

라며 떠벌렸습니다.

나는 호리키가 그런 추태를 벌이는 것이 그다지 마음에 들지 않았습니다. 호리키도 그걸 알고 있기 때문에 나에게 그런 다짐을 두는 것이었습니다.

"괜찮지? 키스할 거다. 내 곁에 앉는 여종업원에게 꼭 키스해 보일 테니, 괜찮지?"

"상관없겠지……."

"고마워, 난 여자에 주리고 메말라 있는 거야."

긴자 4가에서 내려 그 소위 주지육림이라는 카페로, 쓰네코를 한 가닥 의지삼아 거의 무일푼으로 들어가 비어 있는

자리에 호리키와 마주보고 자리를 잡자마자, 쓰네코와 또 하나의 다른 여종업원이 달려와서 그 또 하나의 여종업원은 내 곁에, 쓰네코는 호리키 곁에 털썩 앉았습니다. 나는 정신이 번쩍 들었습니다. 쓰네코는 당장 여지없이 키스당하게 될 테니.

아깝다는 마음은 아니었습니다. 나에게는 원래 소유욕이란 희미했고, 또 어쩌다가 아까운 생각이 약간 있다고 해도, 그 소유욕을 분연히 주장해서 남과 다툴 만큼 기력도 없었습니다. 나중에 나는 나의 내연의 처가 침범당하는 것을 잠자코 보고 있었던 일조차 있었을 정도니까요.

나는 인간들의 분규에는 가능한 한 관계하지 않으려고 했습니다. 그 소용돌이에 말려들어가는 것이 무서웠습니다. 쓰네코와 나는 하룻밤의 인연이었지요. 쓰네코는 내 것이 아닙니다. 아깝다거나 하는 분수에 넘치는 욕심을 내가 가질 처지가 못 되는 것입니다. 그러나 나는 뜨끔했습니다.

내가 보는 앞에서 호리키의 맹렬한 키스를 받는, 그 쓰네코의 신세를 불쌍하게 여겼기 때문입니다. 호리키에게 더럽혀진 쓰네코는 나와는 결별하지 않으면 안 되리라. 더욱이 나에게도 쓰네코를 만류해서 내 곁에 둘 만한 적극적인 열정도 없다. 아아, 이걸로 마지막이구나 하고, 쓰네코의 불행에 한 순간 가슴이 뜨끔하기는 했지만, 곧 나는 물과 같이 담담하게 순순히 체념을 하고 호리키와 쓰네코의 얼굴을 번갈아 바라보며 히죽히죽 웃었습니다.

그러나 사태는 실로 뜻밖에 더 나쁘게 전개되었습니다.

"그만두겠다!"

하며 호리키는 입술을 일그러뜨리며 소리쳤고,

"아무리 내가 주렸다고 해도 이렇게 누추한 여자는 말이야……."

기가 막힌다는 듯이 팔짱을 끼고는 쓰네코를 훑어보며 쓴웃음을 지었습니다.

"술 줘. 돈은 없어."

나는 나지막한 목소리로 쓰네코에게 말했습니다. 그야말로 뒤집어쓰도록 마시고 싶은 심정이었습니다. 소위 속물의 눈으로 보면 쓰네코는 치한의 키스에도 값어치가 없는, 다만 초라한 가난뱅이 여자였던 것입니다. 뜻밖이라고 할까. 나는 청천벽력에 호되게 얻어맞은 기분이었습니다. 나는 아직까지 한 번도 경험하지 못했을 만큼 얼마든지 얼마든지 한없이 술을 마셨습니다. 곤드레만드레 취해서 쓰네코와 얼굴을 마주 바라보며 슬프게 미소짓고, 참 그런 소리를 듣고 보니 정말 이상하게도 지쳐 빠지고 가난에 쪼들린, 그런 것밖에는 아무것도 없는 여자구나 하고 생각하는 것과 동시에 돈없는 사람끼리의 친화―빈부의 불화는 진부한 것 같아도 역시 드라마의 영원한 테마의 하나라고 나는 지금도 그렇게 생각합니다만—바로 그 친화감이 가슴에 북받쳐 올라와서 쓰네코가 사랑스럽고, 난생 처음으로 이때 내가 먼저 적극적으로 미약하나마 연애 감정이 움직이는 것을 자각했습니다. 토했지요. 그리고 정신을 잃어버리고 말았습니다. 술을 마시고 이토록 실신할 정도로 취해본 일은 그때가 처음이었습니다.

정신이 들고 눈을 떠보니 베갯머리에 쓰네코가 앉아 있었습니다. 혼조의 목수집 이층 방에 누워 있는 것입니다.

"돈 떨어지면 임도 떨어진다고 하시더니 그게 농담인 줄 알았는데 진정이었군요. 와 주지 않았으니 말예요. 까다로운 헤어짐이군요. 내가 벌어서 먹고 살아도 안 돼?"

"안 돼!"

여자도 잠이 들었고, 그리고 날이 샐 무렵 여자의 입에서 '죽음'이라는 말이 처음으로 나왔습니다. 여자도 인간으로서의 영위에 피곤하고 지쳐 빠진 듯했고, 또 나도 세상에 대한 공포, 번거로움, 돈, 그 지하운동, 여자, 학업 등 생각하면 도저히 이 이상 견디며 살아갈 것 같지도 않고 해서 그 여자의 제안에 부담 없이 동의했습니다.

그러나 그때에는 아직 실감나게 '죽자' 하는 각오는 되어 있지 않았습니다. 어딘지 모르게 장난이라는 기분이 잠재해 있었습니다.

그날 오전, 두 사람은 아사쿠사 6가를 방황하고 있었습니다. 다방에 들어가서 우유를 마셨습니다.

"당신 계산해 줘요."

나는 일어서서 소맷자락에서 지갑을 꺼내어 열어 보니 동전이 세 닢. 수치스럽다기보다 처참한 생각이 엄습해 왔고, 순간 나의 뇌리에 떠오르는 것은 센유칸의 내 방, 제복과 이불밖에는 남겨진 것이 없고, 나머지는 전당포 거리도 될 만한 것이 하나 없는 황량한 방. 그 밖에는 지금 내가 입고 다니는 가스리 기모노와 망토, 이것이 나의 현실인 것입니다. 이런 상태로는 도저히 살아갈 수 없다는 것을 확실히 알았습니다.

내가 쩔쩔매고 있는 것을 보고, 여자도 일어서서 나의 지갑을 들여다보고,

"어머 고거야? 겨우."

무심히 하는 듯한 말이었지만, 이게 또 여지없이 뼈에 사무칠 만큼 아팠습니다. 처음으로 내가 사랑한 사람의 말이었던 만큼 아팠던 것입니다. 그거나 저거나 할 것 없이 동전 세 푼이 어디 돈이겠습니까. 그것은 내가 아직 경험해 보지 못한 기묘한 굴욕이었습니다. 도저히 살아 있을 수 없는 굴욕이었습니다. 결국 그 무렵의 나는 아직도 부잣집 도련님이

라는 족속에서 빠져 나오지 못하고 있었던 것입니다. 그때, 나는 스스로 죽어야겠다고 실제로 결심했던 것입니다.

그날 밤 우리는 가마쿠라의 바다로 뛰어들었습니다. 여자는 자기가 매고 있는 오비는 가게 친구에게서 빌린 것이니까, 라며 그 오비를 풀러 차곡차곡 개켜서 바위 위에 놓았고, 나도 망토를 벗어서 같은 곳에 놓고 함께 물에 들어갔습니다.

여자는 죽었습니다. 그리고 나는 구조를 받았습니다.

내가 고등학생인데다가 또 아버지의 이름에도 얼마만큼 뉴스 밸류가 있었던지, 신문에도 꽤 큰 문제로서 취재가 된 것 같았습니다.

나는 해변의 병원에 수용되었고, 고향에서 친척이 한 사람 달려와서 여러 가지 일들을 처리해 주었습니다. 그리고 고향에서 아버지를 비롯해서 집안사람들이 모두 무척 분노하고 있으니, 이제부터는 생가와 의절을 당할지도 모른다, 라고 나에게 선언하고 돌아갔습니다. 그러나 나는 그런 일보다도 죽은 쓰네코가 그리워서 찔끔찔끔 울고만 있었습니다. 정말 이제까지의 모든 사람들 중에서 저 가난에 쪼들린 쓰네코만을 좋아했으니까요.

하숙집 딸에게서 단가를 50수나 열거한 긴 편지가 왔습니다. '살아줘요'라는 야릇한 말로 시작되는 단가 50수였습니다. 또 나의 병실에 간호사들이 밝고 명랑하게 웃으면서 놀러 왔고, 내 손을 잡아주고 돌아가는 간호사도 있었습니다.

나의 왼쪽 폐에 고장이 있다는 것이 그 병원에서 발견됐고, 이것은 나에게는 매우 이롭게 작용하여 이후 자살방조죄라는 죄명으로 병원에서 경찰로 연행되었습니다만, 경찰에서는 나를 병자 취급 해주며 특별히 보호실에 수용해 주었습니다.

밤이 이슥해서, 보호실 옆방 숙직실에서 불침번을 서고 있던 늙은 순경이 방 사이의 문을 살짝 열고,

"이봐."

하고 나에게 말을 걸며,

"춥지? 이리 와서 불 쬐."

라고 했습니다.

나는 일부러 힘없이 고개를 숙이며, 숙직실로 들어가 의자에 걸터앉아서 화로불을 쬐었습니다.

"역시 죽은 여자가 그립겠지?"

"네."

더욱더 가냘픈 목소리로 간신히 대답했습니다.

"그게 바로 인정이란 거지."

그는 차츰 점잔을 빼기 시작했습니다.

"맨 처음 여자와 맺어진 데는 어디야."

마치 재판관처럼 거만하게 묻는 것이었습니다. 그는 나를 아이라고 업신여겨, 가을밤의 심심풀이로 마치 그 자신이 취조 주임이나 된 것처럼 나에게서 외설된 술회를 들어 보려고 유도해 나가는 속셈인 듯했습니다. 나는 재빨리 그것을 알아차리고 웃음이 금방 터져나오려는 것을 참는 데 애를 먹었습니다. 그런 순경의 '비공식 심문'에는 일체 대답을 거부해도 상관없다고 하는 것은 나도 알고 있었습니다만, 그러나 추야장장秋夜長長 긴 밤의 흥을 돋우기 위해서 나는 어디까지나 조신하게, 그 순경은 취조하는 주임이어서 형벌의 경중의 결정도 이 순경이 생각하는 데 따라 정해진다, 고 굳게 믿고 의심하지 않는 것처럼, 소위 성의를 표면에 나타내고 그의 색골스런 호기심을 적당히 만족시킬 정도로 알맞게 '진술'했던 것입니다.

"음, 그걸로 대강 알았다. 무엇이든지 정직하게만 대답한다면 우리들 쪽에서도 가감해서 생각해 준다."

"고맙습니다. 잘 부탁드리겠습니다."

아주 훌륭한 연기였습니다. 그리고 그 연기는 나를 위해서는 하나도 도움이 되지 않는 열연이었습니다.

날이 새고, 나는 서장에게 호출되었습니다. 이번엔 정식 취조를 받게 된 것입니다.

문을 열고 서장실에 들어서자마자,

"오오, 미남이로구나. 이건 네가 나쁜 게 아니다. 이런 미남을 낳은 너의 모친이 나쁜 게야."

얼굴이 가무잡잡한 대학 출신인 듯한 느낌을 풍기는 아직 젊은 서장이었습니다.

갑자기 그런 말을 듣고 나니 나는 내 얼굴 반쪽에 붉은 점이 철썩 붙어 있는 보기 흉한 불구자가 된 것처럼 비참한 마음이 들었습니다.

이 유도나 검도 선수처럼 느껴지는 젊은 서장의 취조는 실로 결단성이 있고, 어제 깊은 밤에 그 늙은 순경의 은근하고 집요한 호색적인 '취조'와는 구름과 진흙만큼의 차이가 있었습니다. 심문이 끝나고 서장은 검사국에 보낼 서류를 적어 넣으면서,

"몸을 건강하게 해야지 안 되겠구먼 그래. 혈담이 나온 것 같지 않아?"

라고 했습니다.

그날 아침, 이상하게 자꾸 기침이 나고 기침이 나올 때마다 나는 손수건으로 입을 막고 있었는데, 그 손수건에 붉은 싸락눈이 뿌려진 것처럼 핏방울이 묻어 있었던 것입니다. 그러나 그것은 목구멍에서 나온 것이 아니고 어젯밤 귀밑에 생긴 조그마한 부스럼을 만지작거렸는데 거기서 나온 피였습니다. 그러나 나는 그걸 밝히지 않는 편이 편리할지도

모르겠다는 생각이 문득 들어서, 다만,

"네."

하고 눈을 내리깔며 참하게 대답해 두었습니다.

서장은 서류를 다 쓰고 나서,

"기소가 될지 어떨지는 검사님이 결정하실 일이지만 너의 신원을 인수할 사람에게 전보나 전화로 오늘 요코하마 검사국으로 와달라고 부탁해 두는 게 좋겠다. 누군가 있겠지. 네 보호자나 보증인이나 그런 사람 말이야."

나는 아버지의 도쿄 별장에 출입하고 있던 서화 골동상을 경영하는 시부타라는 우리의 동향인으로 아버지의 비서 같은 역할도 맡았던 뚱뚱하고 키가 짤막한 40대 독신 남자가 나의 학교 보증인이 되어 있는 것을 생각해 냈습니다. 그 남자의 얼굴, 특히 눈매가 히라메(광어) 비슷하다고 해서, 아버지는 언제나 이 남자를 히라메라고 불렀고, 나도 그렇게 부르는 게 습관이 되어 있었습니다.

나는 경찰의 전화번호부를 빌려서 히라메의 집 전화번호를 찾아, 전화를 걸어 요코하마 검사국으로 와달라고 부탁했습니다. 히라메는 딴 사람처럼 거만한 말투로, 그래도 못한다고는 하지 않고 승낙해 주었습니다.

"어이, 그 전화기는 곧 소독하는 게 좋겠다. 어쨌든 혈담이 나오니까 말이야."

내가 보호실로 다시 돌아온 뒤에 서장이 큰소리로 부하들에게 명령하고 있는 소리가 보호실에 있는 나에게까지 들려왔습니다.

점심때가 지나서 가느다란 삼으로 꼰 포승으로 허리를 묶고, 망토를 걸쳐 그것을 숨긴 후, 그 포승의 한 가닥을 젊은 순경이 꼭 감아쥐고 두 사람이 함께 전차를 타고 요코하마로 향했습니다.

그러나 나는 조금도 불안하지 않았고, 그 경찰의 보호실도 늙은 순경도 그리웠습니다. 아아, 나는 왜 이럴까요. 죄인이 되어 포승으로 묶이니까 오히려 마음이 턱 놓이고 안심이 되고 조급함이 없이 침착해졌는데, 그때의 추억을 지금 쓰고 있으면서도 실로 편안하고 즐겁게 느껴지는 것입니다.

그러나 그 시기의 그리운 추억 속에도 꼭 한 가지 등에 식은땀이 흐르는, 평생 잊지 못할 비참한 실패가 있었던 것입니다. 나는 검사국의 컴컴한 방에서 검사의 간단한 취조를 받았습니다. 검사는 40세 전후의 아주 온화하고 조용한—만일 내가 미모를 지녔다면 그것은 소위 음란한 미모였음에 틀림이 없습니다. 그러나 그 검사의 얼굴은 올곧은 미모라고나 할까요. 총명하고 고요한 기색이 보였습니다—자질구레한 일에 구애되지 않고 대담한 인품을 가진 것으로 생각되었기 때문에 나도 전혀 경계하지 않고 긴장을 푼 채 멍청하게 진술하고 있었습니다. 그런데 갑자기 그놈의 기침이 나와서 소맷자락에서 손수건을 꺼냈는데, 문득 그 손수건에 묻어 있는 핏자국을 보자 이 기침도 혹시 어디 쓸모가 있을지도 모르겠구나, 하는 비열한 흥정심으로 콜록콜록하고 두어 번 덤으로 가짜 기침을 호들갑스럽게 하고 손수건으로 입을 막은 채 검사의 얼굴을 힐끗 쳐다본 순간,

"진짜야?"

조용한 미소를 띤 얼굴이 보였습니다. 식은땀이 왈칵 배어 나왔습니다. 아니, 지금 생각해도 맴을 돌고 싶어집니다. 중학 시대의 저 바보 다케이치에게 '일부러, 일부러' 하며 등을 쿡쿡 찔리던, 그래서 지옥으로 내던져진 그때의 기분, 그 이상이라고 해도 과언이 아닐 그런 기분입니다. 그것과 이것 두 가지가 나의 생애에 있어서 연기의 대실패의 기록입니다. 검사의 그 같은 조용한 모멸을 당하느니보다는 차라리 나는 10년 형을 언도받는 편이 나았을 것을...... 하고 생각한 일조차 있을 정도였으니까요.

나는 기소유예가 되었습니다. 그러나 결코 기쁘지도 않고 비참하기 이를 데 없는 기분으로 검사국 대기실 벤치에 앉아서, 신분 인수인으로 올 히라메를 기다리고 있었습니다.

등 뒤로 높은 창에 저녁노을이 붉게 비치고 갈매기가 계집녀女자 같은 글씨 모양으로 날고 있었습니다.

제3의 수기

1

다케이치의 예언이 하나는 적중하고 하나는 빗나갔습니다. 여자들이 반해 버릴 거라는 불명예스러운 예언은 적중했지만, 꼭 유명하고 훌륭한 화가가 되리라는 축복의 예언은 빗나갔습니다.

나는 간신히 조잡한 잡지의 서투른 무명 만화가가 되었을 뿐입니다.

가마쿠라 사건 때문에 고등학교에서 쫓겨나, 나는 히라메의 집 이층의 좁다란 방에서 기거하게 되었습니다. 고향으로부터는 매월 약간의 아주 적은 금액이, 그것도 나에게 직접 오는 게 아니고 히라메에게로 비밀리에 부쳐 오는 모양이었습니다만—그것도 고향의 형들이 아버지 몰래 우송한다는 형식으로 되어 있는 듯했습니다—그것도 그만 단절이 되었고, 그후 고향과의 연락도 끊기고 말았습니다. 자연 히라메는 언제나 무뚝뚝해져서 내가 비위를 맞추기 위해서 웃어도 함께 웃어 주지도 않고, 인간이란 이렇게 간단하게 그야말로 손바닥 뒤집듯이 변할 수 있을까 할 정도로 야비하게, 아니 오히려 우스꽝스럽기조차 할 만큼 변해 버렸습니다.

"외출은 안 돼요. 어찌 되었건 외출은 하지 마세요."

되풀이해서 나에게 하는 말이었습니다.

히라메는 나에게 아직도 자살할 염려가 있다고 의심하는 듯, 즉, 여자의 뒤를 쫓아 또 바다에 뛰어들 위험이 있다고 보고 있는 듯, 나의 외출을 굳게 금지하고 있는 것이었습니다. 그러나 술도 마실 수 없고, 담배도 피우지 못하고, 아침부터 밤까지 이층 골방 구석에서, 묻어 놓은 화로에 발을 쑤셔넣고 낡아빠진 옛날 잡지나 뒤적이면서 정신박약아나 마찬가지로 살고 있는 나에게는 자살하려는 기력조차도 상실되어 버렸습니다.

히라메의 집은 오쿠보의전 근처에 있었는데, 서화 골동품 상점인 '청룡원靑龍園'이라던가 하는 간판의 글씨만은 상당히 거창했지만, 한 지붕 밑에 집은 두 채로 나누어진 그 하나여서 상점의 폭도 좁고 상점 안은 먼지투성이에 별로 좋지도 않은 허드렛것만 늘어놓고 있었습니다—물론 히라메는 그 상점에 늘어놓은 허드레 물건을 가지고 장사를 하고 있는 게 아니고, 어떤 사람이 비장의 물품을 다른 사람에게 소유권을 양도하거나 할 경우 거간으로 활약해서 돈을 벌고 있는 성싶었습니다—상점을 지키고 앉아 있는 일은 거의 없고 대개는 아침부터 심각한 표정으로 서둘러 나가버리면, 집은 7~8세 되는 꼬마가 혼자 봅니다. 이게 나를 감시하는 역할을 맡고 있는 셈인데, 틈만 있으면 근처의 아이들과 밖에서 공받기 등을 하면서도 이층에 있는 식객을 마치 멍청이나 미치광이 정도로 생각하고 있는 듯, 어른의 설교를 흉내내어 나에게 타이르는데, 나는 누구하고도 언쟁을 못하는 체질이어서 피곤한 듯 감탄하는 듯한 표정으로 그 설교에 귀를 기울이고 복종하곤 했습니다. 이 꼬마 녀석은 시부타의 사생아인데, 거기에도 또 묘한 사정이 있어서 시부타와는 부자간이라는 것도 밝히지 않고, 또 시부타가 죽 독신 생활을 하고 있는 것도 그러한 데 얽힌 이유가 있어서인 듯, 나도 이전에 집안사람들에게서 그러한 수군거림을 들은 것 같은 기억이 있지만, 원래 남의 신상에는 별로 흥미를 가지지 않는 편이기 때문에 깊은 사연은 아무것도 모릅니다. 그러나 그 어린 꼬마 녀석의 눈매에서도 기묘하게 물고기 눈 같은 인상이 연상되는 데가 있었습니다. 저건 혹시 진짜 히라메의 사생아…… 그러나 그게 정말이라면 진정 쓸쓸한 부자간이었습니다. 밤늦게 이층에 있는 나에게는 몰래 둘이서 메밀국수를 시켜다가 말없이 먹는 일도 있었습니다.

히라메의 집에서는 언제나 식사 준비는 꼬마 녀석이 했는데, 이층 식객의 식사만은 따로 상을 차려서 꼬마 녀석이 하루 세 끼 꼬박꼬박 들어다 주었고, 히라메와 꼬마 녀석은 아래층의 지분지분한 작은 방에서 무엇인지 덜그렁덜그렁 접시나 공기 따위가 부딪치는 소리를 내면서 바쁜 듯이 먹어치우는 것이었습니다.

3월 그믐께 어느 날 저녁, 히라메는 뜻밖의 벌이라도 했는지 또는 무슨 다른 책략이라도 세웠는지―이 두 가지 추측이 다 맞아떨어졌다 하더라도 아마 또 다른 몇 가지인가 나 같은 것은 도저히 추측하기 어려운 아주 자잘한 원인도 있었겠지만―나를 아래층 반주함까지 곁들여 있는 식탁으로 초청해서 히라메답지도 않게 삼치회에, 이 성찬의 주인공 스스로 감탄하고 칭찬하며 얼떨떨해져 있는 이 식객에게도 약간의 술을 권하고는,

"도대체 앞으로 어찌할 셈이죠? 앞으로 말이오."

나는 그 말에 대답은 하지 않고 상 위에 놓인 접시에서 눌러 말린 멸치를 집어 그 멸치의 눈알을 바라다보고 있노라니까, 조금 마신 술기운이 솔솔 올라와서 자유롭게 놀러 다니던 시절이 그리워지고, 호리키조차 그리워지며, 진정 '자유'를 가지고 싶어져서 문득 가냘프게 울상이 되었습니다.

나는 이 집에 온 뒤로는 어릿광대 노릇을 연출할 의욕조차 나지 않아 그저 그냥 히라메와 꼬마 녀석의 멸시 속에 몸을 맡겼고, 히라메 쪽에서도 또 나와 친근하게 털어놓고 긴 얘기 하기를 꺼려하고 있는 듯한 눈치여서 나도 그러한 히라메에게 무엇인가 호소할 생각은 털끝만큼도 없었으므

로, 나는 거의 얼빠진 표정으로 철저하게 식객 노릇을 하고 있었던 것입니다.

"기소유예란 전과 몇 범이라든가 하는 그런 축에는 끼지 않는 모양입니다. 그러니까 뭡니까, 본인의 행실 하나로 갱생을 할 수가 있다는 것이죠. 도련님이 만일 마음을 고쳐먹고 나에게 진정으로 상의를 해준다면 나도 생각해 보겠습니다."

히라메의 얘기는 아니 세상 모든 사람들의 말투에는, 이런 식으로 복잡하고 그러면서도 어딘가 몽롱한 구석이 있어서 빠져나갈 구멍이라도 찾고 있는 듯한 미묘한 복잡성을 띠고 있습니다. 그 거의 무익하게 여겨지는 엄중한 경계와 수를 헤아릴 수 없을 정도의 성가신 계교에 언제나 나는 당황하고, 아무려면 어떠냐 하는 기분이 되어서 어릿광대짓으로 얼버무려 버리는, 또는 말없이 고개를 끄덕끄덕해서 일체를 일임한다고 하는, 말하자면 패배의 태도를 취해 버리는 것이었습니다.

이때에도 히라메가 나에게 다음과 같이 간단하게 보고를 해주었으면 끝나는 것을 훨씬 후에 이르러서 알았고, 히라메의 불필요한 조심성, 아니 세상 사람들의 알 수 없는 허영이나 형식에 말할 수 없이 우울한 지경에 빠졌습니다.

히라메는 그때, 다만 이렇게 말하면 되는 것이었습니다.

"관립이건 사립이건 하여간 4월부터는 어디라도 좋으니

학교에 들어가십시오. 도련님의 생활비는 학교에만 들어간다면 고향에서 좀더 충분히 보내오기로 되어 있으니까요."

훨씬 후에 알게 되었지만, 그것은 사실이었습니다. 그리고 나도 그 명령에 복종했을 것입니다. 그런데 히라메는 쓸데없는 조심성으로 빙빙 돌려서 말을 했기 때문에, 묘하게 꼬여서 나의 삶의 방향도 전혀 바뀌고 만 것입니다.

"진지하게 나에게 상의를 해줄 마음이 없다면 하는 수 없지만요."

"어떤 상의?"

나는 전혀 짐작이 가지 않았던 것입니다.

"그야 본인의 가슴속에 있는 일이겠지요?"

"이를테면?"

"이를테면이라니, 도련님 자신은 이제부터 어떡할 생각이시죠?"

"일자리라도 찾아야 하나요?"

"아니, 본인의 생각은 도대체 어떤 건가요?"

"그렇다고 학교에 들어간다 해도……."

"그야 돈이 들지요. 그러나 문제는 돈이 아니라 도련님의 마음가짐이에요."

돈은 고향에서 보내오기로 돼 있으니까, 라는 한마디를 왜 해주지 않았을까요. 그 한마디에 의해서 나의 마음도 결정이 되었을 터인데, 나에게는 히라메의 말은 다만 오리무중일 뿐이었습니다.

"어때요, 무슨 장래의 희망이라든가 하는 것이 있습니까? 도대체 사람을, 한 사람을 돌봐준다는 것이 얼마나 어려운 일인지, 신세를 지는 편에서는 알 수 없을 것입니다."

"미안해요."

"그야 진정 걱정입지요. 나도 일단 도련님의 후견을 맡고 있는 이상, 도련님 쪽에서도 엉거주춤한 생각으로 지낸다면 곤란합니다. 아주 훌륭하게 재생의 길을 찾아야 한다는 단단한 각오를 보여주셔야 하겠어요. 이를테면 자신의 장래에 대한 방침, 그걸 도련님 쪽에서 나한테 상의해 주신다면 나는 그 상의를 받아들일 작정입니다. 그야 어쨌든 이런 가난뱅이 히라메의 원조이고 보면 예전과 같이 호사스러운 것은 바라지도 못하겠고, 실망도 하겠지요. 그러나 도련님의 생각이 확고부동해서 장래의 방침을 분명하게 세우고 그 다음에 나한테 상의를 해온다면, 나는 설사 그게 작은 원조라 할지라도 도련님의 갱생을 위해서 거들어드리겠다고 생각하고 있는 것입니다. 아시겠어요, 나의 마음을? 도대체 앞으로 어찌할 생각이십니까?"

"이 집 이층에 있게만 해준다면 일자리를 구해서……."

"아니 진정으로 그렇게 생각하시는 겁니까? 지금이 어떤 세상인데 설령 제국대학을 나왔다 하더라도……."

"아니오. 월급쟁이가 된다는 것이 아니고요."

"그럼 뭐예요?"

"화가가 되는 겁니다."

아주 결단성 있게 그렇게 말했습니다.

"헤에……."

나는 그때 목을 움츠리면서 웃던 히라메의 얼굴에 떠올랐던 그토록 교활한 그림자를 잊을 수가 없습니다. 경멸하는 듯도 하고, 아니 그보다도 이 세상을 바다로 견주어 보면 그 바다의 천길 만길 깊은 곳에 그러한 기묘한 그림자가 흔들리고 있는 듯해서, 어쩐지 어른들의 생활의 깊은 곳을 힐끗 들여다본 그런 웃음이었습니다.

그런 말이라면 얘기가 되지 않는다. 조금도 확고한 마음가짐이라고 느껴지지 않는다. 좀더 생각해 보아요. 오늘 하룻밤 진지하게 생각해 보아요, 라고 하는 히라메의 말에 쫓기듯이 이층으로 올라와 잠자리에 들었어도 뾰죽한 생각은 떠오르지 않았습니다. 그러는 동안에 새벽이 되고 나는 거기서 도망을 쳤습니다.

저녁 무렵에 꼭 돌아오겠습니다. 별도로 적어 놓은 친구의 집에 장래 방침을 상의하러 다녀오겠으니 심려하지 마십시오. 꼭입니다.

라고 편지지에 연필로 커다랗게 쓰고 거기에 아사쿠사의 호리키 마사오의 주소 성명을 적어놓고 히라메의 집을 살짝 빠져 나왔습니다.

히라메의 설교에 분통을 터뜨리고 도망친 것은 아니었습니다. 정말 나는 히라메의 말대로 확고한 주관을 가진 사람이 못 되고, 장래의 방침이건 무엇이건 도무지 나 자신이 종잡을 수가 없는데, 더 이상 히라메의 집에서 신세를 진다는 것은 히라메에게도 딱한 일이려니와, 그냥 있어 보다가 만일 나에게도 분발할 생각이 들어 방침을 세워 본다 한들 그 갱생의 자금을 가난뱅이 히라메에게서 매달 원조를 받는다고 생각하면 말할 수 없이 마음이 괴로워 견뎌내지 못할 일이었기 때문입니다.

그러나 나는 소위 '장래의 방침'을 호리키 같은 인간에게 상의하러 가려고는 진심으로 생각지도 않았고, 그러기 위해서 히라메의 집을 뛰쳐나온 것도 아니었습니다. 그건 다만 얼마만큼 잠시 동안이라도 히라메에게 안심을 시켜 두고 싶어서—그 안심하고 있는 동안에 조금이라도 더 멀리 도망치고 싶다는 탐정소설 같은 책략에서 그런 쪽지를 써 놓았다기보다는, 아니 그런 생각도 조금은 있었음이 분명하지만, 그보다는 역시 나는 갑자기 히라메에게 충격을 주어서 그를 혼란스런 걱정에 몰아넣는 일이 무서웠기 때문이라고 하는 편이 어느 정도 정확할지도 모릅니다. 어차피 폭로될 것이 뻔한 노릇인데, 곧이곧대로 말하기가 두려워 반드시 무엇인가 장식을 하는 것이 나의 슬픈 버릇의 하나였습니다. 그것은 세상 사람들이 '거짓말쟁이'라 하며 업신여기는 성격과 비슷하지만, 그러나 나는 나에게 이익을 가져오기 위해서 위장을 한 일은 거의 없고, 다만 분위기의 흥이 깨어지는 그 변화가 질식할 만큼 겁이 나고, 후에 나에게 반드시 불리한 일이 닥칠 것임을 알고 있으면서도, 상례처럼 있는 나의 '필사적인 봉사', 그것이 설사 비뚤어진 그리고 미약하고 어리석은 바보 같은 일일지라도, 그 봉사의 마음에서 마침내는 한 마디 겉치레를 하고야 마는 경우가 허다했던 것 같습니다. 그러나 이 습성마저도 또 세간의 소위 '정직한 자'들로부터 기회로 삼도록 이용당하게 되었습니다—그때 문득 기억의 밑바닥에서 떠오른 대로 호리키의 주소와 성명을 편지지 끝에 적어 놓은 것뿐이었습니다.

나는 히라메의 집을 나와서 신주쿠까지 걸어서 들고 나온 책을 팔았지만 역시 앞일이 막연해서 어떻게 해야 하지 쩔쩔맸습니다. 나는 여러 사람들에게 친절한 대신 '우정'이란 것을 한 번도 실감해본 일이 없고, 호리키 같은 놀기 위한 친구는 별도로 하고라도 모든 일체의 교제는 다만 고통을 느낄 뿐이었습니다. 그 고통을 풀어볼 셈으로 열심히 어릿광대 노릇을 하고, 그럼으로써 오히려 지쳐 빠졌습니다. 겨우 안면이 있는 사람의 얼굴을, 아니 그와 비슷하게 생긴 얼굴을 가진 사람만 거리에서 발견하기만 해도, 가슴이 털썩 내려앉는 듯 그 한 순간 현기증이 날 정도로 불쾌한 전율에 엄습당할 지경으로, 남에게 호감을 얻는 일은 알고 있으나 남을 사랑하는 능력은 결여되어 있는 성싶습니다.―물론, 나는 세상 사람에게도 과연 '사랑'의 능력이 있는지 없는지 무척 의심스럽게 생각합니다―그와 같은 나에게 소위 '친구'라는 것이 생길 턱이 없고, 더구나 나에게는 '방문'하는 능력조차도 없었던 것입니다. 남의 집 대문은 나에게 있어서, 저 〈신곡新曲〉의 지옥문 이상으로 기분 나쁜 것이었고, 그 문 안쪽에서 무시무시한 용 같은 비린내 나는 괴물 짐승이 몸을 뒤척거리고 있는 기미를, 과장이 아니라 실감하고 있었던 것입니다.

누구하고도 사귐이 없다. 어디에도 찾아가지 않는다.

호리키.

그야말로 농담에서 망아지가 나온 격이지요. 그 편지 쪽지에 적은 대로 나는 아사쿠사의 호리키를 찾아가기로 했던 것입니다. 지금까지 내 쪽에서 호리키를 찾아간 일은 한 번도 없고, 대개는 전보로 호리키를 불러내어서 오게 하였으나, 지금은 그 전보 요금조차도 불안했고, 더구나 이렇게 몰락된 몸의 자격지심으로 생각해 보니, 전보를 치는 것만으로는 호리키가 와주지 않을지도 몰라서, 무엇보다도 자신이 싫어하는 '방문'을 결심하고는 한숨을 쉬면서 전차를 탔습니다. 그러나 나는 이 세상에서 단 하나뿐인 의탁의 줄이 겨우 호리키일까 생각하니 등이 오싹해지고 처참한 기분이 엄습해 왔습니다.

호리키는 집에 있었습니다. 지저분한 골목 안쪽의 이층집인데, 호리키는 이층 6조방 하나만을 쓰고 있고, 아래층에는 호리키의 늙은 부모님과 젊은 직공 세 사람이 게다의 끈을 꿰매기도 하고 두드리기도 하며 제조하고 있었습니다.

호리키는 그날 그의 도시인으로서의 일면을 나에게 보여주었습니다. 그것은 세속적으로 말해서 빈틈없는 약삭빠른 깍쟁이였습니다. 시골뜨기인 내가 눈을 크게 뜨고 놀라움을 숨기지 못할 정도로 냉랭하고 교활한 에고이즘이었습니다. 나처럼 그냥 그칠 줄 모르고 흐르는 그런 성격의 사나이가 아니었던 것입니다.

"넌 정말 기가 막혀 말이 안 나오는구나. 너의 아버지에게서 용서는 받았어? 아직도야?"

거기다 대놓고 도망쳐 왔다고는 할 수가 없었습니다.

나는 나의 버릇내로 얼렁뚱땅 속였습니다. 지금 금방 호리키에게 탄로가 날 것이 뻔한 노릇인데도 속였습니다.

"그야 어떻게 되겠지, 뭐."

"야, 웃을 일이 아냐. 충고하는데 말이야, 밥통 같은 짓도 이쯤해서 그만둬야 해. 난 오늘 볼일이 있는데, 요즘 생기는 것 없이 꽤나 바빠서 말이야."

"볼일이라니 무슨."

"야, 야, 그 방석 실 뜯지 말아라."

나는 얘기를 하면서 내가 깔고 앉아 있는 방석 귀퉁이의 술을 잡아당기기도 했고 잡아쥐고 주물러 대기도 했던 것입니다. 물론 무의식적으로 한 노릇이지요. 호리키는 자기네 집 물건이라면 방석의 실 한 오라기라도 아까운 모양이어서 겸연쩍은 기색도 없이, 그야말로 눈을 세모꼴로 추켜올리며 나에게 힐책을 하는 것이었습니다. 생각해 보면 호리키는 나와의 교제에서 무엇 한 가지 잃은 것은 없었던 것입니다.

호리키의 노모가 단팥죽을 두 그릇 쟁반에 놓아 들고 들어왔습니다.

"야, 이건……."

하며 호리키는 진정 효자나 되는 것처럼 노모를 향해서 죄송스러운 표정을 짓고 말투도 부자연스러울 정도로 정중하게,

"죄송합니다. 단팥죽이라니. 정말 이건 호화판인데요. 이

런 걱정 안하셔도 괜찮은 걸요. 볼일이 있고 해서 금방 외출해야 하는데요. 그래도 모처럼 어머니 솜씨 자랑하시는 단팥죽인데 감사히 먹겠습니다. 자, 자네도 한 그릇 어때. 어머니께서 일부러 끓여 주신 것이니…… 야아, 이거 맛 좋구나. 진짜 호화판인데…….”

연극만도 아닌 듯 몹시 기뻐하며 허겁지겁 먹는 것이었습니다. 나도 그걸 마셔 보았습니다만 맹물 냄새가 났고, 떡도 입에 넣어 보았지만 그건 분명 떡은 아니었는데 나로서는 알 수 없었습니다. 결코 그들의 가난함을 멸시하는 것은 아니었습니다.—나는 그때, 그게 맛이 없다고 여기지도 않았지만 노모의 친절은 절실히 고맙게 느꼈습니다. 나에게는 가난에 대한 공포감은 있었을지언정 경멸감은 없다고 자부합니다—그 단팥죽과, 그리고 그 단팥죽을 보고 좋아하던 호리키에 의해서, 나는 도시 사람의 알뜰한 본성, 또 한편 안과 밖을 정확하게 구별하며 영위하는 도쿄인들의 가정의 실체를 발견하자, 속도 겉도 변함이 없고 딴 생각 없이 인간의 생활에서 도망쳐서 헛돌기만 하는 둔한 나 자신 혼자만이 완전히 뒤에 남고, 호리키에게까지 버림을 받은 것 같은 느낌 때문에 당황하여 칠이 벗겨진 젓가락을 움직이며 참을 수 없는 쓸쓸함을 느꼈다는 것을 적어 두고 싶습니다.

“안됐지만 난 오늘 좀 볼일이 있어서 말이야.”

호리키는 일어서서 윗도리를 입으며 말했습니다.

"난 좀 실례해야겠어. 안됐는데."

그때 호리키를 찾아온 여자 방문객이 있어서 나의 신상에도 급전환이 일어났습니다.

호리키는 갑자기 활기를 띠고,

"아니 죄송합니다. 지금 막 그쪽으로 찾아가 뵐까 하고 있었는데요. 이 사람이 갑자기 찾아와서 그만, 괜찮아요. 자, 어서 들어오세요."

무던히도 당황해하는 모습으로, 깔고 앉은 방석을 내가 빼내서 뒤집어 놓고 권하는 것을 다시 또 뒤집어서 밀어 놓으며 그 여자 손님에게 권하는 것이었습니다. 이 방에는 호리키가 늘 까는 방석 외에는 손님용 방석이 하나밖에 없었던 것입니다.

여자 손님은 마르고 키가 큰 사람이었습니다. 그 방석은 곁으로 밀어놓고, 들어오는 문 가까운 방 한구석에 앉았습니다.

나는 멍청히 두 사람의 대화를 듣고 있었습니다. 여자는 잡지사에서 온 사람인 듯, 호리키에게 컷인지 무엇인지를 부탁해 두었던 모양인데, 그걸 찾으러 온 것 같았습니다.

"서둘러야 할 것 같아서요."

"네, 다 돼 있습니다. 버얼써 해 놓았는데요. 자, 이겁니다."

전보가 날아들어왔습니다.

호리키는 그것을 읽고 나더니 지금까지 환하던 얼굴이 금방 험악해지면서,

"쳇, 자아식 이게 어찌 된 거야?"

그건 히라메로부터 온 전보였습니다.

"여하튼 빨리 돌아가 줘. 내가 널 전송이라도 해주었으면 좋겠지만 난 지금 그럴 틈이 없어. 아니 가출한 인간이 그렇게 태평한 얼굴을 하고 있다니, 기가 막혀서."

"댁이 어느 쪽이세요?"

"오쿠보입니다."

후딱 그렇게 대답을 하고 말았습니다.

"그럼 회사 근처니까……."

그 여자는 고슈 태생으로 스물여덟 살이었습니다. 다섯 살짜리 계집아이와 고엔지 아파트에 살고 있었습니다. 남편과 사별한 지 3년이 된다고 했습니다.

"당신은 무척 고생하며 자란 사람 같아요. 뭐든지 재치 있게 처리를 해요. 딱하군요."

처음으로 나는 남자 첩살이 같은 생활을 했습니다. 시즈코—그 여기자의 이름이었습니다—가 신주쿠에 있는 잡지사에 출근하고 나면, 나는 시게코라고 부르는 다섯 살짜리 계집아이와 둘이서 얌전하게 집을 지키고 있었습니다. 이제까

지는 엄마가 나가고 나면 시게코는 아파트 관리인 방에서 놀고 있었던 모양인데, 눈치 빠르고 재간 있는 아저씨가 함께 놀아주는 상대로 나타났기 때문에 굉장히 기분이 좋은 모양이었습니다.

  일주일쯤 그런대로 나는 거기에 있었습니다. 아파트 창문 앞의 전선에 무사 모양으로 만든 종이 연이 하나 실이 엉켜 걸려 있어서, 먼지를 말아올리는 봄바람에 흔들리고 찢겨도 여간해서 풀리지 않고 고집스럽게 전선줄에 매달려 때로는 무사의 얼굴이 끄덕끄덕하기도 했으므로, 나는 그것을 볼 때마다 쓴웃음을 짓고 괜히 얼굴이 붉어지기도 하며 꿈을 꾸기도 하고 가위에 눌리기조차 했습니다.

  "돈이 좀 있었으면 좋겠군."

  "······얼마나?"

  "많이······ 돈 떨어지면 임도 떨어진다는 말은 정말이야."

  "우습지도 않아. 그런 케케묵은······."

  "그래? 그렇지만 당신은 몰라. 이대로 나간다면 난 도망칠지도 몰라."

  "도대체 어느 쪽이 가난뱅이란 말예요. 그리고 어느 쪽이 도망가는 거예요. 참 이상하군 그래."

  "나 자신이 벌어서 그 돈으로 술, 아니 담배를 사고 싶어. 난 그림도 호리키보다는 훨씬 잘 그릴 수 있거든."

이럴 때, 나의 뇌리에 저절로 떠오르는 것은 그 중학교 시절에 그린, 다케이치가 소위 '괴물'이라고 하던 몇 장의 자화상이었습니다. 상실된 걸작. 그 그림은 몇 번인가 이사를 다니는 동안에 없어지고 말았지만 그 그림만은 확실히 우수한 작품이었다는 생각이 드는 것이었습니다. 그 후, 여러 가지로 그려 보았지만, 그때 그 추억 속의 걸작에는 도저히 따르지 못하고, 나는 언제나 가슴이 텅 비어 가는 나른한 상실감 또는 고민에 계속 시달려 왔던 것입니다.

마시다 남은 한 잔의 압생트.

나는 그 영원한 보상할 수 없는 상실감을 남몰래 이렇게 형용하고 있었습니다. 그림 얘기가 나오면, 내 눈앞에 그 마시다 남은 한 잔의 압생트가 어른거려서 아아, 그 그림을 이 여자에게 보여 주었으면 하고, 그리고 나의 그림 재주를 믿게끔 해주고 싶은 초조감으로 몸부림치는 것이었습니다.

"후후, 글쎄, 당신은 시치미를 뚝 떼고는 농담을 하니까 귀여워."

농담이라니 진정인데. 아아, 그 그림을 보여 주고 싶다, 하고 헛도는 고민을 하며 문득 기분을 고치고 체념하면서,

"만화 말이야. 적어도 만화라면 호리키보다 잘 그릴 자신 있어."

이 속임수 어릿광대의 말이 오히려 진지하게 받아들여졌

습니다.

"그건 그래요. 나도 실은 감탄하고 있었어요. 시게코에게 늘 그려주는 만화를 보다 보면 나도 그만 웃음이 터지곤 해요. 해 보시겠어요? 우리 회사 편집장에게 부탁해도 좋아요."

그 잡지사에서는 아이들을 상대로, 그리 유명하지 않은 월간 잡지를 간행하고 있었던 것입니다.

……당신을 보고 있노라면 대개의 여자는 무엇인가 거들어주고 싶어서 못 견디게 돼…… 언제나 겁먹은 듯하면서도, 그래도 아주 익살꾼이거든…… 때로는 몹시 침울해하고 있지만. 그 모습이 더한층 여자의 마음을 안타깝게 해주고 있어.

시즈코는 여러 가지 말로 치켜세우지만, 그것이 곧 남자 첩살이의 치사스러운 특질이라고 생각하면 그야말로 점점 더 침울해질 뿐, 통 기운이 나지 않았다. 여자보다는 돈, 어찌 되었건 시즈코에게서 빠져나가서 자활하고 싶다고 은근히 생각하며 이리저리 궁리를 해보았지만, 오히려 더욱 시즈코에게 의지하지 않을 수 없는 지경에 이르고, 집을 뛰쳐나온 뒤치다꺼리나 기타 등등 거의 전부를 이 남자 뺨칠 고슈 여자의 신세를 지고 보니, 나는 더한층 시즈코에 대해서 그 '겁먹은' 모습을 할 수밖에 없는 결과가 되어 버렸던 것입니다.

시즈코의 주선으로, 히라메, 호리키, 시즈코 이 세 사람의 회담이 성립되어, 나는 고향집으로부터 완전히 절연당하고, 시즈코와 세상에 내놓고 부부 생활을 하게 되었습니다. 또 한편 역시 시즈코의 노력으로 내가 그리는 만화가 뜻밖에도 수입이 되어, 나는 그 돈으로 술도 담배도 사게 되었지만, 나의 불안과 답답증은 더욱 더해갈 뿐이었습니다. 그야말로 침울할 대로 침울한 기분으로 시즈코네 잡지에 연재되는 만화, '긴다 씨와 오다 씨의 모험'을 그리고 있노라면, 문득 고향집이 생각나서 너무도 쓸쓸하여 그만 펜이 움직여지지 않아 고개를 숙인 채 눈물을 흘린 적도 있었습니다.

그러한 때의 나에게 있어서 가냘프게나마 구원이 되는 것은 시게코였습니다. 시게코는 요즈음에 와서는 나를 아주 자연스럽게 '아빠'라고 부르고 있었습니다.

"아빠, 기도를 하면 하느님이 무엇이든지 다 주신다는 것 정말이야?"

나야말로 그런 기도를 하고 싶었습니다. 아아, 나에게 냉정한 의지를 주시옵소서. 나에게 '인간'의 본질을 깨닫게 해주소서. 사람이 사람을 밀어젖혀도 죄가 되지 않습니까? 나에게 분노의 마스크를 주시옵소서.

"그래, 그렇단다. 시게코에게는 무엇이나 다 주시겠지만 아빠에게는 허사일지도 몰라."

나는 하느님에게조차도 겁을 먹고 있었습니다. 하느님의 사랑을 믿을 수 없었고, 하느님의 벌만을 믿고 있었던 것입니다. 신앙. 그것은 다만 하느님의 채찍을 향하는 일같이 생각되었던 것입니다. 지옥은 믿어지지만 천국의 존재는 도저히 믿어지지 않았던 것이지요.

"왜 아빠는 안 돼?"

"부모님 말씀을 어겼으니까."

"그래? 아빠는 참 좋은 사람이라고 모두들 그러는데……"

그야 속이고 있으니까 그렇지. 이 아파트 사람들 모두에게 내가 호의로 대접받고 있다는 것은 나도 알고 있습니다. 그러나 나는 모두를 얼마나 공포로 대하고 있는지, 공포로 대하면 대할수록 더 나를 좋아들 하고, 그리고 이쪽에서는 호의로 대접을 받으면 받을수록 공포에 떨고, 모두로부터 떠나지 않으면 안 되는 이 불행한 병적 성격을, 시게코에게 설명해서 들려준다는 일은 지극히 어려운 일이었습니다.

"시게코는 대체 하느님께 무엇을 조를 셈이지?"

나는 무심한 듯이 그렇게 이야기를 돌렸습니다.

"시게코는 말이야, 시게코의 진짜 아빠를 가지고 싶어."

가슴이 털썩 내려앉고 눈이 아찔해서 현기증이 났습니다.

적. 내가 시게코의 적인지, 시게코가 나의 적인지 여하튼 여기에도 나를 위협하는 무서운 어른이 있었던 것입니다. 타인, 알 수 없는 타인, 비밀투성이인 타인, 시게코의 얼굴이 갑자기 그렇게 보였습니다.

시게코만은, 이라고 생각하고 있었는데, 역시 이 애도 저 '느닷없이 등에를 때려잡는 쇠꼬리'를 가지고 있었던 것입니다. 나는 그 이후, 시게코에게조차도 겁을 먹지 않으면 안 되게 되었습니다.

"색마! 집에 있나?"

호리키가 또 나를 찾아오게 되었던 것입니다. 그날, 내가 집을 뛰쳐나오던 날 그토록 나를 실망시켰던 사나이지만 그래도 나는 거부하지 못하고 희미한 미소로 맞아들이는 것이었습니다.

"자네 만화가 굉장한 인기를 얻고 있다더군. 아마추어에게는 하룻강아지 범 무서운 줄 모르는 똥배짱이 있기 때문에 당해낼 수가 없지. 그렇지만 안심하지 마라. 데생이 도무지 돼 있질 않으니까."

스승 같은 태도마저 취하는 것이었습니다. 나는 그 '괴물' 그림을 이 자에게 보여주면 어떤 표정을 할까 하며, 습관적으로 헛도는 몸부림을 치면서,

"그런 소리 하지 마. 모골이 송연해지니까."

호리키는 거 보라는 듯이 득의만만해서,

"세상을 용케 살아가는 처세의 재능만으로는 언젠가는 밑바닥이 드러나는 법이니까 말이야."

처세의 재능…… 나로서는 진정 쓴웃음밖에는 나오지 않았습니다. 나에게 처세술의 재능이 있다니! 그런데 나처럼 인간을 두려워하고 피하고 속여넘기고 있는 것은, 아마도 속담에 '귀신도 건드리지 않으면 재앙을 주지 않는다'라는 말처럼, 영리하고 교활한 처세훈을 받들고 있는 것과 같은 것입니다. 아아, 인간은 서로서로가 상대방에 대해서 아무것도 모르고 전혀 틀린 견해를 가지고 있으면서도, 둘도 없는 친구인 양 평생 동안 그걸 알아차리지 못하고, 그 상대자가 죽으면 울먹이면서 조사弔詞 따위를 읽는 게 아닐까요.

호리키는 어쨌든—그야 시즈코에게 강요당하다시피 해서 떨떠름하게나마 승낙한 게 틀림없는 일이겠지만—내가 집을 뛰쳐나온 뒤치다꺼리를 입회해준 사람이기도 하기 때문에, 마치 무슨 나의 갱생의 대은인이나 중매쟁이나 된 것처럼 행세하며, 당연한 것처럼 나에게 설교를 하기도 하고 또 밤늦게 술에 취해 가지고 와서 자고 가기도 하고, 또 5엔—정해 놓고 5엔이었습니다—을 빌려 가기도 하곤 했습니다.

"그러나 자네 색도락도 이 정도에서 그쳐야지. 그 이상은 이 세상이 용서를 하지 않으니까 말이야."

세상이란 도대체 무엇이란 말입니까? 인간의 복수複數일까요? 어디에 그 세상이라는 것의 실체가 있는 것일까요. 그러나 어찌 되었건 강하고 엄격하고 무서운 것이라고만 생각하면서 지금까지 살아왔는데, 새삼스럽게 호리키에게 그런 말을 듣고 나니, 문득,

'세상이란 자네를 두고 하는 말이 아닌가.'

라는 말이 혀끝까지 밀려 나왔지만, 호리키를 화나게 하는 게 싫어서 도로 밀어넣었습니다.

(그건 세상이 용서하지 않는다.)

(세상이 아니고 자네가 용서하지 않는 거겠지.)

(그 따위 짓을 하면 세상으로부터 혼구멍이 날 거다.)

(세상이 아니고 자네겠지.)

(두고 봐. 세상에서 매장되고 만다.)

(그건 세상이 아니고 자네가 매장하겠지.)

너! 너 개인의 그 무서움, 괴상하고 기괴함, 악랄, 늙은 너구리의 근성, 요망스런 할멈 같은 심술 등등 가지가지의 말이 가슴 속에서 오갔으나, 나는 그저 얼굴의 땀을 손수건으로 닦으면서,

"식은땀, 식은땀."

하고 웃었을 뿐이었습니다.

그러나 그때 이후, 나는—세상이란 개인을 두고 하는 말

이 아닌가—라는 사상 같은 것을 가지게 된 것입니다. 그리고 세상이란 것은 개인을 두고 하는 말이 아니겠는가, 라고 생각하기 시작하면서부터 나는 이제까지와는 약간 달리 다소는 자신의 의사로 움직일 수가 있게 되었습니다. 시즈코의 말을 빌린다면 나는 좀 방종해지고 겁에 질리지도 않게 되었다는 것입니다. 또 호리키의 말을 빌린다면 이상하게 인색해졌다는 것입니다. 또 시게코의 말에 의하면 그다지 시게코를 귀여워해 주지 않는다는 것입니다.

말없이 웃지도 않고 매일매일 시게코를 보살펴 주면서, '긴다 씨와 오다 씨의 모험'이랑 '태평스런 아버지'의 뚜렷한 아류인 '태평스런 스님'이랑, 또 '성급한 핀짱'이라는 나 자신도 뭐가 뭔지 알 수 없는, 될 대로 되라는 식의 제목이 붙은 연재만화 따위를 여러 출판사의—차츰차츰 시즈코의 회사가 아닌 다른 회사의 주문도 들어오게 되었습니다만 그런 회사는 모두 시즈코의 회사보다도 더 저질인, 소위 삼류 출판사로부터의 주문뿐이었습니다—청탁을 받아들여, 진정 진정 우울하고 음산한 기분으로 슬슬—내 그림붓의 움직임은 매우 더딘 편이었습니다—지금은 다만 술값이 욕심이 나서 그렸습니다. 그리고 시즈코가 회사에서 돌아와서 집에 들어서면 마치 교대라도 하듯 홀쩍 밖으로 나와, 고엔지 역 근방에 있는 포장마차나 스탠드바에서 싸고 독한 술을 마시

고 조금은 명랑해져서 아파트로 돌아와서,

"보면 볼수록 괴상한 얼굴을 하고 있군, 넌 말이야. 태평스런 스님의 얼굴은 실은 시즈코의 잠자는 얼굴에서 힌트를 얻은 거야."

"당신 잠자는 얼굴도 늙어빠진 것처럼 보여요. 마흔이 넘은 사내 같아."

"다 시즈코 때문이야. 모조리 빨렸거든. 물의 흐름과 사람의 신세는…… 무엇을 걱정하리, 바람 부는 대로 흔들리는 강가의 버들이지."

"떠들지 말고 빨리 주무세요. 그게 아니면 저녁 드시겠어요?"

침착하기 이를 데 없이 전혀 상대도 하지 않습니다.

"술이라면 마시지만…… 물의 흐름과 사람의 몸은…… 사람의 흐름과…… 아니, 물의 흐름과 물의 신세는……."

노래를 하며 시즈코가 옷을 벗겨주고 그 시즈코의 가슴에 얼굴을 처박고는 잠이 들곤 하는 그것이 나의 일상생활이었습니다.

그래서 또 다음날도 같은 짓을 되풀이하고,
어제와 다름없는 습관을 따르면 된다.
즉, 거칠고 큰 환락을 피하고만 있다면,

자연히 커다란 비애도 오지 않는 것이다.
갈 길을 막는 걸리적거리는 돌을
두꺼비는 비잉 돌아서 지나간다.

우에다 도시上田敏가 번역한, 기 샤를 클로라든가 하는 사람이 쓴 이런 시구를 발견했을 때, 나는 혼자서 타오르는 것처럼 얼굴을 붉혔습니다.

두꺼비!

―그게 나야. 세상이 용서한다, 안한다가 어디 있는가. 매장한다, 매장당한다가 어디 있어. 나는 개나 고양이보다도 더 열등한 동물인 것이다. 두꺼비, 어슬렁어슬렁 움직이고 있을 뿐이다.―

나의 주량은 차츰 더해 갔습니다. 고엔지 역 부근뿐만이 아니라 신주쿠, 긴자 방향에까지 나가서 마시고, 외박하는 날도 생겼으며, 그저 그냥 관례에서 벗어나려고 바에서 무뢰한 흉내를 내며 한쪽에서부터 모조리 키스를 하기도 하고, 즉 또 정사 사건 이전의, 아니 그 무렵보다도 한층 더 거칠고 저속한 술꾼이 되어서, 돈이 궁해지자 시즈코의 옷을 들고 나올 정도가 되었습니다.

여기에 와서 그 끈 떨어지고 찢어진 무사 형상의 연이 흔들리는 꼴에 고소를 머금던 무렵부터 1년 이상이 지난 벚꽃이 피어날 즈음, 나는 또다시 시즈코의 옷이랑 오비랑 그런 것들을 슬쩍 빼내어 전당포에 맡기고 돈을 마련해서 긴자에서 술을 마시고, 이틀 동안이나 외박을 하고 사흘째 밤에는 아무리 넉살 좋은 나이지만 약간은 겸연쩍은 생각으로, 나도 모르게 발소리를 죽여가며 아파트의 시즈코 방 앞에까지 왔을 때, 안에서 시즈코와 시게코의 대화가 들렸습니다.

"왜 술은 마시는 거야?"

"아빠는 말이야, 술이 좋아서 마시고 있는 게 아녜요. 너무도 사람이 좋다 보니까, 그래서……."

"좋은 사람은 술을 마시는 거야?"

"꼭 그렇지는 않지만……."

"아빠는 틀림없이 깜짝 놀랄 거야."

"싫어하실지도 모르겠다. 저것, 저것 상자에서 튀어나왔구나."

"성급한 핀짱 같애."

"그러게 말이다."

진정 행복스러운 듯한 시즈코의 나지막한 웃음소리가 들렸습니다.

내가 문을 조금 열고 안을 들여다보니 흰 토끼 새끼였습니다. 깡충깡충 온 방을 뛰어돌아다니는데 모녀가 그것을 쫓고 있었습니다.

'행복한 거다, 이 사람들은. 나라고 하는 바보 같은 놈이 두 사람 사이에 끼여들어서 아마도 멀지 않아 이 두 사람의 행복을 엉망진창으로 만들 것이다. 알뜰하고 소박한 행복, 착한 모녀, 행복을, 아아, 만일 나 같은 놈의 기도도 들어 주신다면, 하느님, 행복을 이들에게 주십시오. 한 번, 꼭 한 번만 내 생애에서 꼭 한 번만이라도 좋으니 들어 주소서.'

나는 그곳에 무릎을 꿇고 기도를 하며 합장하고 싶은 심정이었습니다. 살짝 문을 닫고 나는 또 긴자로 되돌아가서, 그후 다시는 그 아파트로 돌아가지 않았습니다.

그리고 교바시京橋 바로 곁에 있는 스탠드바 이층에서 나는 또 남자 첩살이의 형식으로 뒹굴게 되었습니다.

세상. 그게 무엇인지 희미하게나마 나에게도 윤곽이 잡히는 듯 그런 기분이 들었습니다. 개인과 개인의 투쟁이며, 더욱이 그 즉석에서의 투쟁이며, 더군다나 그 자리에서 승리해야만 된다. 인간은 결코 인간에게 복종하지 않는다. 노예조차도 노예다운 비굴한 복수를 하는 것이다. 그러니까 인간에게는 그 즉석에서의 단 한 번의 승부에 의지할 수밖에는 살아나갈 궁리는 생기지 않는 것이다. 대의명분 같은 말을 내세우면서도, 노력의 목표는 반드시 개인, 그 개인을 타고 넘어서 또 개인, 세상의 난해難解는 개인의 난해이며, 대양은 세상이 아니고 개인인 것이라며, 세상이라는 큰 바다의 환상에 겁을 먹는 일에서 다소 해방되었고, 그 옛날처럼 이것저것 한도 끝도 없는 걱정을 하는 일도 없이, 말하자면 당분간의 필요에 의해서 얼마만큼은 철면피하게 행동하는 일을 체득한 것입니다.

고엔지 아파트를 버리고, 교바시의 스탠드바 마담에게,

"헤어지고 왔어."

그 말 한마디만으로 충분히, 즉 승부는 결정되어 그날 밤부터 나는 횡포하게도 거기 이층에 늘어붙고 말았습니다만, 그러나 공포에 떨어야 했을 '세상'은 나에게 아무런 위험도 가해도 하지 않았습니다. 또, 나도 '세상'에 대해서 아무런 변명도 하지 않았습니다. 마담이 그렇게 할 용의만 있었다면 그걸로 만사는 다 잘 되는 것이었습니다.

나는 그 가게의 손님인 것도 같았고, 주인인 것도 같았고, 심부름꾼 같기도 했고, 친척인 것도 같아서, 곁에서 볼 때 무척 애매한 존재인데도 불구하고, '세상'은 조금도 괴이쩍게 생각하지 않고, 가게의 단골들도 나를 요짱, 요짱하고 부르며 굉장히 상냥하게 대해 주었고, 더구나 술까지도 먹여 주는 것이었습니다.

나는 세상에 대해서 차츰 경계심을 풀게 되었습니다. 세상이란 곳은 그다지 무서운 곳이 아니다, 라고 생각하게 되었습니다. 즉, 이제까지의 나의 공포감은 봄바람에는 백일해

세균이 몇십만, 대중탕에는 눈을 멀게 하는 세균이 몇십만, 이발소에는 독두병 균이 몇십만, 전차 손잡이에는 옴벌레가 우글우글하고, 또 생선회, 쇠고기, 돼지고기가 덜 구워진다면 조충의 애벌레랑 디스토마, 또 무어무어 하는 알이 틀림없이 숨어 붙어 있고, 또 맨발로 걷는다면 발바닥에 유리조각이나 그런 것이 박혀 들어가서 온통 체내를 돌아다니다가 눈알을 찌르고 실명시킬 수도 있다는, 말하자면 '과학의 미신'에 위협받고 있었던 것입니다. 그야 분명 몇십만의 세균이 떠다니고 온통 헤엄치고 다닌다는 것은 '과학적'으로도 정확한 일이겠지요. 그와 동시에 그 존재를 완전히 무시해 버리기만 한다면, 그런 것들은 나와는 손톱만큼도 연관성이 없는 것이어서, 당장에 소멸되어 버리는 '과학의 유령'에 불과하다는 것까지도 나는 알게 된 것이었습니다. 도시락에 먹다 남은 밥알 세 개, 수만 명이 하루에 밥을 세 알씩 먹다 남긴다 해도 그건 이미 몇 섬의 쌀을 그냥 내다 버린 일이 된다. 또는 만일 하루에 한 장의 휴지를 수만 명이 절약한다면 얼마만큼의 펄프가 남는다, 등등의 '과학적 통계'에 나는 얼마나 위협을 받고, 밥알 한 알을 먹다 남길 때마다, 또 휴지로 코를 한 번 풀 때마다, 산더미 같은 쌀, 산더미 같은 펄프를 낭비하는 듯한 착각에 시달려, 내가 지금 중대한 죄를 범하고 있는 양, 어둡고 무거운 기분을 피하지 못했던 것입니다. 그러나 그것은 그야말로 '과학의 허위', '통계의 허위', '수학의 허위'여서, 세 알의 밥을 모을 수도 없는 것이려니와 곱셈 나눗셈의 응용문제로서도 지극히 원시적이고 저능아적인 테마여서, 전등이 켜져 있지 않은 어두운 화장실의 구멍에 사람이 몇 번에 한 번 한쪽 발을 헛디며 빠지는가, 또는 전차의 출입구와 플랫폼과의 틈바구니에 승객 몇 명 중 한 사람이 발을 빠뜨리는가 같은 확률을 계산하는 것과 마찬가지로 바보스럽습니다. 그러한 일은 있을 수 있는 가능성을 지니고 있으면서도, 화장실 구멍을 헛디며서 상처를 입었다는 예는 들어본 적이 없습니다. 그런 가설을 '과학적인 사실'로서 배우며, 그것을 완전히 현실로 받아들여서 공포에 떨고 있던 어제의 나를 가엾게 생각하고 웃고 싶어질 만큼 나는 세상이라는 것의 실체를 조금씩 알게 된 셈입니다.

그렇다고는 하지만 역시 인간이라는 것이 아직도 나에게는 두려운 것이고, 가게에서 손님과 만나는 데도 우선 술을 컵으로 한 잔 쭉 들이켜고 나서야 만날 수 있었습니다. 무서운 것은 더 보고 싶다는 그런 심정으로 나는 매일 밤마다 가게에 나갔고, 마치 어린이가 속으로는 무서움을 느끼고 있으면서도 작은 동물 따위를 오히려 꽉 붙잡아 보듯이 가게에 오는 손님에게 주정 비슷한 예술론을 토하고 도전하는 일도 있었습니다.

　만화가, 아아 그러나 나는 커다란 기쁨도 커다란 슬픔도 없는 이름 없는 만화가, 아무리 크나큰 슬픔이 앞으로 닥쳐와도 좋습니다. 거칠고도 커다란 기쁨이 오기를 바라는 마음으로 초조해져도, 나의 현재의 즐거움은 손님과 허튼 소리를 주고받으며 손님의 술을 마시는 일뿐이었습니다.

　교바시에 와서 이렇게 시시한 생활을 1년 가까이 계속하는 동안, 나의 만화는 아이들 상대로 하는 잡지뿐 아니라 가두판매용으로 나오는 조악하고 비열하고 난잡한 잡지 따위에도 게재되게 되었습니다. 나는 조시 이키다上司幾太(情死, 살았다-역주)라는 익살스러운 익명으로 추잡한 나체 그림 등을 그리고, 거기에다가 대개는 루바이야트(페르시아어로 된 사행시-역주)의 시를 곁들였습니다.

　쓸데없는 기도 따위 그만두라니까.
　눈물을 자아내는 것은 팽개치려무나.
　술이나 한 잔 하자, 좋은 일만 생각하고,
　주제넘은 걱정은 잊어버리게.

　불안이나 공포로 남을 위협하는 놈들은
　스스로 만든 엄청난 죄에 겁먹고

죽은 자의 복수에 대비할 셈으로
자신의 머리속에서 끊임없는 계획을 세운다.

불러라, 술은 만족하고, 내 심장은 기쁨 충만하구나.
오늘 아침 깨어 보니 다만 황량함을
괴상도 하다, 하룻밤 한밤중에
변모한 이 기분이여.

재앙 따윌 생각하는 건 그만둬.
멀리서 울려오는 북소리처럼
왜 그런지 그것은 불안스러워.
방귀 뀐 것도 일일이 죄로 친다면 견딜 수 없어.

정의는 인생의 지침이라구?
그럼, 피로 물든 싸움터에
암살자의 칼끝에
무슨 정의가 깃들어 있는가?

어느 곳에 지도의 원리가 있는가?
어떠한 예지의 빛이 있는가?
아름답고도 무서운 뜬세상이여,

연약한 인간의 아들은 감당 못할 짐을 지고.

어쩌지도 못할 정욕의 씨를 뿌려 받은 죄로
선이다, 악이다, 죄다, 벌이다 하고 저주받을 뿐
어쩌지도 못하고 그저 어리둥절할 뿐
누르고 부수어낼 힘도 의지도 부여받지 못한 것이 죄겠지.

어디를 어떻게 방황하고 있었나.
무엇이라구? 비판, 검토, 재인식?
쳇, 허무한 꿈을, 있지도 않은 환상을.
에이, 술을 잊었기에 모두가 다 허공에 뜬 가상을 생각하는 게지.

어때, 이 끝도 없는 창공을 봐라.
그 속에 떠오른 하나의 점에 불과해.
이 지구가 왜 자전을 하는지 알 게 무어람.
자전하거나 공전하거나 반전도 제멋대로가 아닌가.

도처에 지고한 힘을 느끼고
모든 나라에서 모든 민족에서
동일한 인간성을 발견하는

나를 두고 이단자라 하던가.

모두들 성경 구절을 잘못 해석하고 있어.
그게 아니면 상식도 지식도 없는 거겠지.
살아 있는 기쁨을 금하거나 술을 끊거나
좋아, 무스타파 난 그런 게 질색이야.

그런데 그 무렵 나더러 술을 끊으라고 타이르는 처녀가 있었습니다.
"안 돼요. 매일 대낮부터 취해 가지고."
바 건너편의 조그마한 담배가게의 17~8세쯤 되는 아가씨였습니다. 요시짱이라고 하는, 피부색이 희고 덧니가 난 아이였습니다. 내가 담배를 사러갈 때마다 웃으며 충고하는 것이었습니다.
"왜 나쁜 거야? 어째서 안 된다는 거야? 있는 한 술을 마시고, 사람의 아들이여, 미워하지 말라, 고 하지 않나. 옛날 페르시아에 말이야. 아니 그만두자, 슬픔으로 지친 심장에 희망을 가져다주는 것은 다만 얼큰하게 취기를 주는 옥배玉杯라고 하지 않나, 알겠어?"
"몰라요."
"이 자아식, 키스해 줄까 보다."

"해줘요."

조금도 서슴지 않고 아랫입술을 내미는 것입니다.

"바보 멍청이, 정조 관념……."

그러나 요시짱의 표정에는 그 누구에게도 더럽혀지지 않은 처녀의 향기가 풍기고 있었습니다.

해가 바뀌고 엄동설한의 어느 날 밤, 나는 취해서 담배를 사러 가다가 담배 가게 앞의 맨홀에 빠졌습니다. 요시짱 나좀 구해줘, 라고 소리를 지르자, 요시짱은 나를 구멍에서 잡아당겨 끌어내어서 오른팔의 상처를 싸매어 주면서 진지하게,

"너무 많이 마시는군요."

하고 웃지 않고 말했습니다.

난 죽는 것은 두렵지 않지만, 부상을 당하고 피가 흐르고 그리고 불구자가 된다는 것은 정말 싫었기 때문에, 요시짱이 팔의 상처를 싸매고 있는 동안 술은 이제 적당히 그만둘까 하고 생각한 것이었습니다.

"끊겠어. 내일부터 한 방울도 안 마시겠어."

"정말?"

"꼭 술은 끊어. 끊을 테니까 요시짱 나한테 시집 올래?"

그러나 시집 오라는 말은 농담이었습니다.

"모찌예요."

모찌란 모찌론勿論(물론-역주)이라는 말의 약어였습니다. 그 당시에는 모가(모던 걸) 모보(모던 보이) 등등 이런 약어가 유행하고 있었습니다.

"좋아. 손가락을 걸고 약속하지. 꼭 술은 끊겠어."

그리고 그 다음 날 나는 역시 대낮부터 술을 마셨습니다. 저녁때 나는 비틀비틀하면서 요시짱네 가게 앞에 가서,

"요시짱, 미안, 또 마셨어."

"어마, 아이 난 싫어, 술에 취한 척하고선……."

정신이 번쩍 들었습니다. 취기가 싹 가시는 것 같았습니다.

"아냐, 정말야. 진짜 술을 마셨다니까, 취한 척하는 게 아니야."

"놀리지 말아요, 심술궂은 사람처럼."

전혀 의심하려고 들지를 않는 것입니다.

"보면 몰라서 그래? 오늘도 대낮부터 퍼마신 거야. 용서해 줘."

"연극을 잘하시네요."

"연극이 아니라니까. 이 바보 멍청아. 키스해 줄까 보다."

"해줘요."

"아냐. 나에겐 자격이 없어. 내 색시로 맞아들이는 일도 단념해야겠어. 내 얼굴 좀 봐. 붉지 않나? 퍼마셨어."

"그건 저 석양이 비쳐서 그렇게 물이 든 거예요. 속여넘기

려고 해도 안 넘어갈 텐데. 어제 약속했는데 술을 마실 리가 없지 않아요? 손가락 걸고 약속했지? 술 마셨다는 건 거짓말이야. 거짓말, 거짓말."

어두컴컴한 가게 안에 앉아서 미소짓고 있는 요시짱의 하얀 얼굴, 아아, 오염을 모르는 버지너티는 존귀한 것이다. 나는 지금까지 나보다 나이 어린 처녀와 함께 잠자리에 든 일이 없다. 결혼하자, 아무리 커다란 비애가 그 뒤를 따른다 해도 좋다. 거칠 정도로 커다란 환락을 내 생애에 단 한 번이라도 좋다. 처녀성의 아름다움이란, 그건 어리석은 시인의 달콤한 감상적 환상에 불과하다고 생각하고 있었지만, 역시 이 세상에 건재하고 살아 있는 것이었구나, 결혼하고 봄이 오면 둘이서 자전거로 아오바의 폭포를 보러 가야지, 하고 그 자리에서 결심하고 소위 '단판 승부'로 그 꽃을 훔치는 데 주저하지 않았습니다.

이래서 우리들은 얼마 후 결혼을 했고, 그로써 얻은 기쁨이 반드시 커졌다고는 할 수 없었지만, 그 뒤에 닥친 슬픔은 처참하다고 하는 말로는 부족할 만큼, 실로 상상을 허용치 않을 정도로 크게 몰려왔습니다. 나에게 있어서 '세상'이란 역시 깊이를 계량할 수 없는 무서운 곳이었습니다. 결코 단순한 '단판 승부' 따위로 무엇이건 결정되어 버릴 그런 허술한 곳이 아니었던 것입니다.

2

호리키와 나.

서로 경멸하면서도 교제를 하고, 그로써 서로를 시시하게 만들어 주는 그것이 이 세상의 '교우'라고 하는 것의 모습이라고 한다면, 나와 호리키와의 사이도 분명 '교우'에 틀림이 없었습니다.

내가 저 교바시의 스탠드바 마담의 의협심에 의지해—여자의 의협심이라면 말에서 풍기는 맛이 이상해지기는 하지만, 그러나 나의 경험에 따르면 적어도 도시의 남녀의 경우, 남자보다도 여자 쪽이 그 의협심이라고 표현될 만한 것을 담뿍 가지고 있었습니다. 남자는 대개 겁쟁이면서도 체면치레만 하고 인색했습니다—그 담배가게 요시코를 내연의 처로 맞을 수가 있게 되었고, 그리고 쓰쿠치 스미다가와 강 근처 목조 건물로 된 아파트 아래층에 방을 하나 얻어서 둘이서 살림을 시작하였습니다. 술을 끊고 점차 자신의 본업으로 굳어져 가는 만화 일에 부지런히 열중하고, 저녁 식사 후에는 둘이서 영화 구경도 가며, 돌아오는 길에 다방에 들르기도 하고, 또 꽃 화분 하나라도 사게 되었으며, 아니 그보다도 나를 진심으로 의지해 주는 이 어린 색시의 말을 듣고 하는 짓을 보고 있는 일이 즐겁고, 그래서 이건 나도 어쩌면 멀지 않아 차츰 인간다워질 수가 있어서 비참한 죽음을 맞지 않아도 되겠구나 하는 달콤한 생각이 살며시 가슴을 따스하게 해주기 시작한 찰나, 호리키가 또다시 내 눈앞에 나타났습니다.

"야아, 이 색마야, 아니 그런데 약간은 사려분별이라도 생긴 듯한 얼굴을 하고 있군. 오늘은 고엔지 여사의 심부름으로 찾아왔는데 말이야."

라고 떠들어대다가 갑자기 목소리를 낮추어 부엌에서 차를 준비하고 있는 요시코 쪽을 턱으로 가리키며, 괜찮은가? 하고 묻기에,

"상관없어. 무슨 소리를 해도 괜찮아."

나는 침착하게 대답했습니다.

사실 요시코는 신뢰의 천재라고 해도 좋을 만큼 교바시 바의 마담과의 사이는 물론, 내가 가마쿠라에서 일으켰던 사건을 얘기해 주어도 쓰네코와의 사이를 의심하지 않았는데, 그것은 나의 거짓말이 능수능란해서가 아니고, 때로는 노골적인 표현을 쓸 때도 있었지만 요시코에게는 모두가 농담으로밖에 들리지 않는 모양이었습니다.

"여전히 자신만만하구먼. 아니 별다른 일도 아니지만 어쩌다 생각나면 고엔지 쪽으로도 놀러와 달라는 전갈이었네."

잊어버릴 만하면 마성을 띤 괴조怪鳥가 나래를 치며 나타나서, 기억의 상처를 그의 부리로 쪼아댑니다. 곧 과거의 치욕과 죄의 기억이 역력히 눈앞에 전개되고, 아악 하고 절규하고 싶을 만큼 공포에 질려 그냥 앉아 있을 수가 없게 되는 것입니다.

"마실까?"

라고 내가 말합니다.

"그래."

하고 호리키가 대답합니다.

나와 호리키. 모양은 둘이서 잘 닮아 있었습니다. 때로는 유사형처럼 꼭 빼다 박은 듯 느낄 때도 있었습니다. 물론 그것은 싸구려 술을 여기저기 마시러 다닐 때뿐입니다만, 어쨌든 둘이서 얼굴을 마주보면 순간 똑같은 얼굴의 똑같은 털을 가진 개로 변하여, 눈 오는 거리를 싸다니게 된다, 그런 말입니다.

그날 이래, 우리들은 또다시 옛 정을 되찾은 것처럼 교바시의 조그마한 바에도 함께 가고, 그리고 드디어는 고엔지의 시즈코의 아파트에도 곤드레만드레 취한 두 마리의 개가 방문해서 숙박하고 돌아오는 그런 일조차도 거침없이 해내게 되어 버렸습니다.

잊혀지지도 않습니다. 무더운 여름밤이었습니다. 호리키

는 날이 저물 무렵, 후줄근한 유카타浴衣를 입고 쓰구치의 나의 아파트로 찾아와서, 오늘 꼭 필요한 일이 있어서 여름 양복을 전당포에 잡혔는데, 그런 일을 늙은 어머니가 알면 아주 난처해지니까 곧 그 전당물을 찾아다 놓아야 할 텐데, 어찌 되었건 돈을 좀 빌려 달라는 것이었습니다. 공교롭게도 나에게도 돈이 없어 언제나 그랬듯이 요시코에게 부탁해서 요시코의 옷을 전당포에 잡히고 돈을 마련해서 호리키에게 꾸어주고 나니 좀 남는 것이었습니다. 그 남은 돈으로 소주를 사다가 아파트 옥상으로 올라가 때마침 스미다가와 강 쪽에서 솔솔 불어오는 약간은 시궁창 냄새가 나는 바람을 쐬며, 실로 땟국이 흐르는 납량 술자리를 마련했습니다.

우리들은 그때 희극명사, 비극명사를 알아맞추는 놀이를 시작했습니다. 이것은 내가 발명한 유희로, 명사에는 모두 남성명사, 여성명사, 중성명사 등이 따로 있지만, 그와 동시에 희극명사, 비극명사의 구별도 있음직하지 않은가, 이를테면 기선과 버스는 모두 희극명사다. 왜 그러한가. 그것을 모르는 사람은 예술을 운운할 자격이 없다. 희극 중에 한 마디라도 비극명사를 끼워 넣는 극작가가 있다면, 이미 그것만으로도 낙제요, 또한 비극의 경우에도 마찬가지다, 라는 논법이었던 것이다.

"자, 시작한다. 담배는?"

하고 내가 묻습니다.

"트래悲劇(tragedy의 약어-역주)."

하고 호리키가 일언지하에 대답합니다.

"약은?"

"가루약이야? 환약이야?"

"주사."

"트래."

"그럴까? 호르몬 주사도 있긴 해."

"아냐. 단연코 트래야. 주사 바늘이 우선 훌륭한 트래가 아닌가."

"좋아. 내가 져 두지. 그러나 자네, 약이나 의사는 의외로 코믹하단 말이야. 그럼 죽음은?"

"코메喜劇(comedy의 약어-역주)지. 목사나 중도 그렇지 않아?"

"야, 훌륭해. 그렇다면 삶은 트래로군."

"아냐. 그것도 코메야."

"아니지, 그렇다면 세상만사가 다 코메가 되고 말아. 그럼 또 한 가지 묻겠는데, 만화가는? 설마 코메라고는 하지 않겠지?"

"트래, 트래. 대비극명사야."

"뭐? 자네 쪽이 훨씬 대비극이 아닌가?"

이런 식으로 시시껄렁한 재담 같은 것을 주고받게 되어서 실망을 했지만, 그러나 우리들은 그 유희를 세계적인 살롱에서도 일찍이 보지 못했던 매우 재치 있는 것이라고 뽐내며 진행했던 것입니다.

그런데 또 하나, 이와 흡사한 유희를 그 무렵 나는 발견하고 있었습니다. 그것은 반대말을 알아맞추는 일이었습니다. 흑黑의 앤터反義語(antonym의 약어-역주)는 백白, 그러나 백의 앤터는 빨강, 빨강의 앤터는 흑.

"꽃의 앤터는?"

라고 내가 묻자, 호리키는 입을 비쭉거리며 생각하다가,

"에에, 가게쓰花月이라는 요정이 있었으니까 꽃의 반대말은 달이야."

"아니, 그건 동의어야. 무슨 반대어가 되나? 별과 오랑캐꽃이 시너님同義語(synonym-역주)이 된다. 앤터가 아냐."

"알았다. 그럼 벌이다."

"벌?"

"모란에…… 개미 아닌가?"

"뭐야. 그건 그림 제목이지. 얼렁뚱땅 넘어가지 마."

"알았다. 꽃에는 먹구름……"

"달에 먹구름이지?"

"그래, 그래, 꽃에는 비바람, 바람이다. 꽃의 앤터는 바람."

"어설프군. 그건 나니와부시浪花節의 문구가 아닌가. 바닥이 드러나는데."

"아니다. 비파에서 나온다."

"한 술 더 뜨는군. 꽃의 반대말은 말이야…… 적어도 꽃답지 못한 것을 들어야 한다."

"그러니까 그게…… 오오, 잠깐 그건 여자로군."

"그럼, 이어서 여자의 시너님은?"

"창자."

"자네는 진짜 시를 모르는군. 그런 창자의 앤터는?"

"우유."

"야, 그건 좀 낫다. 그런 식으로 하나 더 치욕, 수치심의 앤터는?"

"파렴치 아닌가. 즉 유행 만화가 조시 이키다."

"호리키 마사오는?"

형세가 이쯤 되면서부터 두 사람은 차츰 웃음이 가시고, 소주로 취할 때의 특유한, 그 유리 조각이 머리속에 가득 찬 것 같은 음울한 기분으로 치닫고 있었습니다.

"건방진 소리 하지 마. 난 이래도 아직까지 너같이 범죄자의 치욕은 받은 일이 없다."

가슴이 뜨끔했습니다. 호리키는 내심, 나를 진정한 사람으로 대접하지 않고 있었구나. 나를 다만 죽음조차도 실패한 파렴치한 멍청이 같은 도깨비, 말하자면 '살아 있는 송장'으로밖에는 받아들이지 않고, 그의 쾌락을 위해서 나를 이용할 수 있는 데까지 이용할 뿐인 '교우'였구나 생각하니, 정말 기분이 언짢았습니다. 그러나 또, 호리키가 나를 그렇게 보고 있는 것도 무리는 아니다. 나는 옛날부터 인간의 자격이 없는 아이가 아니었던가. 역시 호리키 따위에게 멸시를 당하는 것도 당연한 일인지도 몰라, 하고 생각을 고쳐먹고,

"죄, 죄의 앤터는 무엇일까? 이건 좀 어려운 문제다."

라고 시치미를 떼고, 아무렇지도 않은 표정으로 말했습니다.

"법률이지, 뭐."

호리키가 당연하다는 듯이 그렇게 대답했기 때문에, 나는 호리키의 얼굴을 다시 바라다보았습니다.

근처 빌딩의 명멸하는 네온사인의 붉은 빛을 받아서 호리키의 얼굴은 귀신 형사 같은 위엄마저 깃들어 보였습니다. 나는 정말 기가 막혀서,

"죄라는 것은 이봐, 그런 게 아니잖아."

죄의 반대어가 법률이라니! 그러나 세상 사람들은 모두들 그런 정도로 간단하게 생각하고 태연하게 살아가고 있는지도 모릅니다. 형사가 없는 곳에서만 그야말로 죄가 득실거리고 있다고 말입니다.

"그럼 뭐야. 신神? 자네에게는 어딘지 자포자기하는 느낌이 풍겨, 별로 좋은 인상은 아닌데……."

"아니, 그거 그렇게 가볍게 넘겨 버리지 마. 좀더 둘이서 생각해 보세. 이건 그래도 재미있는 테마가 아닌가. 이 테마에 대한 대답 여하로 그 사람의 전부를 알 수 있을 것 같아."

"설마…… 죄의 앤터는 선善이지 뭐야. 선량한 시민, 즉 나 같은 사람 말일세."

"농담은 그만두자. 그러나 선은 악의 앤터야. 죄의 앤터는 아니지."

"악과 죄는 다르단 말인가?"

"다르고말고, 선악의 개념은 인간이 만든 거야. 인간이 제멋대로 만든 도덕의 단어야."

"복잡하군. 역시 그럼 신이겠지. 신, 신, 무엇이건 신을 내세우면 틀림없어. 아유, 배고파."

"지금 요시코가 아래서 잠두콩을 삶고 있어."

"살았다. 내가 좋아하는 거야."

두 팔을 머리 뒤로 깍지 끼고 벌렁 드러누웠습니다.

"자네에게는 죄라는 것이 마치 흥미없는 것 같군."

"그야 물론이지. 자네처럼 죄인은 아니니까. 나는 오입은 하지만 여자를 죽게 만들거나, 여자에게서 돈을 긁어내거나 그런 짓은 안해."

죽게 한 것이 아니다. 돈을 빼앗아낸 것이 아니다, 라고 마음 한쪽 구석에서 가냘픈, 그러나 필사적인 항의의 소리가 들렸지만, 그러나 또 아니, 내가 나빴다고 다시 돌이키는 이 버릇.

나로서는 도저히 정면으로 논의하는 일은 불가능합니다. 소주의 음울한 취기 때문에 점점 시간이 흐를수록 험악해지는 기분을 억지로 누르고, 나는 혼잣말처럼 말했습니다.

"그러나 감옥에 처박힌다는 것만이 죄는 아니야. 죄의 앤터를 알게 되면 죄의 실체를 파악할 수 있을 것 같은데…… 신…… 구원…… 사랑…… 빛…… 그러나 신에게는 사탄이라는 앤터가 있고, 구원의 앤터는 고뇌일 것이고, 사랑에는 미움이, 빛에는 어둠이라는 앤터가 있으며, 선에는 악, 죄와 기도, 죄와 고백, 죄와…… 아아, 모두 시녀님이야. 아아, 죄의 반대말은 무엇일까?"

"죄罪(쓰미)의 반대말은 꿀蜜(미쓰)이야. 꿀과 같이 달다. 야, 배가 고프군. 무엇이나 먹을 것 가져와."

"자네가 가져오면 되잖아!"

아마도 내 생후 처음이라고 해도 좋을 만큼 격렬한 분노의 목소리가 터졌습니다.

"좋아, 그럼 아래로 내려가서 요시짱과 둘이서 죄를 짓고 오겠어. 의논보다 실지 점검이야. 죄의 앤터는 미쓰마메蜜豆,

아니 잠두콩인가."

거의 혀가 돌아가지 않으리만큼 곤드레만드레 취한 것입니다.

"맘대로 해. 썩 사라져 버려!"

"죄와 공복, 공복과 잠두콩, 아냐, 이건 시너님이군 그래!"

아무렇게나 씨부렁거리며 일어섭니다.

죄와 벌, 도스토예프스키. 순간적으로 그것이 머리 한 구석을 스치고 지나갔고, 나는 찔끔했습니다. 만일 저 도스토예프스키 씨가 죄와 벌을 시너님으로 생각하지 않고 앤터로서 늘어놓았다면, 죄와 벌, 절대로 상통하지 못할 것. 얼음과 숯이 서로 용납되지 못하는 그것, 죄와 벌을 앤터로 생각한 도스토예프스키 씨의 검푸른 시궁창, 썩은 연못, 뒤얽힌 저변의…… 아아, 좀 알 것 같아. 아니야, 아직…… 이따위 생각이 내 머리 속에 주마등같이 빙빙 돌고 있는데, 그때,

"어어이, 기가 막히는 잠두콩이야. 와."

호리키의 얼굴도 말소리도 수상했습니다. 금방 비틀비틀 일어서서 아래로 내려갔다고 생각했는데 도로 돌아왔습니다.

"뭐야!"

별나게 살기를 띠고 두 사람은 옥상에서 이층으로 내려왔고, 또 이층에서 아래층 나의 방으로 내려가는 계단에서 호리키가 멈추어서면서,

"봐!"

라고 낮은 목소리로 말하며 손을 들어 가리켰습니다.

내 방 위쪽 작은 창이 열려 있었고 거기서는 방 안이 들여다보였습니다. 전등이 켜진 채로 두 마리의 동물이 있었습니다.

나는 휘청휘청 현기증이 나면서, 이것 또한 인간의 모습이다, 이것 또한 인간의 모습이다, 놀랄 것은 없다, 라며 가빠지는 호흡과 함께 가슴속에서 되뇌며, 요시코를 구해줄 생각도 잊어버리고 계단에 못박힌 듯 서 있었습니다.

호리키는 큰기침을 했습니다. 나는 혼자서 도망치듯 다시 옥상으로 달려 올라가 뒹굴었습니다. 비를 머금은 여름 밤 하늘을 올려다보았습니다. 그때, 나를 엄습한 감정은 분노도 아니고, 혐오도 아니고, 또 슬픔도 아닌, 엄청난 공포였습니다. 그것도 묘지에서의 유령 따위에 대한 공포는 아니고, 신사神祠 경내의 쭉 뻗어 올라간 삼나무 아래서 흰옷을 걸친 신령을 만났을 때 느낄지도 모르는 어떻다고 표현할 수 없는 고대의 황황한 공포감이었습니다. 나의 새치는 그날 밤부터 생겼고, 더욱 모든 일에 자신을 잃고, 더더욱 남을 끝없이 의심하고, 이 세상의 영위에 대한 일체의 기대, 기쁨, 공명共鳴 등에서 영원히 떨어져나가 버리게 되었습니다. 실로 그것은 나의 생애에 있어서 결정적인 사건이었습니다. 나는 정통으로 이마가 깨졌고, 그 이후 그 상처는 어떠한 인간과도 접촉할 때마다 아픔을 자아냈습니다.

"동정은 가지만, 그러나 자네도 이것으로 조금은 깨달았겠지. 난 이제 두 번 다시 여기 오진 않겠어. 흡사 지옥이군 그래…… 그렇지만 요시짱은 용서해 주어라. 너 자신도 어차피 별게 아니니까 말이야. 그럼 간다."

어색한 장소에 오래 머무를 만큼 모자라는 호리키는 아니었습니다.

나는 일어나서 혼자 소주를 들이켜고, 그리고 엉엉 소리를 내면서 울었습니다. 얼마든지 얼마든지 울 수가 있었습니다.

어느 사이에 요시코가 잠두콩을 수북하게 담은 접시를 들고 등 뒤에 멍청히 서 있었습니다.

"가만 두겠다고 말해 줘요……."

"그래, 아무 말도 하지 마. 넌 남을 의심할 줄을 몰랐던 거야. 앉아, 콩이나 먹자."

나란히 앉아서 콩을 먹었습니다. 아아, 믿는다는 것이 죄일까? 상대방 남자는 나에게 만화를 부탁하고 약간의 돈을 놓고 가는 30세 안팎의 무식한, 그리고 조그마한 상인이었습니다.

당연한 일이겠지만 그 상인은 그 후 다시는 오지 않았습니다. 그러나 나는 왠지 그 상인에 대한 증오보다는, 애당초에 발견했을 때 큰기침도 인기척도 내지 않고 그대로 나에게 알리려고 옥상으로 되돌아 올라온 호리키에 대한 증오와 분노가, 잠들지 못하는 밤 같은 때 뭉클하게 가슴을 메워서 신음을 했습니다.

용서를 하고 안하고가 없습니다. 요시코는 신뢰하는 데 천재입니다. 남을 의심하는 것을 몰랐던 것입니다. 그러나 그로 인한 비참!

신에게 묻노니, 신뢰는 죄이런가?

요시코가 유린을 당했다기보다는 요시코의 신뢰가 유린당했다는 데 있어서, 내게는 그것이 그후 오랫동안 살아 있기가 어려울 만큼 고뇌의 씨앗이 되었습니다. 나처럼 천박하고 늘 겁먹고 있으며, 남의 눈치만 보고, 사람을 믿는 능력에 금이 간 사람에게 있어서, 요시코의 때 묻지 않은 신뢰감은 그야말로 아오바의 폭포처럼 싱싱하게 여겨지고 있었던 것입니다. 그것이 하룻밤에 누런 더러운 물로 바뀌어 버렸습니다. 보라, 요시코는 그날 밤부터 내가 한 번 찡그리고 한 번 웃는 표정의 변화에까지 신경을 쓰게 되었습니다.

"이봐."

하고 부르면 찔끔하여, 눈 둘 곳을 찾지 못하는 것이었습니다. 익살스런 말을 해도 겁을 먹고 무서워하며, 지나치게 존대말을 쓰게 되었습니다.

과연 때 묻지 않은 신뢰감은 죄의 원천이런가.

나는 남편 있는 아내가 유린당한 이야기책을 이리저리 찾아서 읽어 보았습니다. 그러나 요시코만큼 비참하게 유린당한 여자는 하나도 없다고 생각했습니다. 애당초 이건 얘깃거리도 아무것도 아닙니다. 그 몸집이 작은 상인과 요시코 사이에 아주 조금이라도 사랑과 비슷한 감정이라도 있었다면 나의 기분도 약간은 오히려 구원되었을지도 모릅니다. 다만 여름 어느 밤, 요시코가 신뢰하는 단 한 번의 실수로 인해서 나의 이마는 정면으로 깨지고, 목소리가 쉬고, 새치가 늘고, 요시코는 한평생을 오들오들 떨며 살아가야 했습니다. 대개의 이야기 줄거리는, 그 아내의 '행위'를 남편이 용서하느냐 안하느냐 하는 것에 중점을 두고 있는 듯싶었습니다만, 그것은 나에게는 그다지 고통스런 문제는 아닌 것으로 생각되었습니다. 용서한다, 안한다, 하는 그러한 권리를 가진, 아니 그러한 권리를 보유하고 있는 남편이야말로 행복스러운지고. 도저히 용서할 수 없다고 생각하면, 뭐, 크게 소동을 벌일 필요도 없이 척척 아내와 이혼해 버리고 새로 아내를 맞이할 수 있으리니, 만일 그렇게 할 수 없다면 소위 '용서'하고 참는 것이지. 어느 쪽이 되든 남편의 마음가짐 하나로 모든 것이 원만하게 수습될 터인데, 하고 생각하기조차 했습니다. 즉, 그와 같은 사건은 분명 남편에게 커다란 충격이기는 하지만, 그것은 '충격'일 뿐, 언제까지나 끊임없이 밀려오고 또 밀려가는 파도와는 달리, 권리가 있는 남편의 노여움으로 어느 쪽으로나 처리할 수 있는 문제로 생각되는 것이었습니다. 그러나 우리의 경우 남편에게 아무런 권리도 없고, 생각하면 모든 일이 다 나의 잘못인 것처럼 느껴져서, 화를 내기는커녕 꾸지람 한 마디도 못하였습니다. 또 그 아내는 그가 가지고 있는 흔치 않은 아름다운 성격으로 인해서 유린을 당한 것입니다. 더욱이 그 아름다운 성격은 남편이 늘 동경해 오던, 때 묻지 않은 신뢰감이라는 가련하기 짝이 없는 것이었습니다.

때 묻지 않은 신뢰감은 죄이런가.

유일한 그 가련한 아름다움인 신뢰감에조차도 의혹을 품고, 나는 이제 무엇이 무엇인지 갈피를 잡지 못하게 되어, 마음이 가는 곳은 다만 알코올뿐인 상태가 되었습니다. 나의 얼굴 표정은 극도로 천박해지고, 아침부터 소주를 들이켜며, 이는 모두 부스러지고, 만화도 거의 외설에 가까운 것을 그리게 되었습니다. 아니, 분명히 말하지요, 나는 그 무렵부터 춘화를 카피해서 밀매했습니다. 소주 살 돈이 필요해서였습니다. 언제나 나에게서 시선을 돌리고 오들오들 떠는 요시코를 보면, 이 여자는 전혀 경계할 줄을 모르니까, 그 상인하고는 한 번만이 아니지 않았을까? 또 호리키하고는? 아니, 혹시 내가 모르는 어떤 남자하고도? 하고 의혹은 의혹을 낳았습니다. 그렇다고 해서 용기를 내어서 그것을 확인할 결심도 못하고, 일상사가 된 불안과 공포에 몸부림치는 마음으로 그저 소주를 마시고는 곤드레만드레 취해서 간신히 비굴한 유도심문 같은 말을 내심으로는 떨면서도 시도해 보고, 희비가 교차하면서도 겉으로 괜히 익살을 부리고는 그때부터 요시코에게 추잡한 지옥의 애무를 퍼붓고 죽은 듯이 잠에 빠져들어가곤 했습니다.

그해 섣달 그믐께, 나는 밤늦게 곤드레만드레 취해서 집으로 돌아왔습니다. 설탕물이라도 마시고 싶었지만 요시코가 잠이 든 모양이어서 손수 부엌에 들어가서 설탕 항아리를 찾아내 뚜껑을 열어보니, 설탕은 하나도 남아 있지 않고 검고 갸름한 작은 상자가 들어 있었습니다. 무심히 그 상자를 집어들어 상자 표면에 붙어 있는 상표를 보고 깜짝 놀랐습니다. 그 상표는 손톱으로 반쯤 긁혀 뜯겨 있었지만 영어 부분이 남아 있어서 명확하게 DIAL이라고 읽을 수가 있었습니다.

DIAL. 나는 그 무렵 소주로만 살고 있었기 때문에 수면제를 쓰고 있지는 않았지만, 불면증을 지병처럼 가지고 있었기 때문에 대개의 수면제와는 친한 관계에 있었습니다.

DIAL. 이 한 상자라면 분명 치사량 이상일 것입니다. 아직은 상자는 뜯지 않은 채였지만, 그러나 언젠가는 이걸 쓸 각오로 이런 곳에 더구나 상표까지 벗겨 놓고 감추어 두었던 것에 틀림없었습니다. 가엾게도 요시코는 영어를 읽을 줄 몰랐기 때문에 손톱으로 벗겨지는 데만 반쯤 벗겨 놓고 이렇게 해놓으면 안심이라고 생각했겠지요(너에겐 죄가 없다).

나는 소리가 나지 않게 살짝 컵에 물을 따라 놓고 천천히 상자를 뜯어 몽땅 입에 털어넣고 컵의 물을 침착하게 마셨습니다. 그리고 전등을 끄고 그대로 잠자리에 들었습니다.

사흘 낮과 밤을 나는 죽은 사람처럼 혼수에 빠졌었다고 합니다. 의사는 과실로 간주해서 경찰에 신고하는 일은 유예해 주었더랍니다. 정신이 조금 들기 시작하면서 제일 처음 내뱉은 헛소리는 집으로 가겠다는 말이었다고 합니다. 집이라니 어디를 두고 하는 말이었는지 당사자인 나로서도 알 길이 없지만 하여튼 그렇게 말하고는 몹시 울더랍니다.

차츰 안개가 걷히고 보니, 머리맡에는 히라메가 몹시 못마땅하다는 표정으로 앉아 있었습니다.

"요전번에도 섣달 그믐께였지요, 피차가 온통 눈이 돌 지경으로 바쁜데, 언제나 이렇게 세밑을 노려서 이런 짓을 저지르니 이쪽이 살 수가 없군요."

히라메의 말 상대를 하고 있는 사람은 교바시 바의 마담이었습니다.

"마담."

내가 불렀습니다.

"응, 어때, 좀 정신이 들어요?"

마담은 웃는 낯으로 내 얼굴을 덮듯 하며 대답했습니다.

나는 눈물을 펑펑 쏟으며,

"요시코하고 헤어지게 해줘요."

나로서도 예측하지 못했던 말이 나왔습니다.

마담은 몸을 일으키면서 가만히 한숨을 쉬었습니다.

그리고 나서 나는 이것 또한 실로 뜻밖에 우스꽝스럽다고 할까, 숙맥 같다고 할까 형용하기에 고통스러울 만한 실언을 했습니다.

"나는 여자가 없는 곳으로 갈 거야."

아핫핫핫…… 하고 우선 히라메가 큰소리로 웃자, 마담도 킬킬거리며 웃어댔고, 나도 눈물을 흘리면서 얼굴이 화끈해지며 쓴웃음을 지었습니다.

"응, 그 편이 좋아."

라고 히라메는 웃음을 그치지 못하며,

"여자가 없는 곳으로 가는 편이 좋아, 여자가 있으면 아무래도 좋지가 않아. 여자 없는 곳이라니 그것 참 좋은 발상이군요."

여자가 없는 곳. 그러나 나의 이 바보스러운 헛소리는 후에 이르러서 매우 음산하게 실현되었습니다.

요시코는 어쩐지 자기를 대신해서 음독을 한 것이나 아닌가 하고 생각하는 듯, 이전보다도 더한층 나에게 오들오들 겁을 내어 떨고, 내가 무슨 말을 해도 웃지도 않고 제대로 말도 못하는 상태가 되어 버렸습니다. 때문에 나도 아파트 방안에 있는 일이 답답했고, 결국은 밖에 나가서 변함없이 싸구려 술을 들이켜는 형편이었습니다. 그러나 그 DIAL 사건 이래, 나의 몸은 눈에 뜨일 만큼 마르고 쇠약해져서, 수족에 힘이 없이 나른하고, 만화 그리는 일도 태만해지기만 했습니다. 히라메가 그때 문병차 위문금으로 두고 간 돈—히라메는 그것을 시부타의 성의라고 하며 자신이 내놓는 돈처럼 주었지만, 이것도 고향의 형들에게서 보내온 돈인 듯싶었습니다. 나도 그 즈음에 와서는 히라메의 집을 뛰쳐나왔을 때와는 달리, 히라메의 그러한 자비라도 베푸는 듯한 연극을 희미하게나마 간파할 수가 있게 되었기 때문에, 이쪽에서도 교활하게 전혀 눈치 채지 못한 척하고 정중하게 히라메를 향해서 고맙다는 사례를 했습니다만, 왜 히라메들이 이같이 복잡하고 미묘한 계략을 쓰는지 알 것도 같고 모를 것도 같아, 나로서는 아주 이상하게만 느껴졌습니다—그 돈으로 용기를 내어 혼자 미나미즈南伊豆의 온천에 가보기도 했지만, 도저히 그런 느긋한 온천 행각 따위 할 수 있는 신세도 아니고, 요시코를 생각하면 한없이 쓸쓸해져서, 여관 방에서 산을 바라다보고 경치를 감상하는 그런 차분한 심경과는 극히 거리가 멀어, 여관에서 주는 도데라로 갈아입지도 않고, 온천의 탕에도 들어가지 않고, 밖으로 뛰쳐나가서는 지저분한 찻집 같은 곳에 들어가서 소주를 그야말로 미역 감듯 퍼마시고, 몸의 건강을 한층 더 악화시키고 귀경했을 뿐이었습니다.

도쿄에 큰 눈이 내리던 밤이었습니다. 나는 취해 가지고 긴자 뒷골목을 고코와 오쿠니오 난햐쿠리, 고코와 오쿠니오 난햐쿠리(여기는 고향을 떠나와 몇백 리, 여기는 고향을 떠나와 몇백 리)라는 노래를 되풀이 되풀이 나지막하게 부르며, 자꾸만 쌓이는 눈을 구두 끝으로 차헤치며 걸어가다가 갑자기 토했습니다. 그것은 나의 최초의 각혈이었습니다. 눈 위에 커다란 일장기가 그려졌습니다. 나는 잠시 동안 쪼그리고 앉아서, 그리고는 깨끗한 눈을 두 손으로 움켜쥐고는 얼굴을 씻으면서 울었습니다.

고코와 도코노 호소미치쟈(여기는 어디 있는 오솔길이냐)?
고코와 도코노 호소미치쟈(여기는 어디 있는 오솔길이냐)?
애처로운 어린 계집아이의 노래 소리가 환청같이 희미하게 멀리서 들려옵니다. 불행. 이 세상에는 가지각색의 불행한 사람이, 아니 불행한 사람만이라고 해도 과언이 아니겠습니다만, 그러나 그 사람들의 불행은 소위 세상에 대해서 당당히 항의를 할 수가 있고, 또 '세상'도 그 사람들의 항의를 쉽게 이해하고 동정합니다. 그러나 나의 불행은 모두가 자신의 죄악 때문이기에 누구에게도 항의를 할 형편이 아니고, 또 더듬더듬거리면서 한 마디 항의 비슷한 말을 꺼내기만 한다면, 히라메가 아니더라도 세상 사람 온통 전부, 어쩌면 저렇게 그런 말을 하겠는가, 하며 기가 막혀할 것이 틀림없습니다. 나는 도대체가 세상 사람들이 흔히 말하는 '횡포한 사람'인지, 또는 그 반대로 마음이 너무 약한 것인지 가늠할 수가 없지만, 하여튼 죄악의 덩어리인 모양이어서 어디까지나 자꾸만 자꾸만 스스로 불행해질 뿐, 방지할 구체적인 대책 같은 게 없는 것입니다.

나는 일어서서 우선 무엇이건 적당한 약을 먹어야겠다고 생각하고 근처 약국에 들어가 거기 부인과 얼굴을 마주 대하였는데, 순간 부인은 플래시를 받은 것처럼 고개를 들고 눈을 크게 뜨고 멈추어 섰습니다. 그러나 그 크게 뜬 눈에는 경악의 빛도 혐오의 기색도 없고 거의 구원을 바라는, 그리움을 나타내는 그런 빛이 나타나 있는 것이었습니다. 아아, 이 사람도 틀림없이 불행한 사람이다. 불행한 사람은 남의 불행에도 민감한 것이니까 하고 생각했을 때, 문득 그 부인이 목발을 짚고 위태위태하게 서 있는 것을 알았습니다. 달려들어 부축하고 싶은 심정을 누르고 그 부인의 얼굴을 더욱 응시하며 마주보고 있는 동안에 그만 눈물이 나왔습니다. 그랬더니 그 부인의 커다란 눈에서도 눈물이 방울지어 흘러나오는 것이었습니다.

그만 한 마디 말도 못하고 나는 그 약국에서 나와 비틀거리며 아파트로 돌아와서, 요시코에게 소금물을 만들게 해서 마시고 말없이 잠자리에 들어가 다음 날도 감기 기운이라고 거짓말을 하고 온종일 잤지만, 밤에 나의 비밀인 각혈이 아무래도 불안해서 견딜 수가 없어 자리에서 일어나 그 약국으로 가서, 이번에는 웃으면서 그 부인에게 지금까지의 건강 상태를 정말 솔직하게 고백하고 상의를 했습니다.

"술을 끊으셔야겠는데······."

우리는 육친 같은 마음이었습니다.

"알코올 중독이 된지도 몰라요. 지금도 마시고 싶어요."

"안 돼요, 우리 집 주인도 폐가 나빴는데, 균을 술로 죽인다며 술에 절어 살다가 자신의 수명을 스스로 줄여 버렸어요."

"불안해서 죽을 지경이에요. 무섭고, 도저히 어쩌지도 못해요."

"약을 드릴게요, 술만은 참으셔야 해요."

부인—미망인인데 사내아이가 하나, 그 아들은 지바인가 어디 의대에서 공부하고 있었는데, 아버지와 같은 병에 걸려 휴학 입원 중이며, 집에는 중풍이 든 시아버지가 누워 있고, 부인 자신은 다섯 살 때 소아마비로 한쪽 다리가 전혀 쓸모없게 되었던 것입니다—은, 목발을 달각달각 짚으며 나를 위해서 저쪽 약장, 이쪽 서랍을 여닫으며 여러 가지 약품을 모아다 주는 것이었습니다.

이것은 조혈제.

이것은 비타민 주사액. 주사기는 이거.

이건 칼슘 정제. 위장을 상하지 않도록 하기 위해서 디아스타제.

이건 무엇, 이건 무엇 하고, 대여섯 가지 약품의 설명을 애정을 가지고 해주었지만, 그러나 이 불행한 부인의 애정도 또 나에게는 너무도 지나치게 깊은 것이었습니다. 맨 나중에 부인이, 이건 술을 마시고 싶어서 견딜 수 없을 때에 쓰는 약이라며 재빨리 종이에 싸서 준 작은 상자.

모르핀 주사액이었습니다.

술보다는 덜 해롭다고 부인도 말했고, 나도 그것을 믿었습니다. 또 한 가지는 술에 곤드레만드레 취하는 것도 이젠 불결하게만 느껴지던 참이라서, 오래간만에 술이라는 사탄에게서 피할 수 있다는 기쁨도 있고 해서, 주저없이 망설이지 않고 나는 내 팔에 그 주사액을 주사했습니다. 불안도, 초조도, 수줍음도 깨끗하게 제거되고, 나는 아주 쾌활하고 명랑한 능변가가 되는 것이었습니다. 그리고 그 주사를 맞으면 나는 몸의 쇠약도 잊어버리고 만화 그리는 일에 몰두할 수 있으며, 자신이 그리면서도 혼자 웃음이 터져 나올 만큼 진묘한 생각이 떠오르는 것이었습니다.

하루에 한 대만 맞을 생각이었던 것이 두 대가 되고, 하루 네 대를 맞게 되었을 무렵에는, 이젠 그것 없이는 일을 할 수 없게 되어 있었습니다.

"안 돼요, 중독이 되면 그야말로 큰일이에요."

약국 부인이 그렇게 말하는 것을 들으면 나는 이미 꽤 심한 중독자가 되어 버린 것같이 느껴져—나는 남의 암시에 실로 잘 걸리는 성질입니다. 이 돈은 쓰면 안 된다고 하며 너를 믿을 수가 있어야지, 라고 덧붙이는 말을 들으면 어쩐지 쓰지 않으면 안 되는 것 같은, 그 기대에 어긋나는 것 같은 이상한 착각이 생겨서 반드시 그 돈을 쓰고 마는 것이었습니다—그 중독의 불안 때문에 오히려 약품을 더 많이 구하게 되었던 것입니다.

"부탁해요, 한 상자만 더, 약값은 월말에 꼭 치를 테니까."

"돈 계산이야 언제든지 괜찮지만, 경찰이 시끄러워서요."

아아, 언제나 나의 주위에는 무언지 탁하고 어둡고 수상

적은 전과자의 분위기가 따라붙어 있는 것입니다.

"바로 그걸 잘, 수단을 써서 부탁해요. 부인, 키스해 드리죠."

부인은 얼굴을 붉혔습니다.

나는 그걸 기화로,

"약이 없으면 도저히 일이 진행되지 않는단 말예요. 그건 나에게 정력제 같은 거니까."

"그렇다면 오히려 호르몬 주사가 좋겠네요."

"누굴 무시하는 거요. 술 아니면 그 약, 두 가지 중의 한 가지가 없으면 일을 할 수 없어."

"술은 안 돼요."

"그렇지요? 난 말이야. 그 약을 쓰기 시작한 후로 술은 한 방울도 마시지 않았지. 덕분에 몸의 컨디션이 아주 좋아요. 나라고 언제까지 하류 만화 따위나 그리며 살 생각은 없어요. 그러니까 술을 끊고 몸의 회복을 도모해서 공부도 좀 하고 꼭 유명한 화가가 되어 보일게요. 지금이 아주 중요한 시기거든, 그래서 말이야, 자 이렇게 부탁해요, 키스해 드릴까?"

부인은 웃음을 터뜨렸습니다.

"정말 야단났군. 중독이 돼도 난 몰라요."

달각달각 목발 소리를 내면서 그 약품을 약장에서 꺼내,

"한 상자 다 드릴 수 없어요, 금방 써 버리니까, 반 상자만 해요."

"인색하군, 하는 수 없지 뭐."

집에 돌아가서 당장 한 대 주사를 놓습니다.

"아프지 않아요?"

요시코가 오들오들 떨면서 나에게 묻습니다.

"그야 아프지, 그렇지만 일의 능률을 올리기 위해서는 싫어도 이걸 해야만 한단 말이야, 난 요즈음 꽤 싱싱해졌지? 자, 일이다, 일, 일."

하며 떠들어댑니다.

깊은 밤에 약국 문을 두드린 일도 있었습니다. 잠옷 바람으로 달각달각 목발을 짚고 나온 부인에게 갑자기 달려들어 키스를 하고 우는 흉내를 내었습니다.

부인은 아무 말 없이 한 상자를 건네주었습니다.

약 또한 소주와 같이, 아니 그 이상으로 저주스럽고 불결한 것이구나, 하고 진심으로 느꼈을 때에는, 이미 나는 완전한 중독 환자가 되어 있었습니다. 진정 파렴치의 극이었습니다. 나는 오로지 그 약품을 구하기 위해서 다시 춘화의 카피를 시작했고, 그리고 그 약국의 불구자인 부인과 문자 그대로 추한 관계까지 맺었습니다.

죽고 싶다, 차라리 죽어 버리고 싶다, 이젠 도저히 되돌릴 수가 없다, 무슨 짓을 해도 무엇을 해도 구렁에 빠질 뿐이다, 치욕에 치욕을 더할 뿐이다, 자전거로 아오바의 폭포에 가는 일 같은 것은 나에게는 바랄 수 없는 노릇이다, 다만 더러운 죄에 야비한 죄가 거듭되고 고뇌가 증가되어 강렬해질 뿐이다, 죽고 싶다, 죽지 않으면 안 된다, 살아 있는 것이 죄의 씨앗이다, 등등 골똘하게 생각하면서도 역시 아파트와 약국 사이를 반미치광이의 모습으로 왕복하고 있을 뿐이었습니다.

아무리 일을 해도 약품의 사용량도 따라서 증가하기 때문에 약값 외상이 무서우리만큼 많은 액수에 이르게 되고, 부인은 나의 얼굴을 보면 눈물을 글썽거렸고 나도 눈물을 흘렸습니다.

지옥.

이 지옥에서 도피하기 위한 최후의 수단, 이 일이 실패로 돌아가면 다음에는 목을 맬 수밖에 없다, 고 하는 신의 존재를 걸 만큼의 결의를 가지고, 고향의 아버지 앞으로 기나긴 편지를 써서 나의 실정을 모두—여자의 얘기는 차마 못 썼지만—고백하기로 했습니다.

그러나 결과는 더욱 나빠서 기다려도 기다려도 아무런 답장도 없었고, 나는 초조와 불안 때문에 오히려 약의 분량을 더하고 말았습니다.

오늘 밤, 열 개를 한꺼번에 주사하고 오가와 강에 뛰어들기로 남몰래 각오한 그 날 오후, 히라메가 악마의 육감으로 냄새를 맡은 양 호리키를 데리고 찾아왔습니다.

"자네 각혈했다며?"

호리키는 내 앞에 책상다리로 앉으면서 그렇게 말하고, 아직까지 본 일이 없을 만큼 상냥한 미소를 띠었습니다. 그 상냥한 미소가 얼마나 고맙고 기뻤던지 나는 그만 얼굴을 돌리고 눈물을 흘렸습니다. 그리고 그의 상냥한 미소 하나로 나는 완전히 찢어지고 부서지고 매장되어 버린 것입니다.

나는 자동차에 태워졌습니다. 어찌 되었건 입원하지 않으면 안 된다. 뒷일은 우리들에게 맡겨 두어라, 하고 히라메도 진지한 어투로—그건 자비스럽다고도 형용하고 싶을 만큼 조용한 말투였지요—나에게 권하고, 나는 의사도 판단도 아무것도 없는 사람처럼 그저 찔끔찔끔 울면서 반응 없이 두 사람 말에 따르는 것이었습니다. 요시코도 함께 네 사람, 우리는 오랜 시간 자동차에 흔들리며 주위가 어두컴컴해질 무렵, 숲 속에 있는 큰 병원 현관에 도착했습니다.

요양소인 줄만 알았습니다.

나는 젊은 의사의 이상할 정도로 부드러운 정중한 진찰을 받았는데, 의사는,

"그냥 여기서 얼마 동안 조용히 요양하시지요."

하고 마치 수줍은 듯이 미소지으며 말했고, 히라메와 호리키, 요시코는 나 혼자만 남겨 두고 돌아가게 되었습니다. 요시코는 갈아입을 옷 꾸러미를 나에게 건네주며, 잠자코 오비 속에서 주사기와 쓰다 남은 그 약품을 내어 주었습니다. 역시 정력제로만 알고 있었던 것이겠지요.

"아니, 이젠 소용없어."

실로 희한한 일이었습니다. 권하는 것을 거절한 것은 그때까지의 나의 생애에 그때 단 한 번이었다고 해도 과언이 아닐 정도입니다. 나의 불행은 거부 능력이 없는 자의 불행이었습니다. 권유를 받고도 거부하면, 상대방의 마음에도 나의 마음에도 영원히 치유할 수 없는 쌀쌀맞고 냉정한 금이 갈 것 같은 공포의 위협을 받고 있었던 것입니다. 그러나 나는 그때, 그처럼 반광란증이 일어날 만큼 구하던 모르핀을 실로 자연스럽게 거부했습니다. 요시코의 말하자면 '신과 같은 무지'에 감격했던 것일까요. 나는 그 순간 이미 중독 증세가 없어진 것이 아닐까요.

그러나 나는 바로 저 수줍은 듯한 미소를 띠는 젊은 의사의 안내로 어떤 병동에 수용되고, 문에는 덜컹 하고 자물쇠가 채워졌습니다. 정신병원이었습니다.

여자가 없는 곳으로 가겠다고 한, 그 DIAL을 마셨을 때의 나의 어리석은 헛소리가 정말 기묘하게도 실현된 것입니다.

그 병동은 남자 미치광이뿐, 간호원도 남자였고, 여자는 한 사람도 없었습니다.

이제 나는 죄인은커녕 미치광이였습니다. 아니 결단코 나는 미치거나 하지는 않았습니다. 한 순간이라 할지라도 미친 일은 없습니다. 그러나, 아아, 미친 사람은 대개가 자기를 두고 그렇게 말한다고 합니다. 즉, 이 병원에 수용된 사람은 미치광이이고, 수용되지 않은 사람은 정상이라는 말이 되는 것입니다.

신에게 묻노니, 무저항은 죄이런가?

호리키의 저 괴상하고도 아름다운 미소에 나는 울었고, 판단도 저항도 잊어버리고 자동차에 타고, 그리고 여기 끌려와서 미치광이가 되었습니다. 이제라도 여기서 나간다 해도 역시 나는 미친 사람, 아니 폐인이라는 낙인이 이마에 찍히게 될 것입니다.

인간실격.

이제 나는 완전히 인간이 아닌 것이 되었습니다. 여기 온 것은 초여름 무렵으로, 철창으로 병원 정원의 조그마한 연못에 수련꽃이 피어 있는 게 보였습니다. 그로부터 석 달이 지나 마당에 코스모스가 피기 시작했는데, 뜻밖에도 고향의 큰형이 히라메를 데리고 나를 인수하러 와서, 아버지가 지난달 그믐께 위궤양으로 별세했다는 것, 우리 형제는 이제 너의 과거를 묻지 않겠고, 생활의 걱정도 시키지 않을 작정이며, 아무 일도 하지 않아도 된다. 그 대신 여러 모로 미련이 남겠지만 곧 도쿄를 떠나 시골에서 요양 생활을 시작해주기 바란다. 네가 여기서 저지른 모든 일의 뒷수습은 대충 시부타가 맡아줄 터이니 그건 걱정하지 않아도 된다. 언제나 그랬듯이 아주 근엄하고 긴장된 어조로 말하는 것이었습니다.

고향의 산하가 눈앞에 아른거려서 나는 간신히 고개를 끄덕였습니다.

분명히 폐인.

아버지의 별세를 알고 나서 나는 더욱 쓸개도 없는 멍청이처럼 되었습니다. 아버지가 이젠 없다. 나의 가슴속에서 한시도 떠나지 않았던 저 그립고도 무서운 존재가 이제는 없다. 나의 고뇌의 항아리가 텅 비어 버린 것 같은 느낌이 들었습니다. 나의 고뇌의 항아리가 무던히 무거웠던 것도 그 아버지 때문이 아니었던가 하고 생각되었습니다. 평생에 맞서는 상대가 없어져서 맥이 풀렸습니다. 괴로워하는 능력조차 상실했습니다.

큰형은 나에게 한 약속을 정확하게 실행해 주었습니다. 내가 태어나서 성장한 곳에서 기차로 4~5시간 정도 떨어진 남쪽에 동북 지방에서는 흔치 않게 따뜻한 해변 온천지가 있는데, 그 마을 변두리에 방이 다섯 개나 있는, 꽤 낡은 고가인 듯 벽은 벗겨져 나가고 기둥은 벌레가 먹어서 거의 수리할 수도 없을 정도로 헐어 빠진 초가집을 사서 나에게 주고, 육십에 가까운 머리털이 빨간 보기 흉한 추녀를 가정부로 붙여 주었습니다.

그로부터 3년하고도 조금 더 지나는 동안, 나는 그 데쓰라고 부르는 늙은 가정부에게 괴상한 방법으로 유린을 당하고, 때로는 부부싸움 같은 말다툼을 하기도 하며, 가슴의 병은 일진일퇴, 야위는가 하면 살이 찌기도 하고 혈담이 나오기도 합니다. 어제는 데쓰에게 칼모틴을 사오라고 일러서 마을의 약국에 심부름 보냈더니, 다른 때의 상자와는 다른 모양의 상자에 든 칼모틴을 사왔는데, 나도 별로 신경을 쓰지 않고 잠자리에 들기 전에 열 알을 먹었습니다. 그다지 잠도 오지 않아서 이상하다고 생각하고 있노라니까, 배가 이상해져서 급히 변소엘 갔더니 맹렬할 설사가 나왔고 계속해서 세 번이나 화장실 출입을 했습니다. 이상하다고 생각해서 약 상자를 잘 보니까, 그것은 헤노모틴이라는 설사약이었습니다.

나는 반듯이 누워서 배 위에 더운 물을 넣은 깡통을 얹어 놓고 데쓰에게 잔소리를 할 생각이었습니다.

"이건 말이야, 칼모틴이 아냐, 헤노모틴이라고 하는,"

말을 하다 말고 나는 후후…… 하고 웃어 버렸습니다. '폐인'이란 이건 어딘지 희극명사인 듯했지요. 잠자고 싶어서 설사약을 먹고, 더구나 그 설사약의 명칭이 헤노모틴.

이제는 나에게 행복도 불행도 없습니다.

다만 모든 일체의 것은 지나갑니다.

내가 이제까지 아비규환으로 살아온 소위 '인간'의 세계에서 단 하나 진실처럼 느낀 것은 그것뿐입니다.

다만 모든 일체의 것은 지나갑니다.

나는 금년 27세가 됩니다. 흰 머리가 많기 때문에 대개의 사람들이 40세 이상으로 보나 봅니다.

종장

이 수기를 쓴 미친 사람을 나는 직접 알지 못한다. 그러나 이 수기에 나오는 교바시 스탠드바의 마담이 아닐까 하고 생각되는 인물을 나는 약간 알고 있는 것이다. 자그마한 몸집에 안색은 좋지 않고 눈은 가늘게 치켜 올라가 있고 코가 높은, 미인이라기보다는 미청년이라고 하는 편이 좋을 만큼 딱딱한 느낌을 주는 사람이었다.

이 수기는 어딘가 쇼와昭和 5~6년경, 그 무렵의 도쿄 풍경이 주로 묘사되어 있는 듯, 내가 그 교바시의 스탠드바에 친구에게 안내되어 두세 번 들러서 하이볼 따위를 마신 것은, 예의 일본 '군부'가 슬슬 노골적으로 횡포해지기 시작하던 쇼와 10년 전후의 일이었으니까, 이 수기를 쓴 사나이와는 만날 턱이 없었던 것이다. 그런데 금년 2월, 나는 지바현 후나바시 시에 내려가 살고 있는 어느 친구를 찾아갔다. 그 친구는 나의 대학 시절의 말하자면 학우이며, 지금은 모 여자대학의 강의를 하고 있는데, 실은 이 친구에게 내 집안 사람의 혼인 말을 부탁하고 있었기 때문에 그 용건도 있고, 한편 무엇인가 신선한 해산물이라도 사다가 식구들에게 먹이고도 싶어서 류색을 짊어지고 그곳에 갔던 것이다.

후나바시는 진흙물로 된 바다를 끼고 있는 꽤 큰 시가였다. 새로운 주민인 그 친구의 집은 그곳 사람들에게 번지를 대면서 물어봐도 여간해서 알 수가 없었다. 춥기는 하고 류색을 짊어진 어깨는 아파 오고, 나는 레코드 바이올린 소리에 끌려서 어느 다방 문을 밀고 들어갔다.

거기 마담이 보던 얼굴이기에 물어 보았더니, 틀림없이 10년 전 교바시의 어느 조그마한 바의 마담이었다. 마담도 곧 나를 기억에서 생각해낸 모양이어서 서로 호들갑스럽게 놀라며 함께 웃었고, 그리고 으레 이런 때 정해 놓고 나오는 그 공습으로 집을 태우고 비참했던 서로의 경험을 묻기도

전에 무슨 자랑이라도 되는 양 주고받으며,

"당신은 그래도 변하지 않았어."

"아니에요, 이젠 할머니죠, 온몸이 어금지금한답니다. 당신이야말로 젊으시네요."

"천만에, 아이가 셋이나 되는데, 오늘도 그 놈들을 위해서 해산물을 사러 왔고."

등등, 이 또한 오랜만에 만난 사람들이 으레 주고받는 인사를 하고, 다음에는 두 사람이 공통적으로 알고 있는 사람들의 그후 소식을 서로 묻기도 했는데, 그러는 중에 문득 마담이 말투를 고치고는 당신은 요쨩을 알고 있었던가? 라고 했다. 그건 모르겠는데, 라고 대답하니까 마담은 안으로 들어가, 세 권의 노트와 석 장의 사진을 들고 나와서 나에게 건네주며,

"어쩌면 소설의 소재가 될지도 모르니까요."

라고 했다.

나는 남에게서 강요당하는 소재로는 소설 따위를 쓰지 못하는 성격이기에, 곧 그 자리에서 되돌려줄까 생각했지만—석 장의 사진, 그 사진의 기괴함에 대해서는 서문에서 적어 놓았다—그 사진에 무엇인가 끌리는 데가 있어서 하여튼 노트를 맡아 두기로 하였다. 돌아갈 때 또 여기 들르겠다고 말하고 친구의 주소 번지를 대며 모 여자대학 선생의 집

을 아는가 하고 물으니, 역시 새로운 주민끼리라서 알고 있었다. 가끔 이 다방에도 들른다고 하는데, 그 집은 다방 바로 근처였다.

그날 밤 친구와 약간의 술을 나누어 마시고 그 밤은 친구의 집에서 잠자리에 들었으나, 나는 아침까지 한숨도 자지 않고 그 노트를 읽어 내려갔다.

그 노트에 적혀 있는 것은 옛날 얘기이기는 했지만, 그러나 현대인들이 읽어도 꽤 흥미를 가질 듯했다. 서투르게 내가 가필을 하느니보다는 이건 이대로 어딘가 잡지사에 부탁해서 발표하는 편이 더 유익할 듯 생각되었다.

아이들에게 줄 해산물은 건어물뿐, 나는 륙색을 짊어지고 친구의 집을 나서서 그 다방에 들러,

"어제는 미안했소, 그런데……."

하고 용건을 꺼냈다.

"이 노트는 얼마 동안 빌렸으면 좋겠는데요."

"네에, 그러세요."

"이 사람 아직도 살아 있습니까?"

"저, 그걸 통 알 수 없어요. 10년쯤 전에 교바시 가게 앞으로 그 노트와 사진이 든 소포가 붙여져 왔고, 보낸 사람은 요짱이 틀림없는데 그 소포에는 요짱의 주소도 성명도 써 있지 않았으니까요. 공습 때 다른 물건에 끼여서 이게 기

이하게도 보존되었고, 나도 얼마 전에 처음으로 모두 읽고
선……."

"울었습니까?"

"아녜요, 운다는 것보다는…… 인간도 이렇게 되면 그만
이지요, 뭐."

"그로부터 10년이라고 한다면 이젠 벌써 죽었을지도 모르
겠구먼. 이건 당신에 대한 하나의 감사 표시로 보내온 것이
겠지요. 다소 과장되게 표현해서 쓴 것 같은 대목도 있지만,
그러나 당신도 상당히 큰 피해를 입었던 것 같군요. 만일 이
게 모두 사실이라면, 그리고 내가 이 사람의 친구였다면 역
시 정신병원으로 데리고 가고 싶어졌겠지요."

"그 사람의 아버지가 나빴어요."

그리고 마담은 담담하게 이렇게 말했다.

"우리가 알고 있는 요짱은 온순하고 재치 있는, 거기다가
술만 안 마신다면…… 아니, 술을 마셔도 정말 훌륭한 좋은
사람이었지요."

| 다자이 오사무太宰治 연보 |

1909년   6월 19일, 일본 아오모리青林현 기타쓰가루北津輕 가나기 마치에서 부호 집안의 11남매 중 6남으로 태어남. 본명은 쓰시마 슈지津島修治.

1912년   부친이 중의원 의원 당선.

1923년   부친 별세, 현립 아오모리중학교에 입학.

1925년   친구들과 동인지 〈신기루〉에 소설, 희곡, 수필 등을 발표.

1927년   관립 히로사키弘前고등학교에 입학. 7월 24일 아쿠타카와 류노스케의 자살에 충격을 받아 학업을 포기하고 화류계에 출입하기 시작. 기생 오야마 하쓰요小山初伏를 만남.

1928년   동인지 〈세포문예〉 창간.

1930년   도쿄제국대학교 불문과에 입학. 이부세 마스지井伏鱒二로부터 사사받음. 집안의 반대를 무릅쓰고 기생 오야마 하

쓰요와 동거에 들어갔으나, 11월 28일 긴자의 카페 여종업원과 가마쿠라 해안에서 정사를 기도, 여자는 죽고 그는 자살 방조죄로 기소유예 처분을 받음.

1931년   오야마 하쓰요와 동거. 사회주의 운동에 경도됨.

1932년   형으로부터 사회주의 운동에서의 탈퇴를 권유받고 아오모리 경찰서에 자수하여 좌익 활동 청산.

1933년   2월, 필명 다자이 오사무太宰治라는 이름으로 소설〈열차〉 발표, 3월《해표통신海豹通信》에〈어복기魚服記〉발표.

1934년   〈로마네스크〉집필.《만년晩年》에 수록된 작품 대부분을 이 시기에 집필.

1935년   3월, 대학 졸업시험에 낙제하고 신문사 입사 시험에도 실패하자 가마쿠라에서 자살을 기도. 4월엔 급성 복막염으로 입원하여 진통제 과다복용으로 약물중독 증세에 시달리기도 함. 8월〈역행逆行〉이 아쿠타카와상 후보에 오름.

1936년   6월, 첫 창작집《만년晩年》간행.

1937년   〈20세기 기수〉발표. 약물중독으로 입원 중 하쓰요가 집안의 친척 학생과 정을 통한 것을 알고 그녀와 정사를 기도하나 미수에 그치자 별거. 〈Human Lost〉를 발표.

1938년   9월, 장편 〈불새火の鳥〉 집필 시작.

1939년   이부세 마스지의 소개로 이시하라 미치코石原美知子와 결혼. 〈황금풍경黃金風景〉이 《국민신문》 단편소설 콩쿠르에 당선.

1940년   《피부와 마음》, 《추억思ひ出》 출간. 《여생도女生徒》로 기타무라 도코쿠北村透谷 문학상 수상.

1941년   장녀 소노코園子 출생, 최초의 장편소설 《신 햄릿》(문예춘추) 간행.

1942년   《정의와 미소》 간행. 12월에 모친 사망.

1943년   《부악백경富嶽百景》, 《우다이진 사네토모右大臣實朝》 간행.

1944년   장남 마사키正樹 출생. 《쓰가루津輕》 출간.

1945년   전쟁 중 폭격으로 이사, 고향에서 종전을 맞음. 《석별惜別》 간행. 〈판도라의 상자〉 연재 시작. 《오토기 조시お伽草子》

간행.

1946년 〈부모라는 두 글자親といふ二字〉 발표, 리베르탕 선언. 〈15년간〉 발표, 형 분지文治가 중의원 의원 선거에 당선.《판도라의 상자》,《완구》간행.

1947년 〈비용의 아내〉 발표. 차녀 사토코里子 출생. 형 분지文治가 아오모리현 지사에 당선.《사양斜陽》,《猿面冠者》등 출간.

1948년 〈범인犯人〉 발표. 〈봄의 낙엽春の枯葉〉이 마이니치 홀에서 연극으로 상연.《다자이 오사무 전집太宰治全集》(3권) 간행. 〈앵도櫻桃〉,〈인간실격〉의 연재를 시작했으나 건강이 악화됨. 6월 13일 야마자키 도미에山崎富榮와 외출하여 다마카와 조스이玉川上水에 투신, 19일 오전 사체가 발견됨. 〈굿바이〉가 사망 후《아사히평론》에 게재.《인간실격》,《앵도》,《여시아문如是我聞》이 간행됨.